約定

網夢達人 穹風@著

採擷一季的相思，寄予無限的祝福，我們如此約定著。
也許時移日遠，也許事過境遷，
只是那塵封的結未解，才註定了多年後的你與我。
風不老，人不老，心也不死。
我們還約定著當年的約定，我還思念著因你而起的思念
而關於未來，或許，我們應該再許下一個承諾。

我不認為那是個起點，但它確實是一次開始。
正因為它的不像最初，於是我在心中暗暗禱告，願它於是就沒有結束。

梧桐綠了，七里香黃了，季節就過去了。
昨日那一段青澀的純真就告別了。
但我還記得你最愛的是桂花。

01

當然故事並不是從這裡開始，事實上那時的我們也什麼都不懂。只是我後來常常在想，對他的第一眼感覺是什麼，我常常想，常常想，想得我都累了，卻怎麼也只能把畫面定格在那個久遠的記憶中。

那是好久、好久以前了。教室不新，新的是學生，置身在陌生的新環境裡，我們都忙著張望四周，只有他安靜地站在角落裡，我猜那不是他獨樹一格，只是他比任何人都怕生。大家都來自同一個學區，班級裡不乏同村里或國小的朋友，而就算遇不到舊識，每個人也會試著與他人攀談，只有他，身邊一個說話的人都沒有。

那個畫面就是這樣的：桌椅全被推到教室最前面，緊挨著講台邊，同學們有的拿掃把，有的拿抹布，正在清潔這個未來我們要使用至少半年的老教室。

沒有導師，也沒有幹部，這時候老師們正在開會，幹部還沒選出來。幾個個子高大的男生拿著掃把正在玩耍，我剛擦完靠走廊的一片玻璃。

「畚箕呢？」有個捲髮的女同學問大家，「你們有沒有誰看到畚箕放哪裡？」

那女同學很漂亮，個子又高，身型比例也很勻稱，她一定是那種穿什麼衣服都好看的女生。不過可惜的是，這時候沒人回答她。

「剛剛好像走廊那邊有，可是後來好像又被拿走了，好像是十一班的人。」過了好半天，把滿地灰塵掃成堆之後，一個理平頭的男生開口。我不記得他的長相，卻記得他一口氣連續說了三個「好像」。

教室裡又開始亂成一團，玩掃把的男生們跑來跑去，有人踢散了地上那堆剛堆積起來的紙屑灰塵。我呆立門旁，有個眼睛很大的女孩忽然晃到我身邊。

「妳叫唐雨寧，對不對？」她一把拍上了我的肩膀，燦爛地笑著，沒理會我的瞠目結舌，又說：「我叫梁藝紜，妳一定不認識我。」

是呀，我是不認識。她看穿了我的呆滯，「可是我認識妳，因爲國小畢業典禮那天，妳拿校長獎，我有看到妳上台，妳那名字太特別了，比我的更像小說裡面的名字，想不記得都很難。」

我恍然大悟。那是幾個月前的事了，國小畢業典禮至今，我都剪過兩次頭髮了，沒想到居然有人認得。藝紜告訴我，她本來也有機會拿到校長獎，可是偏偏成績結算時就是少了幾分，結果名落孫山，那時校長獎一共有三名，她可是把每個人的長相跟名字都記起來了。

「記起來幹嘛？」看著比我高半個頭的她，我有點害怕。

「我那時候就跟我自己說，總有一天，我一定要打敗那三個人。」她笑著又用力拍了一下我的肩膀，「現在我找到第一個了。」

藝紜是個很有趣的人，她的嘴巴像永遠停不下來似的，從跟我攀談的第一句話起，她開始說起她對這所國中的看法：升學率高、管教嚴格，但是教室老舊，男生看起來每個都笨拙，女生看起來每個都驕傲，而她已經在擔心下學期的分班，不知道自己的成績能不能被分到好班級。

我聽著聽著，眼睛卻盯著教室正中央：那堆紙屑灰塵又重新被聚掃成堆，捲髮的漂亮女孩請旁邊的同學去隔壁班借畚箕，她自己則拿著垃圾袋在等著，而眼看時間已經不多，我猜老師們等一下就來了，要是看到我們還沒掃完地，不曉得會不會在開學的第一天就開罵？

「你們在等什麼？」這時候，那個怕生的、瘦小的男孩，忽然走到垃圾堆旁，問那女孩。

「等畚箕呀。」

「這又沒有很髒。」然後我看見那男孩蹲下了身子，接過捲髮女孩手上的垃圾袋，就這麼用手，一把接著一把，將地上的垃圾慢慢抓起來，丟進袋子裡。

「你的手會弄髒。」女孩提醒他。

「髒了可以洗呀。」男孩卻連頭都沒有抬。

站在門邊，我這樣看著，男孩的側臉很好看，他很認眞地抓起地上那些垃圾，沒放過一片細微的紙屑。我看得有點傻，藝紜也被我的視線所影響，順著我的目光，也看了過去。

「那男生不錯看。」她說。

「嗯。」

「可惜，很矮。」她忽然笑了。

那是誰都料想不到的吧，我就是這樣牢牢記得，那對他的第一次深刻印象。當老師終於來了，吩咐大家將桌椅擺好，收拾了掃具，全都坐下，開始一一唱名，我才知道那個漂亮的捲髮女孩叫作楊欣怡，這名字似乎配不上她的外貌。她坐在教室中間位置，而矮小的我則只能回頭看。看著看著，我心想，她應該要有個更好聽的名字才對。

本來我想仔細聽聽看，那個用手抓垃圾的男生叫什麼名字的，可是沒想到看著楊欣怡的臉，看得我都出神了，就連老師點完名了，我也還沒回過神來。

「妳在幹嘛？老師在妳前面啦！」坐我後頭的藝紜戳戳我，我才嚇了一跳。

「現在我們來選班長，我知道你們在班上一定有一些以前國小時，就已經互相認識的朋友，現在上了國中還能同班，這也算是緣分，希望你們能珍惜。如果你認爲你的朋友是不錯的班長人選，你也可以推薦他。」一臉慈祥的男老師，透過看來度數很深的近視鏡片，看著我們大家。

藝紜又戳戳我，問說可不可以推薦我，我趕緊跟她搖頭。班上的同學們彼此交頭接耳，果然就像我跟藝紜一樣，誰也沒有推薦出誰來。而這時候，我又偷眼看看那個男生，然後我確定他在班上是一個朋友也沒有的，因爲他連老師的話也沒在聽，只是安靜地摳著手指。

「如果大家都沒有要推薦的，那我就直接點名囉。」老師又笑著，重新翻開點名簿，「這時候我跟大家也還很陌生，要我來指名，是非常不客觀的。公民教育的意義，就是要你們自己學習自治，選出適合你們的公僕。」老師一邊說著，一邊翻看點名簿。

然後我發現那個男生，摳完手指後，便轉頭看向教室外的樹木。那是什麼樹呢？我不知道，不過那樹上開了幾朵淡黃色的小花，還算好看。

「剛剛，我看到你們打掃，當然有些人很認眞，也有些人玩得很開心，不過那都沒關係，今天是開學的第一天，大家本來就應該藉著機會，多認識同學。我在教室外面看了一下子，也在想，你們都是些怎麼樣的孩子呢？我想找出幾個讓我印象比較深刻的，後來我找到了。」老師合上了點名簿，看看正在盯著他的上百隻眼睛，「你們都找不到畚箕，對吧？那是因爲畚箕被我拿走了，我想知道，如果沒有畚箕，那麼清潔工作的最後一步，你們該怎麼辦？後來有人幫我解開了這個疑惑。」

他站直了身，笑著對坐在講桌前，幾乎是全班最矮的那個男生說：「桂花還不到最香的季節，你可以過陣子再看，但現在，要不要起來跟大家打聲招呼，魏嘉錚同學？」

然後我愣住了，因爲那個心不在焉、老是盯著教室外頭看的男生也愣住了。

後來我知道，他最喜歡的是桂花；而後來他說，他最大的錯誤是用手抓垃圾。

02

就像老師說的，班上大部分學生都來自同一個學區，有些人不但國小同班，上了國中也還在同一間教室裡。而我，就我所知，距離我最近的國小同班同學，至少遠在七間教室外的遠方，而且跟我不怎麼熟。

「又不會怎樣，至少我們還可以相依爲命，對不對?」藝紘跟我的情形一樣，但我懷疑，除了國小畢業典禮上，那三個領校長獎的人之外，她到底還記得幾個同學。

「總有一天喔!」她總是這樣瞇起眼來，對我宣告那還在遙遠未來的勝利。

其實並不怎麼孤單，班上大部分的人都相當和氣，就魏嘉錚例外。我們這位班長除了「起立、敬禮、坐下」，一天難得聽到他說幾句話，整個人就像個悶葫蘆，比較起來，副班長跟其他幾位幹部都還更像班長，他則根本是個宣佈上下課的機器罷了。

「我從沒見過一個這麼悶的班長。」看著魏嘉錚在講台邊整理剛剛被數學老師寫斷的一堆半截粉筆，藝紘搖頭嘆氣。

我點頭附和，不曉得爲什麼，儘管藝紘總是說她落在我之後，要努力把我趕過去，但很奇妙地，我卻從沒有這樣的感覺。要論身高，她高我一點，座位剛好在我後面；要論機智反應，上課時老師所提的問題，我都還沒想好，她就已經舉手作答了；在班上同學間，她的人緣也比我好上太多；以前國小時不怎麼感覺，現在上了國中，看到男生或太靠近男生，總讓我有點畏懼，但藝紘卻能夠落落大方地跟他們玩在一起，打成一片。

打斷我飄移的思緒，藝紘問我放學後是否要馬上回家，有男同學約了要去打撞球。

「還是不要好了，」我笑得有點勉強，「我對那種地方……不怎麼喜歡。」

那是一種說不上來的感覺，新的環境裡似乎充滿了無數的新變數，不知道以後上了高中或大學，會不會也有這種感覺？我以後會念哪裡的高中？哪裡的大學？以後的同學將是怎麼樣的？想到這裡，我又看了一眼魏嘉錚，這個人的未來不曉得會是什麼樣子。

陽光篩灑過老榕樹的枝葉間，我牽著腳踏車，走得很慢。榕樹沿著圍牆而建，直抵校門，學校規定，校內只能牽車，但偏偏車棚距離校門口又遠得要命。一邊走，我一邊背著英文單字。夕陽西下，學生們都走得差不多了，而走不了的則還在教室裡繼續上輔導課，那很可能是我們以後的命運。

我獨自安靜地走著，就在距離校門口不遠時，後面忽然有車輪聲，我正納悶著，打算回頭，一輛腳踏車從我身邊飛快而過，一個男生用力踩著車，倏地從我旁邊經過。我愣了一下，眨眨眼，確定自己沒有看錯，那是魏嘉錚的背影。

班長怎麼可以自己違反規定，在校內騎車呢？而且騎得這麼快？我帶點驚訝，推著車，加快腳步。不過他的速度可比我快多了，飛快到了校門邊，也不管校門口會不會有車，輕輕一撇，車子往左傾斜，就這麼轉了過去。

我小跑步地往前追，直追到校門口，當然什麼也沒了。校門口緊鄰著大馬路，馬路對面就是國小，路的這邊，就在我們校門口旁，有家看起來很破舊的雜貨店，除了販賣零食跟飲料，當然也賣了不少文具。我帶點悵然，把車停好，跟雜貨店的阿姨買了一瓶綠茶。

阿姨年紀不過四十開外，個子很矮小，相當親切。把零錢找給我時，瞥了一眼我的制服學號，「妳是一年級新生呀？」
點個頭，我努力擠出一個微笑，對陌生人，我總是戒愼恐懼。
「哪一班？」阿姨又問我。
「十二班。」
「哦，我有認識你們班的同學喔。」阿姨開心地說：「我先生是國小老師，就在對面上班，他有個今年剛上國中的學生，也是十二班的。」
「喔。」我只能訥訥地點頭，這位「師母」好像很愛聊天，我握著手裡的零錢，綠茶一口都還沒喝，而眼看天色漸暗，我今天要回家幫我爸包裝筊白筍，但是她卻沒有打算結束話題的樣子。師母說她每年都看著很多學生從對面的國小畢業，換一套新制服，然後到馬路這邊的國中來上課，而很多學生國中畢業、考上外地的學校，甚至就業、結婚之後，還常常回來找她聊天。
我不斷點頭，直覺地認爲來這裡買飲料是個錯誤，她問我在班上跟同學相處得是否融洽，又問我課業跟不跟得上，說很多新生都不擅長國中數學跟英文，國一就得開始補習。
「我沒有補習。」我搖頭，正想跟她說我要回家幫忙做事，師母卻立刻又說：「嗯嗯，不補習也好，小孩子補那麼多習幹嘛？很多學生不補習，人家成績也很好。」
我已經開始覺得腳痠了，師母像是忽然想到什麼似的，又說：「對了對了，我剛剛說的，你們班上那個同學呀，就我老公以前那個學生呀，人家他沒補習，以前成績就也很好，雖然啦，個性是比較奇怪一點……」
回家後，當然逃不過挨一頓罵的命運，因爲我通常不會超過傍晚五點到家，但那天我回家的路上，田埂邊已經到處都是群聚飛舞的小蟲子。踏進家門，我媽剛煮好一桌菜，而我爸則用大帆布袋把所有的筊白筍都包好，剛剛搬上小貨車。

我不知道怎麼解釋，說什麼他們都不會相信的吧？說我在校門口跟一個自稱「師母」的老闆娘聊天？這種事連藝紜都不會有興趣。而且直到入睡前，我的腿都還痠痛著，甚至我還想起來，師母說了好多好多，但她就是忘了把她口中那個跟我同班的學生名字告訴我。

第二天，下著毛毛細雨，早自習時廣播宣佈停止升旗，要各班繼續自習。我吃著在家沒吃完，還帶到學校來的燒餅油條，一邊背誦單字。

「梁藝紜，」忽然，魏嘉錚轉過頭來，「幫個忙好不好，幫我把昨天小考的答案寫在黑板上。」

「你要說拜託。」藝紜放下炒麵的筷子，笑著。

「拜託。」魏嘉錚露出一臉無奈。

看著藝紜流利地書寫著，我覺得很羨慕，她的手長，可以寫得很高，不像我個子矮，手腳又短，黑板寫起來永遠都空了上面那半截。

「昨天我有看到妳。」魏嘉錚忽然小聲對我說話。

「喔。」心中一突，坐在我旁邊都快半個月了，這是他第一次對我開口。

「後來師母說她還有跟妳聊天。」他稍微瞄了四周一眼，然後問我：「她有跟妳說什麼嗎？」

沒回答，我只是搖搖頭。就看著一臉古怪的魏嘉錚又在椅子上坐好，然後我發現他的視線根本不在書上，手中的原子筆，在課本上不斷畫著雜亂無章的圈圈。

「那個同學比較可憐，爸爸過世以後，媽媽就改嫁了，後來跟著外公外婆住在一起，大概是因爲這樣吧，所以比較自卑，常常都不說話，不然就是不來學校，所以我先生以前就很注意這個學生。」然後，我想起師母說的話。

那個人是你嗎？那個人是你嗎？

03

我很想多知道一點關於魏嘉錚的事情，不過可惜的是，自從那次之後，他就沒再跟我說過話，我說的，是那種像朋友一樣地說話。而理所當然地，我也不會笨得再去校門口那家雜貨店折磨自己的腿。

但是說也奇怪，我不去那家雜貨店，班上卻有很多人都陸續跟師母熟了起來，包括藝紜在內，幾乎每天都去報到。師母有的是說不完的奇聞軼事，還有學校周遭的八卦消息。不過最重要的是，只要他們多陪師母聊一會兒，她就會把原本放在貨物架上、要販賣營生的文具用品拿來送給這些聆聽她故事的孩子們。而我也訝異，爲何那麼多同學去師母那兒，卻沒有半個人能帶回一點關於師母口中那個奇怪學生的消息。我在猜想，是誰提醒了她，別把這件事情說出去呢？或者那天師母的無意提及，就純粹是個巧合呢？

小鎮的日子總是日復一日，我從不曾仔細留意時間如何流逝，上課鐘響過，跟著是下課鐘響；升旗典禮之後，彷彿轉眼就是降旗典禮。第一次月考我考得很好，爸爸給了我五百元零用錢當獎勵，而我拿到錢，買的第一樣東西，是送給藝紜，用來安慰她的禮物。

「給我個杯子幹嘛？裝眼淚嗎？」她腫著眼睛問我。其實她的成績也不差，是全班第十名，只是距離她自己預設的目標還有點遠就是了。

「這樣妳晚上念書的話，還可以泡茶或泡咖啡喝。」我說。

「每天喝一杯咖啡的效果，我覺得比不上一刀捅死妳來得直接。」她似笑不笑，而我只能莫可奈何，因爲我是她的目標，而這次月考，成績比我好的，只有一個楊欣怡。

魏嘉錚總是一副滿不在乎的樣子，他不常開口的現象並不只發生在跟女生往來的部分而已，班上許多男生跟他一樣沒話說，甚至我聽到大家對他都頗有疑議，有人說他自閉，有些人則說他一定是頭腦有問題。

月考過後，課餘活動陸續增多，同學間輾轉傳來消息，校方正在努力發展學生社團運動，還聽說我們級任導師有意成立劍道社，也許基本社員就是本班全班同學。聽到這消息，藝紜第一個哀嚎，她可忍受不了穿著一身防具，手上還拿著木刀揮來揮去的感覺。而爲了確定消息是否屬實，趁著打掃時間，她要我去問魏嘉錚，希望「班長」可以比別人多知道一點消息。

不過結果當然是令人失望的，魏嘉錚除了搖頭晃腦，就只能搓搓自己鼻子，跟我說「不知道」而已。這個人最近鼻子很糟糕，上課老是不斷擤鼻涕或打噴嚏，連老師都注意到他。

「你鼻子還好吧？需要衛生紙嗎？」我拿面紙給他。

「沒關係，謝謝。」掙扎著說話，他剛剛連續打了好幾個噴嚏，現在一臉生不如死的樣子。

「你要不要看醫生？」

「沒關係。」他又說了這三個字。

「我家附近有個中醫師，很厲害，醫術很好……」

「沒關係。」最後，他還是只給我這三個字。

我不知道應該怎麼跟他說話，有時我會懷疑可能是自己很討人厭。座位一旦固定，整個學期就不會再更換，但我後來很努力回想，就是想不太起來，究竟我們剛認識的那一年，到底他跟我說過多少話，似乎所有的言談都是如此輕描淡寫。

而我也常問我自己，這個人給我一種什麼樣的感覺，他的內向，讓我對他感到好奇，卻也束手無策，如果他更開朗一點就好了；但如果他是個很開朗的人，我還會注意到他嗎？我們之間只隔了一條寬不逾五十公分的走道，不經意轉頭，就會看見彼此，然而他的眼裡到底看到了什麼樣的我？

同樣對他也感到好奇的還有藝紜，不過藝紜的態度與我有點不同，她覺得魏嘉錚是個很可怕的人，但究竟哪裡可怕，她自己也說不上來。

我想那就是一種最初的悸動吧，我從來沒有眞正喜歡上誰過，爸媽每天忙著工作，田裡永遠有做不完的事，除了上學，我也從來沒有完全屬於自己的時間或空間，頂多就是國小時，被學校網羅去美勞組，偶爾跟其他同學，代表學校去畫幾張水彩畫，參加參加比賽罷了。

所以有時我會這樣，不經意轉過頭，用眼角餘光瞄一下他，想看他上課時都在做些什麼，我知道他在國文課本每一課的作者欄旁邊，都爲作者畫上畫像；在歷史課本上，替歷史事件畫插圖；而英文課本，他則寫了一堆大概只有他自己看得懂的潦草字跡。有時我會很希望他這麼畫著畫著，忽然就發現我正在偷眼看他，但確實也有過那麼幾次，他似有所感地朝我這邊微望過來，那當下我沒有讓眼神交會，卻像個做壞事被發現的孩子，趕緊把頭轉回來。

我知道那是一種好感，但我不確定那算不算得上是喜歡，魏嘉錚在我腦海裡的印象，就是那麼簡單的，開學那天，蹲著，一把將地上的垃圾抓進了垃圾袋裡而已。這種感覺我不敢告訴任何人，包括藝紜在內。我想或許我還需要多一點時間，或者有更多一點機會，也許，我就可以更明白自己的想法。

上學期結束那天，大家亂成一團，我沒有時間留意其他事情，魏嘉錚是班長，更是忙得不可開交。藝紜跟我一起把教室佈置的裝飾品拆除，都扔進了垃圾袋，同學們有的甚至已經背著書包先走了。我很想在教室裡多留一下子，但是藝紜卻拉著我，要我陪她去逛街。

後來我始終都很後悔，如果那時我拒絕她，也許我就可以在教室裡等到魏嘉錚回來；如果我等到了，說不定我可以跟他說聲再見；而如果當時我說了那句再見，那麼一個寒假過後，當我們一起站在教務處前，看著彼此分屬兩個不同班級時，我就不會聯想起，之後的分別，可能是當時我們少說了一句「再見」。

那是個看似短暫，但卻漫長的寒假。家裡總有要幫忙的工作，所以日子似乎過得很快，但不管再忙，每天晚上我總還有片刻能坐在書桌前，聽著張雨生的老歌，背背單字或算數學，那時我又總會猜想，不曉得下學期分班時，我跟藝紜，跟魏嘉錚，還有其他同學們，是不是還能在一起。

爸媽並不明白我在那假期中的思緒是怎樣飄移，他們總愛拿我哥以前的成績來勉勵我，所以當開學那天，我站在教務處外面，看到自己被分到成績較高的資優班時，我想我回家是可以光榮地與他們分享消息了。

「好可惜，妳跟梁藝紜不同班了。」當我正在瀏覽自己班上的新同學姓名時，身邊忽然有人說話，那聲音很耳熟，我不用轉頭也知道是魏嘉錚。聽到他的聲音，眼角出現他的側影，我忽然有種心都空了的感覺，然後他繼續說：「我以前就覺得，妳的名字很好聽，妳爸媽一定很愛看書、很有學問，才會幫妳取這樣的名字。」

「是嗎？」我有點不好意思，相同的話，半年前藝紜也說過。

「我得走了，我們以後不同班了。」他始終都看著公佈欄，自始至終，竟沒有正面朝我看上一眼。

我不知道自己應該說些什麼，魏嘉錚背著書包，靜靜轉了個身，就要往走廊的另一邊走去。

「欸！」突然，我被自己叫住他的聲音給嚇了一跳。

他似乎也怔了一下，轉過頭來看著我。那是我對他的第二個深刻印象，在教務處外面，學生熙攘穿梭的走廊邊，有一早的陽光照著他半邊臉，他用疑惑的眼神看著我，而我忽然笑了一下，「其實我爸只有國小畢業，他不太認識字。我的名字是我媽取的，理由很簡單，只因爲我是梅雨季節之後出生的，所以叫作『雨寧』。」

他說他會記得這個典故，而我記得這個約定，第一個約定。

04

小鎮上共有三所初級中學，就屬我們國中升學率最高，當然，高升學率必定與校風有關。這裡的女生除了極少數人之外，都是整齊的清湯掛麵髮型，絲毫不見特色，唯一幾個例外，則比如又跟我同班的楊欣怡，她是天生的大波浪捲，生活組長也奈何不了她。至於男生，則永遠都是短得不能再短的小平頭。

一個在學生儀容方面管理嚴格的學校，自然更注重課業，剛進入國一下學期，四個資優班已經開始上課後輔導，坐在教室裡，我依然是最前面的那一個，而此時我的右邊沒有魏嘉錚，後面也沒有藝紜，之前在十二班的同學，只有楊欣怡跟那個滿嘴「好像什麼又好像什麼」的曾國謙還與我同班。很剛好地，我們這個新班級的導師，就是曾國謙的阿姨，於是他成爲本班班長，而楊欣怡站在友情支援的立場，當了副班長。

我常常對著講台發呆，當曾國謙在台上其其艾艾地說話，而楊欣怡站在一旁隨時搭腔，幫他做補充時，我會想起那個只會宣佈上下課的魏嘉錚，爲什麼那時候我從沒想過要幫他呢？是因爲我不是班級幹部？或者，是因爲其他理由？

我想都是我多心了，事實上我也沒有太多機會可以多心，平常上課，老師總是大量灌輸我們各式各樣的解題方式，而每天放學後，我們留下來上輔導課，再繼續演練各類型的題目，剩下來一點點能夠神遊太虛的時間，恐怕只有午休而已。

被編到二班來，這教室距離以前的十二班很遠，我幾乎沒有機會過去找藝紜聊天，不過慶幸的是，他們的戶外掃地區域，就在我們教室附近。於是又跟以前一樣，我擦著玻璃，藝紜會逛過來找我閒扯，她說起以前班上的那些同學，當然也會說起魏嘉錚。

「他變得很誇張喔，一天到晚狂念書。」藝紜說。

「那妳呢？」我想聽到關於他的消息，但我也一樣在乎我的好朋友。

「妳跟坐在妳後面的人熟不熟？」沒有回答，藝紜問我一個奇怪的問題。見我搖頭，於是她說：「很好，別跟他太熟，因爲下個學期，我發誓我一定又會坐在妳後面，繼續用手戳妳。」說著，她伸出手指，忽然對著我的臉戳了一下。

我錯愕之餘，就看著她狂笑著逃開，一溜煙跑得不見人影。

魏嘉錚改變了嗎？想起他上學期那種對什麼都漫不經心的樣子，我總覺得如果不在國文課本上幫作者畫大頭人像的話，那他就不像他了。有點悵然，不過也有點開心，如果他更認眞點，那麼也許下學期，我們又有機會同班了。我決定自己也要更加用功，以免到時候魏嘉錚的成績進步了，反而我卻落後了。

藝紜每次大考或小考，都會把成績表拿過來給我看，她很樂意與我分享她的喜悅，而我也會把一些輔導課時，老師給的講義讓她帶回去看，這種感覺是愉快的，我很誠懇地期盼著，看到每一次她的名次都在進步，直到第一或第二名，都是她跟魏嘉錚在互換的那一天。

「妳有沒有覺得我進步很快？」那一天，拿著第二次月考的成績單，她開心地問我。

「嗯，可是還不行喔。」我指給她看，成績單上，藝紜拿了第二，但前面還有個魏嘉錚。

「那沒辦法呀，妳上次拿給我的那些考卷跟筆記，被他借去之後，居然跟我說找不到，一直到月考前兩天才還我，害我都來不及看。」她嘟著嘴。

一愣，我有點說不出話來，藝紜把我借給她的考卷跟講義，又轉借給魏嘉錚？這表示什麼？我還沒看清楚自己心裡的想法，耳裡聽到藝紜又說：「因爲我看他每天都在那邊死讀書，你們在上輔導課，他一個人在空蕩蕩的教室裡背書，那樣效果實在太差了，所以我才把東西借他的。」

魏嘉錚在「空蕩蕩」的教室念書？如果魏嘉錚念書的教室眞的「空蕩蕩」的話，那藝紜怎麼會知道？我不由自主地嚥了一口口水，要自己停止這種可怕的揣想。手上那張成績表，忽然有點無力再抓，輕輕的風來，成績表就這麼飄了出去。

「妳沒事吧？怎麼了？臉色好難看。」藝紜把成績表撿了回來，納悶地看著我。

「沒事，只是有點感冒。」我心虛著。

那是什麼感覺？吃醋嗎？我幹嘛吃這種醋呢？當藝紜狐疑不定而又擔心地離去後，我坐在位置上，獨自安靜地想著。

旁邊傳來同學們的笑鬧聲，大家正努力要把曾國謙跟楊欣怡湊成一對，他們玩得非常開心，只有我，默默地坐在角落裡，任由思緒天馬行空，抓也抓不住。

我很想找個放學後的時間，去他們班上看看，或許教室裡其實不只魏嘉錚跟藝紜兩個人，或許他們其實沒有太多交談，就只是單純地分享一份從資優班裡流傳出來的講義跟考題，或許一切都只是我想太多，我們才國一，好像不是談戀愛的時候，更何況他們現在是班上成績最好的前兩名，腦子裡應該都只有課業……然後該死的我想到「金童玉女」這個要命的成語。

05

如果妳真的非得勝過我的話，我願意什麼都讓給妳，只除了一件事情。

我是迷惑而且矛盾的，當期末考前，我整理著講義跟考卷，準備拿給藝紜時。她會不會再借給魏嘉錚？他們是不是又會一起在教室念書？我當然希望再跟藝紜與魏嘉錚同班，但我又不希望他們走得太近。而知道這些事後，我對藝紜的感覺變得好奇怪，有時我很喜歡她來找我聊天，像好姊妹一樣，跟我說些他們班上的事；但有時我又有點討厭她，總覺得她奪走了一些我的什麼。但她到底奪走的是些什麼？想著想著，不禁笑了出來，連我自己都感到荒謬。

課程表上，舉凡學科之外，其他課程大部分都會被挪用，有時是學科老師借課，有時是自習或小考，而放學後的輔導課，則是繼續加強練習。

我有時會懷疑，到底這些鍛鍊，對未來上考場能有多少幫助？四個資優班又分成前後兩段，我還在後半段，那前半段的十一、十三班過的又是怎樣暗無天日的生活？

胡思亂想中，我牽著腳踏車，慢慢往校門口走。天快黑了，又是空蕩安靜的校園。分班後，我的放學時間就比別人晚了一個半小時，再沒有機會遇到魏嘉錚。天色昏暗，我很想學他那樣，放肆地直接上車，騎出校門去，不過可惜的是，一來我沒這膽量，二來是今天上學途中，腳踏車的鏈條跟齒輪脫離了，我對機械的東西一竅不通，早上就這樣牽著車子走來，看來現在還得牽著回家。

今天不知怎的，心情有點浮動，或許因爲又快期末了，對考試有所警覺，也擔心下學期的再分班吧。晃到校門口，我聽見有人叫我，轉頭一看，是以前十二班的同學，不過名字我記不得了。

那個同學就站在雜貨店外面，對我親切地揮手，我很想過去跟他聊幾句，不過一想到雜貨店的「師母」，不免又退避三舍。微微一笑，我向他打個招呼，然後準備離去，而也就在這時，我看見那位同學的背後，走出了一大群人，他們三三兩兩，都從雜貨店裡踱了出來，大多數都是我認識的老同學，而其中一個是魏嘉錚。

「你們在師母那裡幹嘛？」老同學們走光了以後，他牽著腳踏車走到我旁邊來。那群同學都不是喜歡念書的人，他們不會為了一點打賞的小文具而去聆聽師母的故事，會聚在那兒，著實讓我納悶。

「打電動跟看人打電動呀。」他說師母的雜貨店裡面有個小角落，擺了好幾部電動玩具。真是個天大的祕密。

「那你是哪一種？」

「『看』的那一種。」魏嘉錚說了一個很奇怪的理論，「看會打電動的人打電動，是一種至高無上的享受。」

跟他說話時，我有種不自覺的心慌，比起跟其他男生說話，總覺得話題很難接，但我想他也是，從他侷促不安的樣子可以看得出來。只是我不肯定，他對其他女孩，比如藝紜，說話時會不會也這樣。

「那你為什麼不讓自己變成一個讓別人看你打電動的人？」我勉強著繼續找話。但結果這問題他沒回答，只是搖搖頭，我原本還想再問點什麼的，但忽然間，瞥見了他臉上一閃而過的黯淡，這才大感後悔。他或許也想變成一個能坐在遊戲機台前，讓大家稱羨的遊戲高手，但師母說過，他的家境不好，一個家境不好的學生，要怎麼有閒錢，投注在遊戲機的無底洞裡？

對於自己無意間刺傷了別人，我不禁感到懊悔，而刺傷的人是魏嘉錚，更讓我羞赧難當。那找不到話說的當下，其實時間很短暫，但對我而言，卻彷彿有千百年之久。

「嘿，妳不回家嗎？」他忽然開口，那表情看來似乎已經恢復平常，這讓我更加不好意思。

「腳踏車壞掉了，我得牽回去給我爸修。」我指著垂下搖晃的鏈條。

「這很簡單嘛。」說著，他要我等一下，跑過去跟師母要了一根吸管。

我好奇著，腳踏車的鏈條掉了，要根吸管來做什麼？魏嘉錚沒有多解釋，他蹲了下去，將吸管對摺，勾住鏈條，然後用手轉動腳踏板，一邊轉，吸管拉著鏈條跟著往上拖，就那麼輕而易舉地，把已經脫離齒輪的鏈條又帶了回去。我原以爲這得弄上半天的，沒想到魏嘉錚卻不費吹灰之力地把它修好了。

「你怎麼會修這個？」我很詫異地問他。

「如果妳跟我一樣，一台破腳踏車要騎很多年的話，那就不難了。」看著我那部剛買不到一年的新車，他若有所思地說。

那天，我在天色完全黑了之後，看著街燈下的他，跨上腳踏車離去。心裡是有點悵然的，有些我想問的始終沒問出口，錯過這次，下次單獨聊天又不知道得等到何時。自己都不了解自己，到底是爲什麼，居然連一些簡單的話都說不好。

隔天我趁著楊欣怡有空時，向她請教，想知道她是怎麼跟男生說話的。在我叫她之前，她剛跟曾國謙聊完，如果說魏嘉錚跟藝紜是十二班的金童玉女的話，那麼楊欣怡跟曾國謙就是我們二班的郎才女貌了。

「張開嘴巴說話而已，會很難嗎？」她反問我。

「可是……」我有點支支吾吾。

「妳想太多了，」她很大方地笑著說：「站在陽光下的人，心中不該有陰影，坦然點就好了。」

楊欣怡就是這樣的女孩，當我們的導師，也就是班長曾國謙的阿姨，以及全班同學都在撮合她跟曾國謙時，她依然絲毫不在乎地做她自己，面對愛情，她不閃躲，卻也不承認些什麼，只是讓自己做自己該做的事而已。

我一直牢記得那句話，並以此自我勉勵，順著這種想法，或許很多感覺都應該讓它順其自然。期末考的最後一天，我趁著數學考完的休息時間，走向十二班教室，今天我想跟藝紜說聲抱歉，畢竟這段時間以來，我陰晴不定的臉色一定讓她很不好受，而且我想讓她知道，其實我對魏嘉錚也一直有著好感，或許我的好朋友可以給我更多建議。

昨天下過雨，地上有點泥濘，我小心地抓著裙襬，踩過略微濕滑的小徑，一路走到十二班的教室外面。

大家剛剛考完試，一群學生窩在走廊邊討論剛才的考題，我在人群中望不見要找的人，正想問問其他同學，卻看見不遠處，魏嘉錚慢慢晃了過來，他手上拿著一瓶水，神色一如往常般平靜，但他的旁邊，卻是藝紜開心的笑容。

然後，我承認自己不是個坦然的人。

站在陽光下的人，心中就不該有陰影，但，我們站在陽光下嗎？

06

那個暑假最喧騰的，大概就是麥當勞的出現吧。據說開幕當天，人潮擠爆了店面，連我爸都興高采烈地去買了兩個漢堡跟一杯可樂。

我家是個三合院，歷年來翻修不大，以前的豬欄拆了，變成我爸停小貨車的地方，曬穀場在農忙時可以堆滿成丘的筊白筍，只是這一兩年來，我爸的身體狀況似乎沒有以前好，加上他最近剛接觸到一個我分不太清楚是道教或佛教的宗教，經常要往道場跑，其實也沒多少時間與精神可以耕種。他常跟我媽討論是否要賣了田地，專心養老。我媽不是很贊成，卻也沒有更好的理由，就只等我那還在當兵的哥哥退伍，再看我哥的意願去決定了。

暑假期間，藝紜來過好幾次，我們一起到稻田裡去窯烤，或到灌溉渠邊玩水。她大概是我從小到大，來過我家最多次的朋友吧，藝紜嘴甜，我爸媽都喜歡她。那些日子裡，我們從不談論有關學校或魏嘉錚的事，她似乎察覺了一點什麼，只是並不肯定，而我其實知道她想問我什麼，但我卻不願面對。

新學期開始後，我從一年二班，變成了二年二班，導師不變，不過同學卻大換血，楊欣怡的老搭檔曾國謙，跟幾位同學都往前推進，換到最資優的十三班去了，而新補進來的名單當中，赫然可見藝紜跟魏嘉錚。

「上個學期末，梁藝紜就說她有預感，這學期會再跟妳同班。」還是站在那個老地方，教務處外的走廊一樣人來人往，而我發現，站在身旁的魏嘉錚好像長高了一點。

「她一向就是這樣，什麼都要分個高下。」我微笑，想起暑假，她烤的地瓜一定要比我的先熟；一起泡在水裡，她堅持要浸得比我深；連玩橡皮筋，她也非要跳得比我高。

「真的什麼都能分出高下嗎？」他自顧自地說著。而那句話讓我想起了更多更多，關於一些我覺得不該去想的。

我知道感情是沒有高下之分的，只有選擇的問題而已。新學期開始，藝紜去巴著老師求了好久，才拗到我後面的座位，但事實上，這一年來，我的身高也有增加，她並沒有比我高到哪裡去，反倒是變得又黑又壯的魏嘉錚，去年他還坐在前面的，現在居然換到中間去了。

「幹嘛非得坐我後面呀？」我瞄了一眼更遠方的魏嘉錚，他坐在楊欣怡旁邊，看來像是楊欣怡在對他說什麼似的。而眼前的藝紜則是一臉新鮮，我很想跟她說：看吧，還爭個頭，現在可好，鷸蚌相爭的結果，就是白白便宜了別人。

「妳在這個班待那麼久了，坐妳後面當然有好處呀，對吧？」她不懷好意地笑著，「小考的時候記得把考卷放低一點喔。」

我不記得那當下我是怎麼回應的，而後來我也沒機會多想，因為開學之初，我們都還沒適應上課環境，一連串的小考、測驗就壓得我們喘不過氣來。我自認為不是非常善於念書的人，只能不斷捕捉零碎的時間，努力將東西往腦袋裡塞。但藝紜則不然，她很能掌握訣竅，應付裕如，只可惜她習慣了不求甚解，往往都只懂一半，另一半就聽天由命了。我想要不是因為這樣，國一下時她也不會編不進資優班。

我喜歡跟她待在同一個班級的日子，儘管彼此心裡都有一點什麼知而不能言語的感覺，但只要避開了，也就不影響友誼，甚至有時候，她還會站在我這邊，就好比現在，藝紜把我從一堆國文注釋裡給挖出來，要我順著她手指的方向看，「看看看，我覺得楊欣怡一定對魏嘉錚有意思，妳看她的手，居然搭在魏嘉錚的肩膀上！」

「管人家那麼多幹嘛？」我假裝心不在焉，「妳不要會錯意，楊欣怡對很多人都是這樣子，那叫作坦然，更何況全世界都知道，她喜歡的人是曾國謙。」為了加強藝紜的印象，我還特別說明，「妳記得一年級上學期，我們班有個理平頭的，一開口就『好像、好像』的那個傢伙吧？就是他，人家他現在在十三班。」

我可以把諸如此類的一些小細節，解釋成藝紜身上的細胞裡有八卦的基因在蠕動，但其實可能只有她自己不知道，再不然就是我太過自欺欺人，因爲藝紜每次指給我看的，都是魏嘉錚座位附近的人。

待在資優班的第二個學期，照例沒有社團活動可言，這種生活還不到一個月，藝紜就大呼吃不消，常常掛在嘴邊，說要故意考差，要回普通班去逍遙自在。我知道那只是一時的怨懟，因爲相同的話，去年剛被編到二班來時，我也聽好多人說過。而除了課業壓力，二上的新班級裡，班上同學間的小團體也比以前更加壁壘分明，甚至還會互相敵視，這跟當初我們在十二班的融洽，簡直不可同日而語。

這種生活很緊湊，卻也枯燥，原本我以爲今年大概就是這樣子了，孰知就有那麼一個下午，天氣陰霾著，午休剛過，我拿出歷史課本正要讀，教室裡的廣播器忽然喊出了一串人名，而在這行列中的，本班除了我，居然還有魏嘉錚跟另一位同學，要我們到教務處集合。

「妳作弊被抓嗎？」藝紜睜開惺忪睡眼，問我。

「我還盜用公款呢！」伸手拍拍她的頭，我帶著狐疑起身，走出教室前，我看見魏嘉錚還趴在桌上呼呼大睡。

教務處找我做什麼？我心裡揣度著：學費，我有交；作業，我沒慢過；什麼作弊的就更別提了。第一次在廣播器裡聽到「唐雨寧」三個字，眞讓人忐忑不安。

教務主任的名字我不知道，但大家都叫他「雷公」。雷公跛了一條腿，行走時總是拄著枴杖，現在他就威風凜凜地站在教務處外。

我側身在這群被他喚來的學生中，聽著他果然非同小可的嗓門，正在對我們斥喝。一年多前，我們剛升上國中時，校方曾發給我們一張調查表，其中一欄要塡寫特殊才藝，除了畫圖，別的我一樣也不會，但畫圖又算什麼特殊才藝了？所以當時我便決定讓該欄空白。而令人不解的是，雷公不曉得從哪裡訪查來，知道我們國小時都曾代表學校參加繪畫比賽，現在到了國中居然隱匿不報，因此特別廣播找我們來，要把我們重新編隊。

「這是一項特殊才藝，也是爲校爭光的機會，你們怎麼可以放棄？」雷公咆哮著，一邊翻開名冊，他還要點一次名，確定沒有漏網之魚。

那當下我有點擔心，倘若雷公知道魏嘉錚還在教室睡覺，會不會乾脆連廣播器也不用了，直接從這裡吼出去，把兩百公尺外，正在教室裡酣睡的他給震醒？

我們班被點到的一共有三個人，其中一個魏嘉錚缺席，雷公喊完了我跟另外一個女生之後，我已經緊張得要遮住耳朵，等他大聲怒吼了，沒想到他忽然很輕聲細語，又和顏悅色地問我：「小妹妹，妳跟魏嘉錚同班，對不對？」

我能回答什麼？回答「不對」，那被吼的人肯定是我；而回答「對」的下場，則是我得代替行動不便的雷公先生，又跑回教室去找魏嘉錚。一邊小跑步，我一邊煩惱著，如果加入美術組，就得買很多畫圖工具，那對家裡總是一筆開銷，當初不想塡寫這項專長，這現實的理由也是其一。

穿過花圃，我漸行漸慢，快要到教室前，卻看見魏嘉錚走了過來，我趕上前去，跟他說了來意，同時也聞到他身上有菸味。

「你抽菸？」我很詫異。

「兩口而已，跟一班的。」他揉揉眼睛，慢慢往教務處走。

「一班有人抽菸？」不太敢置信，一班也是資優班，居然有人會抽菸？跟在魏嘉錚後頭，我忽然有種擔憂的感覺。

「暑假打工認識的，剛好就在隔壁班，上廁所遇見了就抽幾口而已。」他沒回頭地繼續走。

我想叫他乾脆別去了，萬一讓雷公聞到了，他不被打死才怪。有點心急，但我卻不知該如何開口，跟在後面，他的步伐不快，但是邁步卻大，我很想扯住他的衣服，可是手卻怎麼也伸不出去，轉眼間走到教務處外面，魏嘉錚忽然停步，而我差點撞上他的背。

「對了，剛剛有個男生來教室找妳，說他是八班的，要拿這個給妳。」他略一側頭，沒有看我的臉，卻把一張小紙箋遞給我。

而我還來不及拆開，就聽見雷公的大嗓門，「喔，讓我們來歡迎一下，得過寫生比賽全縣第二名的魏嘉錚同學！」

07

我可以不畫圖、不拆開那封信，但是你不要抽菸，好不好？

我知道二年級是個全新的開始，但怎麼也想不到，會是以這種方式展開的。首先是藝紜不斷提醒我，魏嘉錚跟楊欣怡有「變得很要好」的跡象，接著是我跟魏嘉錚一起被雷公逮去美術組，而同一時間，我收到一封情書，內容八股又滑稽，還有好幾個錯字。八班沒有半個我認識的人，但署名居然是「知名不具」。

「『知名不具』？」反覆看了兩次那封情書，藝紜一頭霧水，「我怎麼都看不出來，到底從哪裡可以『知名』。」

我也很納悶，而偏偏對方傳信時，遞交的對象是個睡到糊塗的魏嘉錚，我問他這信的主人究竟長什麼樣子，他想了很久，只說了句廢話：「男生，八班的男生。」

其實我並沒有很想知道信是誰寫的，這學期除了課業，我們幾個人剩下的時間，都拿著畫具在校園裡到處畫。那天在小操場，十二班的師生們正穿著防具，在角落練習劍道攻防，魏嘉錚看了很久，跟我說：「與其坐在這裡畫圖，我更想過去那邊玩。」

若非考量到經濟與課業的壓力，我其實不那麼排斥參加美術組，畢竟這讓我增加很多跟魏嘉錚說話的機會，而且不會受人打擾，儘管他的話總是不多。

「雷公不會放你走的。」我說：「因爲你得過獎。」他的臉色很難看，彷彿是在說：得獎也不是我願意的。

我總不敢跟他坐得太近，兩個人之間相隔著各自的畫具，因爲這裡還有我們班上的另外一位同學也在寫生，而我收到情書的消息，則老早傳遍了全班。

「妳跟那個那個誰，現在怎麼樣了？」他正在圖紙上爲一片鳳凰樹添加色彩，忽然又問我一個怪問題。

「哪個誰？」

「寫情書的那個那個誰呀。」他停下筆，轉頭問我：「妳該不會到現在還不知道他名字吧？」

我聳聳肩，確實是不知道，我總共收到三封經由同學輾轉傳來的情書，但每封的最後都一樣，寫著「知名不具」。每個受託幫他傳信的人都不認識這位神祕怪客，大家都只知道，那個人身材高壯，看起來活像隻黑猩猩。藝紜說下次如果有機會，一定要把那傢伙抓過來，好讓我看個清楚，不過我看算了，那個人究竟長什麼模樣，對我來說都無所謂，而且我也不想知道。魏嘉錚似乎也覺得這話題有點無趣，微微一笑，又開始繼續畫圖。

不過好難得他開了一個話題，雖然我這張圖的進度已經落後，而且構圖一團糟，但我卻不想把時間花在修圖或趕工上，趁著機會，我問他：「那你呢，你最近又怎麼樣？」

「什麼怎麼樣？」

「你不要跟我說你沒感覺喔，陳婉孟她們的事情呀。」

我的口氣中透了一點擔心，但我想魏嘉錚並沒有察覺。這個人就是這樣，說他安靜，可是我後來發現，他在教室外面，會跟一班的男生聊得很開心，甚至一起抽菸；說他孤僻，我卻又經常在放學後，看見他的腳踏車停在師母的雜貨店外，他跟一群十二班的同學去看別人打電玩。可是爲什麼他就是不愛跟自己班上的同學往來？班上的小團體已經摩擦甚多了，魏嘉錚這種滿不在乎的樣子，更惹得很多人對他厭惡，只有他還是好像什麼都不知道似的。

事件是從上星期三的下午，當總務股長要跟大家收這個月的影印費時，魏嘉錚用一張沒有表情的臉，跟他說了一句「沒錢，明天吧」開始。當他說他沒錢時，我知道他是眞的身無分文，因爲傍晚打掃跟降旗後，還有大約半個小時的自由時間，當大家紛紛往校外走去，到速食店或小攤販去買些蔥油餅、麵包來果腹時，魏嘉錚總是一個人安靜地坐在教室發呆，或獨自晃到教室旁，擺放掃具的小通道邊去，然後又帶著一身菸味回來。他沒錢吃點心，當然就更沒錢交影印費。

總務股長身邊有好大一群人，男男女女，陳婉孟就是其中之一。他們盤據著教室後方的那一區，雖然不至於作威作福，但總是好龐大一群勢力，而且成績又都不差，是班上人數最多的一個小團體，加上老師對他們又好，誰要得罪了這些人，就會像魏嘉錚一樣被孤立。

這一個多星期，愈來愈少人去跟魏嘉錚說話，老師似乎也愈來愈不喜歡他，我很想替他跟大家說點什麼，卻又自覺沒有立場。

「我覺得有些誤會，解釋清楚會比較好。」發自內心，我建議他。

「有就有，沒有就沒有，有什麼好解釋的？」他搖頭，繼續畫圖。

那天我的圖果然沒有畫完，社團活動結束時，我們三個美術組的同學一起回教室，才剛從教務處離開，旁邊辦公室裡，我們班導就探頭出來，把魏嘉錚給叫了過去。老師找他幹嘛呢？我全然不記得雷公對我的嘮叨，只有導師嚴肅冷峻的臉孔在我心裡印得好深。

「導師找他什麼事呀？」我問問旁邊的同學。

「誰知道？」她甩甩畫筆，「反正這個人一向很討人厭。」連她都這麼說。

懷著忐忑，我快步回到教室，畫具都還沒擱下，就先看到桌上兩張考卷，還有我座位後面，藝紜難看至極的臉。

「有兩個壞消息，妳要先聽哪一個？」還沒看考卷，藝紜先問我。

「都是壞消息的話，從哪一個先說還有什麼差別？」

「彼此有先後跟因果，其中一段又跟妳有關。」藝紜的話引起我的納悶，不知道爲什麼，我腦海裡又想起剛剛魏嘉錚被導師叫去的畫面，似乎有種山雨欲來的壓迫感正籠罩著。

「第一件事，大家都知道傳情書給妳的人是誰了，剛剛社團活動時，我們在考數學，而八班那個神祕人剛好拿信來，說巧不巧，就遇到導師來監考。」

「所以？」我皺眉。

「所以信被導師拿走了，然後那個八班的臨走前還很囂張，說叫我們轉告魏嘉錚，最好小心一點，因爲他聽說魏嘉錚跟妳一起去畫圖，還聽說你們很要好。這些話居然當著我們導師的面嗆出來，眞是目中無人到了極點。」

「屁。」我啐了一口，魏嘉錚跟我很要好？他要是眞的跟我很要好就好了。

「然後是第二件事，」藝紜拍拍我的肩膀，繼續說：「導師當然不相信妳跟魏嘉錚之間會有什麼，她還說你們以前雖然同班過，但是現在成績差那麼多，妳怎麼可能會喜歡那種沒腦袋的男生。」

我不禁暗暗叫苦，導師幹嘛說這些？藝紜又說：「然後眞正的麻煩來了，導師才說到這裡而已，那個陳婉孟就很雞婆地跟老師說了一句話，讓她差點氣到中風。」

我很想掐住藝紜的脖子，叫她說快一點，不過是兩節課裡發生的事，她到底要說多久，一直賣關子可眞讓人受不了。藝紜湊近我身邊，放低了聲音，「那個三八就在全班面前，跟老師說這種事也不無可能，因爲魏嘉錚平常就常常用很色的眼光，一直盯著班上女生的胸部看，現在才會跟八班的人爭風吃醋。」

那瞬間，我有種腦袋一空的爆炸感，一瞥眼，個子嬌小、看起來非常柔弱的陳婉孟正神色自若地走進教室，我有種衝動，想過去質問她，究竟她跟魏嘉錚或跟我有著什麼樣的深仇大恨，需要這樣詆毀別人？甚至還可以在說出那些話後，擺出這一副若無其事的樣子！

而也就在這一轉頭的當下，我看見陳婉孟晃過去魏嘉錚的座位旁，忽然她一個顚簸，身子在桌邊一靠，就這樣輕輕地把魏嘉錚桌上，那一瓶剛剛社團活動課時發下來的紙盒裝鮮奶給碰掉在地上，接著又一腳踩下去，那無聲的力道落下，白色鮮奶被擠爆開來，溢流滿地。我氣得全身發抖，握緊了拳頭，霍然起身，正想說句話時，有個人從我背後經過，男生們夏季的藍色體育短褲，沒能遮住他大腿上清楚可見的幾條紅色笞打痕跡，想是剛剛老師賞給他的。

「魏嘉錚。」我忍不住喊了他的名字。

他沒開口，陳婉孟卻退了兩步，閃到一群跟她要好的男生那邊去，雙眼跟著全班，都直盯著魏嘉錚。

他什麼也沒說，什麼也沒做，就這樣靜靜地看著地上那灘還在溢流的鮮奶，然後又走出教室，到旁邊的掃具放置處，去拿了一支拖把，等他再走進來時，我看見他眼裡有說不出的悲哀。

我懊悔於自己的膽怯，才讓沉默成了你唯一的武器。

08

我以為他會憤怒，或者抱怨，甚至一度以為他會哭，但結果卻什麼都沒有。那天，他只是安靜地拿著拖把，把地上的鮮奶清理乾淨，楊欣怡則幫他把那個被踩扁的牛奶紙盒扔進了垃圾桶。

後來導師沒再就這件事做任何動作，但我知道那也已經足夠了，全班都看見了魏嘉錚後大腿上那幾條傷痕，我們導師雖然是女的，但下手可從不心軟，考差了要打，講髒話要打，這種事情當然更要打。

只是我不明白，為什麼導師沒有徹查清楚，就輕易地給了魏嘉錚處罰呢？魏嘉錚在辦公室裡有替自己辯解什麼嗎？我想一定沒有，但爲什麼不呢？是一種很深的無奈感嗎？

那之後的幾天，我每晚躺在床上時總是想著，換作是我，我該怎麼辦？我只有藝紜一個朋友，不像魏嘉錚還跟十二班、一班的人有往來，我猜如果是我，那我一定會哭死。就像現在，魏嘉錚在班上連透明人都稱不上，他簡直是個發臭或腐爛的東西，每個人經過他身邊，都會刻意避開，沒有人要跟他說話，或找他討論功課，除了我跟藝紜，就只剩下一個楊欣怡。

我知道他很不開心，也猜想得到他會有多麼難受，只是愈站在他的立場爲他想，我就反而愈不敢主動跟他說話，以免又有什麼閒言閒語，甚至社團活動課，去美術組畫圖時，我也得離他遠一點。魏嘉錚的數學成績一向都很糟，我把一些算數公式跟應用題解法抄好，卻始終苦無機會拿給他，最後也只好託藝紜轉交。

「妳到底在怕什麼？」第二次我託藝紜拿的是一張寫滿英文單字與例句的活頁紙，藝紜似乎有點不耐煩。

「我不是怕，只是覺得如果我自己拿，又會給他帶來一些麻煩。」

「如果眞要在雞蛋裡挑骨頭的話，誰拿又有什麼差別？」藝紜解釋，「人家會懷疑妳跟他，難道就不會懷疑我跟他？」

「至少如果妳跟他，那就純粹只有妳跟他。」我跟藝紜說：「我還得擔心那個八班的跑來找麻煩。」

坦白說，我不太相信那個八班的男生會善罷甘休，他都膽敢對著我們導師撂話了。只是我也納悶，魏嘉錚被老師責打的事又過了一陣子，怎麼後來一點下文都沒有？朝好處想，或許是我們導師已經跟八班的導師談過，做了處理，也可能那天那些我沒聽到的狠話，只是對方一時氣憤，我希望是這樣子。

「那萬一不是呢？」藝紜指著正在收拾課本的魏嘉錚，「他那個個子，大概經不起黑猩猩的三拳兩腳喔。」

然後我又皺眉了，最後逼不得已，我只好自己去找魏嘉錚，趁著打掃時間的一片混亂，我在教室後面找到他，他正在那裡掃樹葉。

「你最近自己要小心點。」很勉強地，我擠出這句沒頭沒腦的話來。

「妳說的是八班那件事？」

點點頭，我感到耳根子的灼熱。

「會遇到就是會遇到，那時候再說吧。」搔著耳朵，他說：「反正這只是一場誤會，不是嗎？」

我知道這是誤會，但偏偏卻是個解不開的誤會，而且就算解得開好了，魏嘉錚也不是那種會努力為自己辯白的人，就像上次老師聽信陳婉孟他們的謠言慫恿而打他一樣。見我一臉為難，魏嘉錚問我：「這樣說吧，妳到底喜不喜歡他？」

「當然不喜歡。」我回答得飛快而且斬截，「我怎麼可能喜歡一個我沒見過的人？我完全不認識他，也不想認識他，反正不管怎麼樣，我喜歡的人絕對不是他就對了。」

看我急急忙忙地辯解，他不禁笑了出來，「那不就結了？這一切完全跟我無關，對不對？」

對不對？我好像只能點頭。

「所以囉，很多事不是我說要怎樣就怎樣的，我不能阻止別人怎麼對我，也不能說服別人用什麼眼光看我，反正我知道什麼我有做，什麼我沒做，這樣就好了。」他把樹葉掃到樹下，抓起了掃把，對我說：「還是跟妳說聲謝謝，不管是妳的筆記，或者是妳的關心。」

他很客氣，卻也難得地跟我說了好多句話，那些是我從沒聽過的。也許是他的坦然吧，我的心跟著踏實不少，誠如他所說，我們雖然不能左右別人的看法，但至少可以對自己坦然坦率。

跟在他後面，我們往教室旁邊那條放置掃具的小通道走去，我看了一下錶，現在時間是下午四點二十分，放好掃具後，我還可以跑到學校後門去買點心，今天我爸多給了三十元，我可以請魏嘉錚吃一份蔥油餅。

我們班的打掃工作向來快速，大家都貪圖時間要買食物吃，所以通常這時候，那條小走道都已冷清安靜。可是不曉得為什麼，跟著魏嘉錚走過來時，我們卻看見一群人擠在小巷口，喧喧嚷嚷，指指點點，還議論紛紛。

「怎麼回事？」我很疑惑，問問旁邊的同學。

「不知道，好像有人打架。」同學一邊回答，一邊往裡面擠。

我的個子太小，力氣也不夠大，被一群人擋著，根本看不見裡面發生什麼事。正想找萬事通的藝紜來問問，忽然遠處有人喊著：「主任來了！」

那一聲喊叫驚動了大家，眾人紛紛回頭，霎時間，原本湧擠的人群瞬間做鳥獸散，我看見那些奔過我身邊的人當中，有些是我們班的，有些是一班的，有幾個則完全沒見過。

「妳在這裡幹嘛？」正當我猶豫著自己是否也該拔腿飛奔時，藝紜突然從後面一把扯住我的手臂。

「我才要問你們在這裡幹嘛呢。」

「當然是看戲呀。」

我好奇地問她，這是齣什麼戲碼，結果藝紘把我拉著往前幾步，人群紛紛跑開後，我看見小走道最深處，有個男生被打得鼻青臉腫，半坐半躺地癱在地上。那個人的皮膚很黑，艷紅鮮血從他的鼻孔裡靜靜淌出，而身上的白色制服，則多了幾個腳印在胸前。

「我又輸妳了。」看著那挨揍的傢伙，藝紘嘆氣。

「輸我什麼？」

「讓男生為了自己而打架呀。」她戲謔地嘆口氣。

茫茫然，我張開嘴巴合不起來，而最後幾個男生從巷子裡走出來時，其中一個跟我點頭招呼了一下，他臉上的笑容非常詭異。我認得他們是一班的男生，經常跟魏嘉錚在一起抽菸的那群人。

09

這世界的秩序瓦解時，我最先想到的，總是你說過的話。

「我發誓我沒叫他們做任何事喔。」隔天的第一句話，魏嘉錚這樣對我說，然後，他把八班那傢伙最後終於沒能給我的、一封已經被踩得滿是腳印的情書交到我手上，那封信昨天在一班男生們的手上傳閱過一遍，他們為了信上肉麻兮兮的內容，又多揍了對方幾拳。後來我很慶幸，那一封皺巴巴又髒兮兮的信，是我國中時期收到的最後一封情書。

我有點不太能適應，彷彿全世界都亂成一團。掃具通道的那場混亂鬥毆，因為查無實證，所以並未蔓延開來，但大家都知道打人的是一班的男生們，只是他們爲什麼要這樣做呢？魏嘉錚說得輕描淡寫，「或許是一種面子問題吧。」

「男生的面子問題說來複雜，這恐怕不是妳能明白的。」是很複雜，所以我才要問跟男生們一向都很合得來的藝紜，請她對我解釋。「魏嘉錚跟他們是死黨，他們當然不可能坐看他被八班的人欺負，這是義氣，也是面子問題。打個比方說，妳是我們班上的前幾名，那妳就會希望妳身邊的好朋友，成績也不要太難看，必要時還會去幫忙拉一把，不然妳會覺得沒面子，一樣的意思。」

「是嗎？妳成績一直都卡在二十名上下，可是我也沒有覺得丟臉呀，交情跟成績有什麼關係？」我搖頭。

「不要把問題帶到我頭上，那只是個比方！」結果她打了我的頭。

總而言之，事情是暫告一段落了，一班的男生基於義氣，才替魏嘉錚出頭，解決了這樁麻煩，而連帶地我也受到好處，至少我們班的同學再也不會在午休時，被別班的人吵醒去代爲轉傳奇怪的情書。只是我覺得有點荒唐，一段沒有開始的求愛就這樣結束了，自始至終，身爲女主角的我，竟從沒有機會好好看清楚男主角的長相，開始跟結束都像一場鬧劇。

而那場混亂的鬥毆也間接地爲魏嘉錚解決了一些糾紛，班上那些老愛針對他的人，自從知道他跟一班那群男生過從甚密後，也不太敢再找他麻煩。只是當看見陳婉孟那一雙惱恨交加的眼神，投射在魏嘉錚身上時，我依然不免要感嘆，一個人的成績欠佳或者家境不好，未必全都是他自己願意的，爲什麼要因爲這樣而排擠一個人呢？

「這算好處嗎？」畫圖時，我問他。

「也許是喔。」他笑著，像以前一樣笑著，雖然笑的時間也跟以前一樣短暫。

不過儘管班級之間，或班級內部的對立情形減少了，但我們導師對魏嘉錚的不滿卻與日俱增，因爲他，所以現在大家都知道，資優班的學生也會抽菸、打架，這讓我們這位帶了十多年資優班的導師感到萬分丟臉。

「現在你可以好好念書了吧？」我想起早上發數學考卷時，講台上的老師跟講台下的魏嘉錚，那兩張一樣灰心挫敗的臉。「尤其是數學，你的成績眞的很糟。」

「那也不是我願意的，我爸死得早，我媽改嫁了，我外公外婆又不會算數學。」他聳肩。

關於他的家世背景，我其實很想知道，卻又不曉得該從何探問起，忽然，我想到一個人，「可是師母說你以前成績很好。」

「師母？」他啞然失笑，「師母是個好人，就是話太多了一點。」魏嘉錚告訴我，他國小五年級時，父親因爲車禍過世，那時他剛好就在師母她老公的班上，因爲這緣故，所以師母對他總是很好，經常把店裡的零食或文具，託老師帶給他。

「那你媽呢？」

我鼓起勇氣，總覺得這樣詢問別人隱私是不道德的。原本我並不期望他會回答，但魏嘉錚今天的心情似乎不錯，一邊畫圖，他一邊說：「我爸媽的感情本來就很糟，我爸過世前，他們就分居了，我一直都跟我爸，後來才又跟我媽。可是我國小畢業前，我媽卻改嫁了。老實說，我有一點怨她，那感覺像是她只顧自己，卻不管我了。不過後來我又覺得，其實她這樣做也對，我媽還很年輕，她改嫁是正常的。而且我跟著我外公、外婆的日子也沒有差到哪裡去。」他說得輕鬆，彷彿一切對他都毫無影響，只是說著說著，他偶爾會不自覺地慢下來，像在回想往事似的。

「日子過得還好，只是有時候我會很想我爸，他以前對我從來不打不罵，把我當成朋友一樣，教我很多事情跟觀念。國小時我很愛玩，我爸就常提醒我，要我隨時記得自己是誰，在做什麼，他教我很多，但可惜我太小，沒能學到什麼。所以我會覺得難過，也覺得可惜，因爲他已經不在了。」他說話時，眼睛始終盯著圖紙看，我想他是不願也不能看著我的吧，這些話應該收藏在他心裡的最深處，不應該跟一個其實並不太熟的我說的。

「不過還是沒關係啦，至少我外公、外婆對我很好。」他說著忽然又笑出來，用一種很勉強的笑容把話說完，「雖然他們不會教我算數學。」

那天的後來，我臉上一直都掛著笑，魏嘉錚或許也覺得那些關於他的故事太沉重，所以話鋒一轉，盡跟我說些學校的事。

畫完圖，走回教室的路上，魏嘉錚問我一個數學題，「有一段路不知道多長，每隔三公尺就種一棵樹，路的頭尾都有種，一共種了二十棵，那麼妳能算出這條路的長度嗎？」

這是個非常簡單而老套的數學題，幾乎是不假思索地，我回答：「五十七公尺。」

「錯。」他搖頭。

「怎麼會錯？」我對他說明計算過程，「總共二十棵，頭尾都種，那二十要減去一，所以只剩十九；每隔三公尺種一棵，就是十九乘以三，因此答案是五十七公尺。」

「錯。」他還是搖頭。

「不然正確答案是什麼？」我瞠目結舌。

他嘿嘿一笑，「正確答案是已知條件不足，所以本題無解。」

跟在他後面，我努力回想他的題目內容，條件非常充足，我這樣解絕對是正確答案，怎麼會無解呢？一路走到教室前，魏嘉錚回頭，看我還在細細思索，他停下來，「我跟妳說無解的原因，而妳得答應我，別把我爸媽的事情說出去，包括梁藝紜那個大嘴巴在內。」

我點頭，這是個不難達成的約定。

「無解的原因，是因爲題目沒有告訴我們，到底那個樹有多大棵。」

「這跟樹有什麼關係？」我抗議。

「當然有關係，如果每棵樹都細細扁扁，那麼每隔三公尺種一棵，二十棵樹種下來，路的全長就會最接近五十七公尺，但妳有沒有想過，如果這二十棵樹，都像阿里山神木那麼粗的話呢？那要不要把樹的直徑也算進去？」望著一臉愕然的我，他笑著說：「這就是我跟妳的差別，所以也註定了拿數學考卷時的不同結局，老師給妳鼓勵，但卻叫我準備轉回普通班。」

教你很多的人離你而去了，而很需要你來教的人，你會一直留在她身邊嗎？

採擷一季的相思，寄予無限的祝福，
然後我們有一個約定。
不在桂花最芬芳時，不在繁星最濃密處，
只在我舉手投足，異鄉的每個角落中。

你說你會記得我，我說我會想念你。

直到我們都長大了之後，才發現時間的流動是不經意的，那些個夾克外套跟長袖衣褲在與百褶裙不斷互相取代的過程中，有些什麼正累積著，也有些什麼在不斷逝去，前者如腦袋裡陸續堆積的知識，以及一些莫名其妙的情感，而後者則是時間。

國三甫開學，輔導課就如火如荼地跟著展開，我們再也沒有時間去美術組畫圖，為了學生的爭奪戰，我們導師還跑到教務處跟雷公吵了一架，不過他們爭的其實只有兩個人，導師根本打從心裡就放棄魏嘉錚了，她對雷公說：「魏嘉錚我免費奉送，但另外兩個女生我要帶走，你敢攔住我的話，我就讓你從拄枴杖變成坐輪椅！」

這話我聽得清清楚楚，因為當時我人就在他們旁邊。國三上學期我擔任學藝股長，得一天到晚往教務處跑。不過雷公最後還是把魏嘉錚也給放了，因為這一年多來，他畫得都很不認眞，雷公大概也知道他不想畫，留著他也沒意義。

剛剛我說到什麼來著？時間，是了，匆忙而過的時間會讓我們忘記或不得不忽略很多事情，就比如陳婉孟他們再也沒時間來找魏嘉錚的麻煩，取而代之的是對他完全的漠視與冷淡，不過那樣也好，反正魏嘉錚也從來不在乎。

最近我爸的身體變得更差了，經常腰酸背痛，有時連飯都吃不太下，我媽說我的聯考壓力有一大半都是我爸替我承受的，我看這話不假，因為他去醫院檢查了好幾次，確實檢查不出病因，醫生說他可能是壓力大，但我爸很疑惑地說：「我種了三十多年筊白筍，第一次聽說會種出壓力來。」看他常常喊著不舒服，我覺得很難過。因為身體病痛的緣故吧，他更少下田，反而正式加入了他朋友介紹的宗教團體，經常一起到那道場去，說是修行，也是拓展人面。我對這事並沒有特別的觀感，只是隱約中覺得有點不高興，那些所謂的「修道人」，表面看來似乎都很清高，但說起話來卻也沒涵養到哪裡去，而且，我跟我媽還得因此跟他一起改吃素，這才是最要命的。

「妳有沒有想過，萬一考不上的話怎麼辦？」一邊騎腳踏車，一邊把我爸的事情告訴藝紜，然後她問我。

「沒理由考不上吧？」秋天的末了，白晝很短，輔導課剛上完，外面的天空已經暗成一片了。從三年級開始，我爸媽做了個決定，不管我有多麼不願意，他們都要我去補習。

家境相當富裕的藝紜，一聽說我要補習，立刻也跟她媽媽報備這件事，然後開始物色適合的補習班。小鎮的補教業並不興盛，大多是學校裡的任課老師在放學後，於自家開設小型補習班，藝紜說這種課既抓不到聯考方向，老師又只會對有來補習的自己學生放水，去也沒意義。起先我不是那麼贊同她的觀點，畢竟我們班的數學老師就自己開了補習班，而且聽說效果不差。不過我才去試聽兩天就後悔了，因爲那個老師在上補習課時，都穿著跟我爸下田時一樣的白色汗衫，而且踩著和我媽在廚房忙碌時一樣的藍白色夾腳拖鞋。

「所以妳相信我準沒錯。」藝紜拍胸對我保證。

據說梁媽媽在鎮上的社交圈裡也算小有名氣，靠她幫忙，很快地幫我們探問到一家不錯的補習班，班主任跟總導師是從台北遠來這窮鄉僻壤開業的年輕夫妻，他們看上了小鎮的樸素，當然也看上了小鎮的潛在商機。這些都是藝紜告訴我的。

補習班並不限定只招收哪所國中的學生，主任跟老師們自有一套他們的教學方式，而且是針對一年後的聯考。

試聽滿意後，我爸媽帶我去報名繳費，那天的光景簡直讓我丟臉到家。我爸抱著一大袋筊白筍走進補習班，跟在後頭的是我那可愛的母親，她唯唯諾諾，手上捧著一堆親戚跟鄰居饋贈的蔬菜，那些用來表示「誠意」的東西，差點塞爆了整個補習班櫃檯。

我問自己，眞的那麼需要補習嗎？不補難道就考不上嗎？儘管沒參加過這種全國性的大考試，但高中、五專、高職三類考試，一共有三次機會，我總不會什麼都落榜吧？當我坐在補習班的教室裡，看著同學們有些人埋首苦讀，有些人呼呼大睡，或者低下頭在偷看漫畫時，心中充滿問號。

「我討厭補習班。」轉頭，我對旁邊的藝紜說。不過她沒時間理我，開始補習的第二個星期，她終於追上了我的紀錄，收到國中生涯的第一封情書，雖然地點換成了補習班，而那個寫信給她的，是個成績既差，長相也不怎麼樣的男生。

補習班的教課方式與學校大不相同，老師說話的速度很快，但卻生動活潑許多，聽說這些老師都是從台北外聘下來的，難怪不一樣。

「妳認眞點。」我用手肘碰碰正在回信的藝紜，她隨口「嗯哼」兩聲，但卻一眼也沒看過黑板。

我偷偷側頭，看她趴在桌上，左手彎曲地遮住一半信紙，右掌握住的原子筆快速顫動，臉上洋溢著滿足的笑容。我心裡忽然想，這就是戀愛的滋味嗎？藝紜好像忘記她來補習班幹嘛的了。

而我又想，或許她不是眞的喜歡那男生，因爲不管怎麼看，我都覺得他比魏嘉錚差太遠。說到魏嘉錚，我又想，那麼我對魏嘉錚呢？爲什麼我沒有那種戀愛的感覺？是因爲我從來沒有寫過信給他嗎？如果我要寫的話，那我該寫什麼呢？

「欸，妳寫什麼？借我看好不好？」

「不好。」

「那妳教我，寫信給男生該寫什麼好不好？」我又問。

「不好。」

「拜託啦！」我小小聲地求她。

「不好。」她還是回答得很乾脆。

「不然我要告訴班導喔。」然後我開始威脅她。

「不好。」

那之後不管我是拉她手腕、扯她頭髮，或是故意搖動桌子，她都只跟我說那兩個字。直到最後我幾乎就要對著全班高喊，昭告天下說梁藝紜上課偷寫情書時，她這才甘願把筆放下，問我一個問題，「如果妳眞的要寫情書的話，妳想寫給誰？」

她的問題讓我一愣，我想寫給誰，這應該不需要我親口說出來吧？

「妳想在情書裡面寫什麼？妳覺得妳有勇氣在信裡寫出『我愛你』這三個字嗎？」

我感覺自己雙眼空茫，嘴巴微張。

「如果妳連在信裡都不敢表達自己的感覺的話，那妳還寫什麼？」她說著，看看自己桌上那張寫了一半的信紙，忽然將它一把抓起，從中撕成兩半。

「妳……」我有點錯愕，不知道藝紜爲什麼忽然這麼嚴肅，或者好像很生氣的樣子。

「其實我不喜歡那個男生，一點都不喜歡。」她說：「但是我知道那個男生只會寫信給我一個人，而妳的他呢？」

我想問藝紜，這句話是什麼意思，但我還沒開口，她卻先說了：「如果妳想寫信的那個人，跟我猜想的是同一個人的話，那妳知不知道他除了妳之外，還會跟別人通信？」

「我……」

「如果妳連這個都不知道，那妳還要在信裡寫什麼？」

「他……」我聽見自己雖然小聲，但卻清楚的顫抖語氣，「他寫信給誰？」

「楊欣怡。」藝紜用很冷的眼神看著我，用很冷的聲音對我說。

如果你是我的唯一，那我會不會也是你的絕無僅有？
那年的我們什麼都不懂，但卻已經如此在乎。

11

魏嘉錚寫信給楊欣怡？他在信裡會寫什麼？他們開始通信多久了？誰先寫給誰的？聽到藝紜跟我說那番話的當天夜裡，我問了自己四個問題，但卻一個答案也沒有。藝紜只留意到他們在通信，卻也不知道更多的詳情。

我沒有追逐答案的勇氣，只能過著不斷重複的生活，每天一早踩著腳踏車去學校，放學後先買點心，然後上輔導課，輔導課一結束就跟藝紜一起，到鎮上那老城隍廟對面的補習班，繼續填塞知識與解題技巧，直到月上中天，都晚上九點多了，才又一個人慢慢騎車回家。

有很多話我想說，但不曉得該怎麼說或找誰說，知道魏嘉錚跟楊欣怡有信件往來後，我變得有點神經質，經常在上課中不經意地回頭看，當然那是看不出任何異狀的，魏嘉錚還是很孤僻的魏嘉錚，楊欣怡還是熱情的楊欣怡，只是我會覺得奇怪，他們兩個人之間只隔一條小走道，有什麼話不能直接講，卻要靠紙條或寫信呢？所以我總是不由自主就轉頭，老以為多回頭幾次就能看到一點蛛絲馬跡。

「妳這樣轉頭不累嗎？」藝紜每次都會直接從我後腦勺上拍下去，「黑板在前面。」

我知道黑板在前面，也知道回頭是看不到什麼的，到最後我只能強迫自己，每當我一萌生回頭張望的念頭時，就用力打大腿一下，逼著自己把視線移回前面，死盯著黑板看。我知道我得這樣做，否則遲早有一天我會受不了。

「妳其實可以不必這麼辛苦，」藝紜當然知道我的想法，攀在我背後，她小聲地說：「要嘛妳直接去問魏嘉錚，不然妳可以直接去問楊欣怡，我覺得不管問誰，都可以問到答案。」

「但問題是我連我要問什麼都不知道。」沒轉頭，我反而垂首，低聲說。

我是真的不知道，甚至我連那究竟能否算得上是喜歡，是否是因為喜歡而帶來的吃味都說不上來。如果可以，我還真希望藝紜沒有告訴我這件事，也許我的心情就不會這麼混亂。

「我們已經國三了，沒有多少時間了耶，妳要這樣繼續猜到什麼時候？」她繼續說。

沒有回答，我明白，或許就因為我們已經國三了，所以很多感覺才不急著去釐清，反正剩下不到一年的時間，明年五月底就停課，然後聯考，之後能否再見到對方都還是未知數，既然如此，現在去在意這些又有何用？所以我搖頭，忍著一句話都不說，就當作是為了自己的未來而堅持，也為了我爸媽的期望而堅持。

「撐嘛，就不信妳能撐多久。」結果坐在後面的藝紜卻看穿了我的想法。

如果按照這樣的計畫，我覺得我是眞的可以撐到聯考的，反正每天見到魏嘉錚的時間只限於在學校上課的白天，而大多數時候，我們每個人的精神又都集中在課業上，一天下來，我跟魏嘉錚或楊欣怡幾乎完全講不到話。於是對很多事，我自認爲確實可以無動於心。

不過到最後，我終於還是失敗了。最近幾天，魏嘉錚經常在打掃時間就跑得不見人影，也沒人知道他去了哪裡，陳婉孟那群人盛傳著，說他肯定又跟一班的男生們混在一起，也許此刻正窩在校園的某個角落裡抽菸，甚至吸食毒品之類的。

沒時間去理會那些空穴來風的謠言，星期四的輔導課內容是英文，我一掃完地便跑到導師室去，英文老師擬好了題目，我得在上課前先把考卷印妥，等一下好讓大家塡寫。

天剛傍晚，遠方有瑰麗晚霞，橘紫兩色交錯的天空繽紛燦爛，我一邊張望著，一路走過去，影印室在轉角邊間，旁邊則是門口狹窄，而且門前還擺了個大屛風的輔導室。我曾好奇，爲什麼輔導室的門口跟其他處室不同，還要特地擺上那張屛風呢？輔導室主任姓曾，是我們去年的國文老師，還記得那時我問她，她說這是爲了要讓進來諮詢或接受輔導的同學，比較有安全感。但我懷疑這個效果，因爲這豈不是反而讓每個經過的人，都更好奇地想探頭往裡面看？

一邊想著，我走進影印室。英文老師擬了三張考卷，每張各印五十幾份，那是頗耗費時間的大工程，我讓影印機開始工作，自己則又走了出來，原本想再去看看夕陽的，沒想到一踏出影印室，剛好就遇到隔壁的曾主任，她端著保溫杯正走出來，一臉精明幹練的神采。我很佩服她，因爲她既沒有那種輔導室所給人溫吞的刻板印象，行事作風又標新立異，還記得去年有很長一段時間，她來上課時，都戴著有度數的游泳眼鏡，同學們都很新鮮地問她原因，老師沒有回答，卻反問我們一句：「有什麼理由讓我不能這麼做？」

曾主任還記得我，她揮揮手把我叫過去，問我在這裡做什麼。

「印考卷，等一下輔導課要考。」我如實回答。

曾老師點頭，沉吟一下，又問我：「如果我沒有老得那麼快的話，就不會記錯，妳應該三年級了對吧？去年你們國文是我教的，妳姓唐，叫唐雨寧，對吧？」

搗蒜般地點頭，我很開心，曾老師不但記得我，甚至連名字都沒忘。曾老師問我現在課業成績如何，又問我國文學得怎麼樣。我覺得很興奮而雀躍，她是極少數的老師當中，教我們人生道理比教課業更不遺餘力的。聊了片刻，我心想時間已經不多了，向她告辭，轉身要回影印室前，曾老師忽然又問我：「對了，妳現在有補習嗎？」

「嗯。」

結果曾老師拉著我又問了一堆關於補習班的事，然後才放我離開。我想她大概自己也有小孩，也要找補習班吧，所以才會連上課內容跟學費價錢都問得那麼清楚，我大致跟她說了，還順便把我們現在補習的那家補習班介紹給她。直到印好考卷，我走回教室，腦海裡都還是曾老師跟我的對話。

那天的考試很難，藝紜一直責怪我，說我拿著考卷去印，也不先把答案順便記起來，結果三張考卷加起來，她居然考不到一百分，平均每張的成績只有三十出頭。

「拜託妳，幫幫忙，讓我考好看一點好不好？」騎腳踏車去補習班的路上，她不斷嘮叨著。

「聯考的考卷不是我印的，到時候誰來幫妳？」我也不客氣地回嘴。

「至少現在可以幫一下呀，弄個六十分就好了嘛。」

「三張加起來六十分嗎？那有什麼問題？」我笑得很大聲。

「妳去死啦！」她氣得騎到我旁邊來，用腳踢我。

我們一路玩到補習班，天已經完全黑了，眼看就要遲到，匆忙中停好車，我拎著書包就往裡面跑，藝紜則跟在我後頭，才剛踏進門口，我就看見一個高眺的身形，站在櫃檯最前面，正在跟班主任殺價，我一眼認出那是今天傍晚才跟我聊過天的輔導室曾主任。沒想到她來得這麼快，我急忙停下腳步，藝紜則完全在狀況外，朝著我的背部猛然撞了上來。

「去妳的唐雨寧，我門牙會撞斷啦！」她一邊笑一邊尖叫著。

我沒有回頭看她，因爲我想看看曾主任的小孩長什麼樣子，而就在那當下，我看見那個站在曾主任旁邊的，卻是一個我再熟悉不過的人。

12

「曾主任是你媽呀？」我跟藝紜一起問魏嘉錚。

他用一隻中指回答我們。

如果要把話完整地從頭說到尾，可能會比「一匹布」還要長。魏嘉錚是這麼舉例的。「我從國一就認識曾主任了。」他說。複雜的過程我也無法一一牢記，簡單來說，魏嘉錚的父母離婚後，他的國小老師就特別注意他，這位國小老師當然就是校門口那位師母的老公，他在魏嘉錚升上國中後，便寫了一份箴函，轉遞到我們學校來，所以魏嘉錚打從國一開始，就一直名列輔導室的輔導個案，只是這件事從來沒有人知道罷了。

「反正我就是三天兩頭被曾主任抓去聊天就對了。」看著主任在補習班櫃檯前交涉，魏嘉錚則在角落邊跟我們說了一個既漫長卻又簡單的故事。

「可是我們從來沒見你踏進輔導室過。」藝紜說。

「我要不要連進廁所都跟妳們報備？輔導室門口有個屏風擋著嘛！」魏嘉錚沒好氣地說，他的回答讓我們當場都傻了眼。

曾主任離去前，特別跟魏嘉錚交代，不管怎樣，總之先試聽幾天，如果有效果，而他又能夠適應的話，那再繳費跟正式上課，同時她也跟補習班的班導師商量過，就讓魏嘉錚先坐在我們這一桌，畢竟是自己學校的同班同學，也好有個照應。

補習班除了櫃檯與辦公室，另外有三間教室，藝紜很熱心地帶著魏嘉錚到處走動，我站在櫃檯前，看著曾主任跟補習班的班主任握手聊天，而離去時，我看見她從口袋裡拿出幾張千元鈔，遞給櫃檯小姐。

「曾主任……」我瞪大眼睛，而她沒回答，卻對我俏皮地眨了眨眼。這意味著魏嘉錚跑不掉了，是吧？我很想這樣問她。是什麼樣的理由，讓曾主任願意爲學生這樣做呢？我忽然覺得很感動，或許，這就是所謂的付出吧。我詫異於曾主任的舉動，也感到有一種溫熱的感覺從心裡散發出來。那是第一次，我相信有老師願意爲了學生付出自己其實不需要付出的其他一切，並且不求回報。

目送曾主任離開後，我們被班導師通通趕進教室裡，依然是明亮的燈光，也依然是幽默生動的上課方式，但不知怎地，我卻無法像平常一樣專注學習。旁邊是藝紜跟魏嘉錚不斷小聲聊著天，藝紜一會兒問他聽不聽得懂，一會兒又問他這樣緊湊的教學方式能不能適應得了。那細蚊般的耳語不斷在我耳邊縈繞，讓我無法專心。我用手肘碰碰藝紜，正想叫她安靜時，沒想到魏嘉錚卻忽然說話了，「欸，很囉唆耶，到底妳是老師，還是台上那個禿頭是老師？」

那句話讓我噗地一聲笑出來，藝紜則是面紅過耳，至於魏嘉錚，他被台上的理化老師叫起來，老師問他：「我的頭眞的很禿嗎？」

我相信這是緣分，因爲除了緣分，我找不到其他更好的理由，去解釋今晚的一切。補習班下課後，我們三個人騎著腳踏車，迎著晚風一面走。藝紜要魏嘉錚放心，補習班大大小小、裡裡外外，沒有什麼是她罩不住的，有問題只管找她。這話直說到岔路口，藝紜要騎往另外一個方向時都還沒說完。

「她很熱心。」我反而有點尷尬。

「我知道，她從以前就是這樣。」停在路口，看著藝紜騎著車的背影。魏嘉錚從口袋裡拿出一包香菸來，點了一根，「她是個很想要『被需要』的人。」

那時的我並不太懂，什麼是很想要「被需要」，我雙眼直瞪著他手上的香菸，魏嘉錚沒多解釋，抽了幾口，就把菸給扔了。

「爲什麼要抽菸？」我們繼續往回家的方向走，我問他。

「抽菸有時候可以交到很多朋友。」他說：「至少都會抽菸的人，要變成朋友比較快。」

「不抽菸一樣可以是朋友。」我抗議。

「那種感覺不一樣。」他搖搖頭，「雖然我也說不上來，但反正不一樣就對了。」

魏嘉錚說他常有這種感覺，跟一班或十二班那群會抽菸的男生在一起，比跟我們班上的同學相處要來得輕鬆愉快，也少了很多心機。

「也未必每個二班的人都會跟你耍心機吧？」我很想拿自己做例子，但最後我卻只能說「比如藝紜就是個沒心機的人，這你也知道的」。猶豫了一下，雖然似乎有點不妥，但我忍不住還是要說出來，「而且，買菸難道不用錢嗎？幹嘛把應該拿來吃飯的錢，花在香菸上？」

「這妳就不懂了，」他一笑，「很多人買菸、抽菸，可是卻不敢把菸帶回家，我幫他們保管，代價是萬一被我抽完，他們也不得有異議。」

「又傷身體又違反校規的事情有什麼好高興的。」我瞪他一眼。

他沒說什麼，只是淡淡地笑著，我們雖然騎得慢，但同行的路終究是快要走完了，我見他又往口袋裡伸手，唯恐他待會跟我說再見後又要點上一根菸，於是刻意把速度放慢，繼續嘮叨：「而且一班跟十二班那群男生，整天都只會玩、會打架，你跟他們做朋友有什麼好？」

「總好過我去跟陳婉孟那種人做朋友吧？」他瞄了我一眼。

「楊欣怡也不抽菸，你跟她不一樣是好朋友？」一時激動，我說了句未經大腦的話，當「楊欣怡」三個字脫口而出時，連我自己都愣住了。

魏嘉錚似乎也呆了一下，但很快地又說：「是呀，好朋友。」

那天直到我們分開的紅燈路口，我都不敢再多提，一直慢慢騎到公園邊，一個他要轉彎，而我要直走的路口，我們停了下來，他長長地呼了一口氣，問我：「補習班每天上課都跟今天差不多嗎？」

「嗯。」我有點膽怯，他的語氣又跟以前一樣的平淡，卻也跟以前一樣疏遠。

「那妳覺得在那裡補習，對妳的成績有幫助嗎？」

「應該對聯考比較有幫助，上課方式跟學校不一樣。」看著他，我小心翼翼地說話。

「曾主任說，她先讓我試聽，如果我能適應，就會幫我跟我外公說看看，讓我繼續補。」

「那如果不適應呢？」我覺得自己在問蠢問題，但我知道那只因爲我想多跟他說點話。

「那就不要補了呀，暑假時，我在我家附近的加工廠打工，那邊晚上有開工，我平常可以去打零工，賺點零用錢也好。」

「除了適應與不適應之外，還有沒有會讓你考慮要不要繼續補習的理由？」我試著鼓起勇氣，不管他跟楊欣怡是多麼好的「好朋友」，就像藝紜說的，我應該勇敢表達自己的感覺。

「比如？」

「比如……」我想把話說出來，其實今天看到他來補習班，我覺得很開心，也覺得一切原來都那麼美好，我希望他會因爲我而留下來，不管曾主任是否已經偷偷幫他付了所有補習費。

「比如……」但我覺得這話好難說出口，好難，好難。

「比如什麼？」他轉過頭來，一雙大眼睛盯著我，讓我腦海裡空成一片。

「比如藝紜的熱心？」最後我說了這麼一句笨話。

13

每個人都知道愛情最需要的是勇氣，但唯有身處其中時，才知道勇氣最難得。

那陣子經常下雨，到處都濕漉漉的。我跟藝紜老爲了內外都濕透的雨衣而苦惱，而且穿著雨衣騎腳踏車實在是折磨人。那雨衣一天要淋好幾次雨水，根本沒有所謂乾的時候。

「我看算了吧。」拎著還在滴水的雨衣，藝紜說。

趁著雨不算大，我們一路衝到補習班，我的車雖然爛，幸虧還是那種後輪有擋泥蓋的淑女車，藝紜可就慘了，她這學期換了一部挺帥氣的登山腳踏車，我猜設計這種腳踏車的人一定沒考慮到天氣問題，因爲她的車沒有後輪擋泥蓋，我們飆到補習班，下了車，藝紜的背後就跟花斑點的狗一樣，全是泥巴痕跡。

「媽的！一萬二耶！」藝紜氣得踹了她的腳踏車一腳。

補習班位在小鎮市區中心，距離鎮上幾個國中都有點距離，我們每天都會看到來自各國中的同學，大家無不身穿雨衣，奮力踩著腳踏車，但最近總是少看到一個人。

「他放學都跑很快。」藝紜說。

「可是來補習班又都很晚到。」我接著說。

魏嘉錚的座位換到後面去了，因爲他帶來一個姓洪的小胖子跟他作伴，那個洪胖子是別的國中的學生，根據魏嘉錚的說法，又是去年暑假打工認識的。我很懷疑他到底是去賺零用錢，還是去交朋友的。不過也誠如他所說，會抽菸的人好像交起朋友來特別快似的，彼此互遞一根菸，然後就開始了話題。就像現在，補習班教室後面那群男生們，大家都變成了好朋友，每節下課都會一起跑到對面城隍廟的後頭去抽菸、聊天。魏嘉錚很能樂在其中，跟在學校時的他迥然不同。

「簡直就是判若兩人。」藝紜打斷了我的思緒，她努努嘴角，示意我看過去，洪胖子騎著機車，背後就是魏嘉錚，兩個人聊得正開心

我帶著微笑，因爲他開心，所以我就跟著微笑。我跟藝紜的成績不過是補習班的中間程度，

而魏嘉錚在這裡展現了他文科方面的專長，國文、英文跟社會科都是他拿手的；洪胖子的理化跟數學則是領先群雄。這兩個人正好互補，而那些愛抽菸的同學也樂得跟他們倆往來，因爲這樣他們在小考時就有福了。

我在心裡很小聲很小聲地對自己說：他跟洪胖子混，總比跟其他女生好。雖然這樣一來，我們就又少了可以一起回家的機會。

魏嘉錚跟楊欣怡仍繼續通信，那是藝紜觀察到的，他們並沒有特別要好，除了通信，也看不出各方面有其他跡象。我一邊念書，一邊接收著這些訊息，而時間就這樣緩緩流動。

那天上課時，老師提到了聯考的倒數，特別跟我們強調，要把握現在，因爲一旦進入倒數一百天，那麼時間將會因爲我們的緊張與壓力，而好似加速度。同時她也提醒我們，是應該計畫一下自己要報名的區域了。

「妳有沒有想考哪一區？」難得一個下課，魏嘉錚沒跟大家到城隍廟去抽菸，我在補習班樓梯角落的飲水機旁遇到他，或者說，是他遇到我，因爲是他走過來找我。

「不知道，還在猶豫。」我盛滿了一杯水，輪到他時，他把嘴湊近出水口，直接喝。

「我聽梁藝紜說，妳要去考台北的學校？」他抹著嘴。

點點頭，上星期我才跟我爸媽談過這問題，「我爸希望我去台北念書。」

「中部不好嗎？」

「他不希望我以後跟我媽一樣，嫁給種茭白筍的。」說著，連我自己都笑了。他點點頭，又喝了一口水，然後換我問他：「你呢？」

「考得上再說吧。」他笑得很無奈。

那天很難得地，洪胖子居然蹺課，魏嘉錚自己騎腳踏車來補習；而也很難得地，因爲接連下了好多天雨，藝紜她媽媽受不了女兒衣服上的泥巴污漬，所以今天親自開車接送女兒；不過我想最最最難得地，則是今天居然就不下雨了。聽著藝紜上車之前的碎語嘮叨，我笑著騎上腳踏車，對著車窗裡一臉埋怨的她說再見。今天不但沒有下雨，出了補習班，抬頭還可以看到不少星星。我騎得很慢，一直仰頭往上看。

「如果妳眞的考到台北去了，那以後大家就見不到面了喔。」魏嘉錚從我後面追上來，「又像以前一樣，妳一個人跑到別的地方去了，我跟梁藝紜留在原地的感覺。」

「沒辦法呀，念書嘛。」我苦笑著，選擇北考區，純粹是我爸媽的意見，大概他們還活在幾十年前的記憶中吧，台北就只知道一個北一女，台中就只知道一個台中女中，好像其他的學校就不是學校似的。

「我家在台北有一些親戚，如果到台北念書，還可以住親戚家。」我說得很心虛，因爲雖然我不知道北一女的地址，但可想而知一定是在台北市，然而我的親戚中，就只有我阿姨住在樹林，外公住在瑞芳，儘管我不常去外公跟阿姨家，但隨便想也知道，那距離台北市會有多遠。

魏嘉錚沉默了一會兒，問我：「所以，妳想去當台北人嗎？」

去當「台北人」？這是什麼文法？我笑了出來，搖頭，「其實一點都不想。」

車子騎過了兩個路口，附近的燈光更少，天空愈發地亮眼，我還在抬頭看星星，魏嘉錚慢慢地跟在我後面，趁著我沒注意時，又點了一根香菸。

「很臭，不要抽啦！」我回頭瞪他。

「眞的很臭嗎？」

「抽菸的人不知道不抽菸的人聞到那味道有多不舒服。」我皺眉。

「可是梁藝紜說這味道不難聞呀。」他還很白癡地回答。

橫了他一眼，我沒說話，腳剛剛踩動車子，我正想繼續往前走，忽然心裡有種奇怪的念頭橫了過去：藝紜什麼時候跟他去抽過菸了，不然怎麼會說菸味不難聞？而且，我選擇北考區的打算不過是這幾天的事，藝紜什麼時候已經跟魏嘉錚說過了？我有種不祥的預感，像是什麼我一定會非常在意的事正在發生，而我雖然不知道，卻又很逼近那事件的感覺。很強烈，又很可怕，可怕得讓我不敢繼續認眞想。

「哪，這個給妳。」忽然，魏嘉錚又跟了上來，遞給我兩個小玻璃瓶。

「這是什麼？」我接過手，在有點昏暗的光線下仔細瞧，兩個小玻璃瓶裡，都裝了小小顆的不曉得是什麼東西。

「相思豆。」魏嘉錚說那是他自己撿的，「去年夏天撿的，後來我買了瓶子裝起來，一直放在我書桌抽屜裡。」

「那幹嘛給我兩瓶？」我看著兩個小瓶子，心裡有點犯疑。

「這個嘛……不然順便拿一瓶給梁藝紜好了。」果然，我就知道他會這樣說。該收下嗎？我很願意收，但我計較的是爲什麼是兩瓶，而其中一瓶要給藝紜。怔怔地沒有開口，魏嘉錚又天眞地說：「我覺得女生應該比較喜歡這種東西，反正我留著也沒用。」

「這眞的是你撿的？」我不知道自己應該說什麼，只好隨口亂問。

「我用我外公的名字發誓。」他很認眞地說。

然後我笑了。

14 有心的人看什麼都有心，無心的人做什麼都無心。

我總覺得魏嘉錚是個很沒自信的人，就好比聯考吧，他的成績其實並不差，但每次問他想念什麼學校，他永遠都是那句「考不考得到還不曉得」；而以感情來說，他也是個不乾脆的人，不管他喜歡的是楊欣怡或藝紜，他都沒有表態過，害得我也不知道自己應該怎麼做才好，看著桌上那兩瓶相思豆，我這樣覺得。

只是，如果我真的知道魏嘉錚喜歡誰，那難道情況就會改變嗎？如果他壓根兒沒喜歡過我，那怎麼辦？更甚至，萬一他喜歡的是藝紜，那又怎麼辦？那可比他喜歡楊欣怡要糟糕多了。我嘆口氣，這種問題怎麼想都沒有答案，最後我只能趴在書桌上，臉貼著國文講義，沉沉睡去。

也不知道究竟睡了多久，朦朧中好像我媽有進來過，又好像有誰叫我上床去睡，我記得不是那麼清楚。這一覺睡得很沉，再醒來時已經天亮，一看時間可不得了，居然都快七點了。匆匆忙忙帶了早餐就趕著去上學，我家離學校有段距離，平常七點二十分之前就要到校，而每天早上六點半出門的日子，我已經過了兩年多。

只是我從來都沒有這麼誇張過，以往即使遇到月考，書念得晚了，我也還是會掙扎著回床上去睡，從未像昨晚一樣，居然就趴在桌上睡著。嘴裡還咬著媽媽蒸的饅頭，我把腳踏車牽出來，外面是好濃一片霧，看來今天會是個艷陽天。我耳裡彷彿還聽見老爸在後面不曉得跟我說什麼，我一躍上車，拚命往學校趕。

那天我老是心神不寧，總覺得似乎有什麼東西忘了帶，升旗之後，我趕緊檢查自己的書包，上課的書都帶齊了，筆記本跟講義也有，我正要額手稱慶時，就發現筆袋不見了。結果那天我只好跟藝紜借東借西。

但我忘記的只有筆袋嗎？那天我老是在想這問題，因爲我一直感覺似乎還有什麼遺漏的，一直到了中午的營養午餐時間，我看見魏嘉錚在跟藝紜說話，這才想起來，我忘了把那兩瓶相思豆帶過來，看來只好明天再交給藝紜了。

那時候我是這樣想的：沒關係，反正不急，我甚至可以寫張便條紙，提醒自己別再忘記，也可以多調一個鬧鐘，以免明天又睡太晚。補習班下課時，我都還這樣覺得。所以我慢條斯理地收拾好講義，把借用了一整天的筆還給藝紜，今天她還是讓她媽媽接送，而老天爺很不湊巧地又放了一天晴天，瞧她很哀怨地收著東西，跟我說：「明天不管天氣怎樣，我都要自己騎車。」

我笑著要她看開點，梁媽媽雖然是個囉唆的人，不過總算還是個好媽媽。

「煩死了。」她沒好氣地抓起桌上的東西，就往書包裡塞。

「別這樣嘛，明天一定不會下雨的，我保證。」

「誰管他下不下雨呀！」她還是揪著一張臉。

其實我也察覺到了，今天下午之後，藝紜的臉色都不怎麼好看，起先我以爲是她生理期到了，但後來想想不對，我們常窩在一起，生理期的週期也很相近，時間算算不太對。想去問她到底發生什麼事，可是這傢伙一下課就往外走，害我連抓住她說話的機會都沒有。趁著補習班剛放學，本來我想跟她多聊幾句的，結果她媽媽已經在外面等她了，徒留下愕然的我。

今天是怎麼回事呢？我有點悵然，回頭，魏嘉錚跟洪胖子剛上車，他們對我揮揮手，然後揚長而去，我站在補習班外的騎樓邊，忽然有種跟全世界都很陌生的感覺。是因爲考前壓力嗎？眼看著就要放寒假了，過完年就進入倒數計時階段了，我開始覺得擔心，好像考試把每個人都折磨得不成人形似的。

那天晚上我一個人，獨自騎著腳踏車，天上一樣繁星點點，我順著產業道路，穿過一畦又一畦的田野，有些是水稻，有些是筊白筍，今天白天已經太匆忙了，這時候我想讓自己放鬆心情，慢慢回家就好。到家後，我第一件要做的事，就是把相思豆放進書包裡。

但沒想到的是，凡事總有事與願違的可能。剛到家，我才把書包放下，人都還在門口脫鞋襪，我媽就從裡面走出來，問我怎麼會有相思豆放在書桌上。

「怎樣嗎？」我很納悶。

「不是呀，妳也眞是的，那種東西妳要收好呀，玻璃瓶裝的，又那麼小瓶，還跟一堆亂七八糟的東西一起扔在桌上，妳知不知道這樣很危險？」

「什麼呀？」我眉頭一緊，心頭也一緊。

「妳早上遲到，沒有疊棉被，我就進去幫妳把棉被疊好呀，順便再幫妳把桌上那些有的沒的給收好嘛。」我媽說著，而我看見她臉上有種不自然的心虛。

「那我的相思豆呢？」

「相思豆……」然後一向伶牙利嘴的她忽然結巴了，「我不小心，就……就打破了。」

破碎的不只是玻璃瓶，也是我國中三年來最重要的感情。

15

帶著複雜的心情，第二天我來到學校。從昨天回家後，一直到今天清晨踏進教室爲止，我都在思索著，不曉得該用什麼心情去面對這個事實，也不知道該怎麼向藝紜跟魏嘉錚解釋這件事。媽媽無意間打破了那兩個瓶子，還把散落一地的相思豆全掃進了垃圾筒，我問她爲什麼不撿起來，她說那是因爲玻璃屑太多了。這是理由嗎？或者，這對藝紜或魏嘉錚而言，能算得上是理由嗎？我不由得皺眉，因爲這對我來說都太牽強，更何況對他們？強裝鎮定，我把書包放好，拉開椅子，藝紜看我一眼，而依然不知該怎麼開口的我，只能試著讓自己看來若無其事。

「我有話想跟妳說，有空嗎？」才剛坐下，藝紜拍拍我的肩膀。我回頭看見一臉凝重的她，渾不似平常的樣子。

校園裡一片安靜，還有矇矓的霧。我們從教室走出來，慢步踱往司令台的角落，這裡除了來晨運的幾個老人，就只有田徑隊的人在練跑，非常適合談話，但也因爲這樣的寂靜，反而讓我覺得惶恐。

「妳應該有東西要給我，對不對？」從藝紜的臉上，我看不出她的情緒，她似乎也在試探著，只是我們都不曉得彼此在試探什麼。

「嗯，原本有。」我點點頭，把昨晚的事告訴她，我很仔細地說了一遍，包括我媽從能言善道到其其艾艾的轉變都跟她說。藝紜去過我家，她知道我媽是個只有在出錯時，講話才會變這樣的人。

「所以呢？瓶子破了也還可以把相思豆撿回來吧？」

「我說了，我媽把它都扔了呀。」我皺眉。

藝紜一直盯著我的雙眼，這是第一次，我發現她的眼神竟如此銳利，銳利得幾乎要看進我最深的心裡去了。

「妳知道這理由很牽強，妳也知道相思豆代表什麼，妳更知道我不喜歡人家騙我。」她說。

「不然我能怎麼說？事情就是這樣呀。」

「我要怎麼相信？妳從來沒有這麼糊塗過，不是嗎？」藝紜搓搓手掌，侷促不安地繼續說著，「我只是覺得很誇張。」

但其實更加不安的人是我，面對她的雙眼，我也覺得很懊惱，因爲我總認爲，不管發生什麼事，她都不應該這樣質疑我才對，除非……

「難道妳懷疑我？」我忽然有種全身發冷的感覺。

「我能不懷疑嗎？」這話像一根刺，刺中了她的心，她隨即反問我。

不曉得爲什麼，忽然間，我有種恍然大悟的感覺，這件事可大可小，玻璃瓶子裡若裝的只是其他小事物，那麼藝紜頂多嘮叨一頓便罷，但她如此過度的反應，以及那些相思豆的象徵意義，在我腦海中瞬間串聯。看著藝紜，我的思緒飛回了好久好久以前，剛認識她的那天，我們站在十二班的教室門口，她跟我打招呼，然後說：「總有一天，我要打敗那三個人，而我現在找到第一個了。」

我覺得很荒謬，是不是眞的連這都要爭？難道我們認識了快三年的交情，還需要接受這樣的考驗？我不知道魏嘉錚爲什麼要送我們相思豆，但我知道他是個很單純的人，單純到純粹只因爲他覺得男生不適合收藏這樣的小東西，所以才會拿給我，而因爲剛好有兩瓶，所以才託我拿一瓶給藝紜。

「所以妳也喜歡魏嘉錚。」我倒吸了一口涼氣，那從國一下學期，我就已經隱約感受到的事實，沒想到會在這時候直逼眼前，霎時間，我那好多好多被掩埋的幽微感覺又都回來了。

「我喜不喜歡他並不重要，重要的是我應該得到我該得到的，儘管……」她頓了一下，「儘管只是一瓶相思豆。」看著我，她深吸了一口氣，「而我很難想像，居然要我自己來問妳，妳才會跟我講，而更沒想到，妳給的是一個我聽起來覺得很荒謬的藉口。」她的語氣一直在轉變，有時很軟，有時硬，而這時，我看見的是逐漸要劍拔弩張的她。

「我沒有必要騙妳吧？騙妳對我又有什麼好處呢？不管怎麼樣，至少這件事……藝紜……妳知道，我……」鼻尖一酸，我聽見自己有點哽咽。

「如果妳自己不敢去要的話，那為什麼要擋著不讓別人追求呢？只因為別人喜歡的，跟妳所喜歡的，是同一件物品嗎？」她咬著牙根，鼓起勇氣繼續說：「是，不管什麼事情，我都很想贏妳，這一點我承認，其他的也就算了，可是愛情不一樣。」

「我……」我發現自己說不出話來，而她搖搖頭，打斷了我的解釋。

「從國一開始，妳就一直走在前面，朝妳自己的方向走，但是妳想過他嗎？當妳在二班開始上輔導課時，妳又知道我是什麼心情嗎？我很感謝妳，因為不必我開口，妳就直接把上課的講義借給我，而一樣的，不必魏嘉錚要求，我就把那些資料又給他看，我比妳更知道他需要什麼。就算他喜歡的是楊欣怡，兩個人一直在通信，那也都是我告訴妳的，妳想過妳自己做了些什麼嗎？妳為了他做過些什麼嗎？一直以來，我都不斷提醒妳，但是妳做了嗎？沒有，從來都沒有，直到現在，用這個爛理由來保護妳的愛情，可能是妳在這方面，唯一做的一件事情，只是做得太差勁了。」

除了搖頭之外，我已經說不出任何一句話來，藝紜也哭了，兩行眼淚流過她的臉頰，但她沒將淚水擦去，只是瞪著我。

「有些話，我一直沒對妳說，因為似乎時候未到，但現在，我沒得選擇，也很難再忍受下去。別用這種表情看著我，因為那是妳讓我不得不這樣。站在客觀立場，我比妳更有資格擁有那兩瓶相思豆，因為我比妳更了解他，我知道他真正需要的是什麼，而不是我自己想要什麼。只是妳讓我差點跌破眼鏡，很難想像，到最後妳還是什麼都沒做。」她冷冷地看著我，「妳只是跟我說，那瓶相思豆打破了，就這樣而已，居然只有這樣而已。」說完，她微側過臉，但眼神依舊銳利，深深刺進了我的心裡。

我知道有些路過的學生開始注意到我們，也感覺到附近的霧氣逐漸散去，而增加了一些人們的說話與腳步聲，但我沒辦法做任何動作，我甚至說不出半句話。從來，我都沒想過會有這樣一天，也許我們都不夠坦白，但當真正坦白時，我們又太過尖銳。

「對不起。」我只能低著頭，說了一句，「對不起。」

「不要跟我說對不起，這三年來，我為妳或為魏嘉錚做的一切，要的都不是這樣一句『對不起』。」她極力壓抑哽咽的聲音，隨手抹去了臉上的淚痕，「我只是覺得很悲哀，不應該在這一切之後，卻連拿到一瓶應該屬於我的、那小小瓶的相思豆，這樣卑微的報償都不能如願而已，妳知道嗎？那瓶相思豆，我很想要，其實我很想要。」

她的語氣漸輕，聲音慢慢消失在我耳邊，說完，她從我身邊擦肩而過，走回教室的方向，而我蹲了下來，靠著老榕樹，除了掩住臉用力哭泣之外，再不知道自己能做什麼。

一種很深、很深的黑暗，一直包圍裹覆著我，當我意識到那片黑暗時，眼淚已經慢慢地停了。而我不敢睜開眼睛，並非爲了害怕誰看見我在這裡哭泣，而是怕看見自己的心虛，一種說不上來的心虛，還有後悔。

曾經我以爲我們會一直這麼要好，直到國中畢業，甚至更久以後，也曾經我以爲這份始終在若有似無間的愛情，會隨著國中生涯結束，就船過水無痕地消散的，所以我總是自主或不自主地選擇逃避，總天眞地以爲，只要時間過去了，就什麼都過去了，一切都會完好如初。

但我錯了，我想我錯了。我沒顧及藝紜的感受，甚至原來我也從沒顧慮到魏嘉錚的感受，就像藝紜說的，當我在二班上輔導課時，原來我只在乎他們在十二班教室自修時，會不會說些什麼，會不會開始親近，卻忽略掉他們看著我在所謂的「資優班」，被校方捧在掌心呵護時，所會有的感受。

而我也從沒想過，藝紜爲我做了這麼多，她可曾要我回饋點什麼？她也喜歡魏嘉錚，我以前不是沒有察覺，但總是視而不見，卻沒想到連她無私地替我出謀獻策，甚至寧願壓抑自己的情感，反過來鼓勵我去對魏嘉錚告白，這樣的寬大我也看不見。我認眞地想，發現自己幾乎不曾爲她付出過什麼，她唯一一個小小的心願，只是希望能得到那瓶魏嘉錚託我轉贈的相思豆；而她爲魏嘉錚做了這麼多，也只希望能經由轉手的方式，得到一瓶在她心中，多少帶點愛情象徵的相思豆。但我沒做到這件事，辜負了魏嘉錚的託付，也讓藝紜所有的期待落空，落了一個好大的空。

藝紜沒有放聲哭出來，沒有她平常的任性，只有那雙眼神，看得我的心好痛，好痛。而所有被誤會的委屈與氣憤，都在不知不覺間消散無蹤，剩下的只有我辜負別人的罪惡感，那兩個被我辜負的人，一個是我喜歡了快三年的男生，另一個是我認爲這三年來對我最重要的死黨。然後黑暗再度將我包圍，我又聽見了自己的哭聲，很不爭氣地，充滿自責與內疚的哭聲。

我願意說一萬句對不起，只求能換回已不復返的昨天跟昨天的昨天。

16

如果要在漫長的一生中，找出一個我日後最不願去回憶的時段，我相信那一定是國三的下學期。自從那天後，藝紜幾乎再沒跟我說過話，即使遇到小考，老師吩咐考卷從最後面傳到前排來，她也悶不吭聲，只把試卷塞給我。

我嘗試過各種方式，去跟她溝通，或者示好，甚至也拜託魏嘉錚幫我跟她解釋，但卻起不了半點作用。而不只是我，連魏嘉錚都覺得這不過是一件小事情，何必如此小題大作？我想不出還有什麼可以說或做的，也不知道該怎麼跟魏嘉錚說明，畢竟有些事、有些感覺，永遠都不是男生們可以明白的，他知道會抽菸的人交起朋友來很快，但卻永遠不會了解，一瓶相思豆，對一個渴望愛情的女孩有多重要，即使他也知道藝紜是個很想要「被需要」的人，但更多更細微的東西，我相信永遠只有女孩能夠理解。

而正因爲我明白，所以我更希望能夠化開這些誤解，只是，藝紜並不想給我機會，那件事發生後，她就不再跟我說話，甚至又過不了幾天，她就換了一家補習班，跟我徹底畫清了界線。

處在中間，一直都很爲難的魏嘉錚，替我找藝紜說過幾次，不過永遠都只有同樣一個答案，魏嘉錚說：「妳知道她跟我說什麼嗎？她說：『唐雨寧最蠢最蠢的地方，就是叫魏嘉錚來勸和。』

其實我也明白，但除了魏嘉錚，我還能找誰？

「而且我搞不太懂，到底基於什麼理由，她要為了一瓶相思豆，而把妳們兩個人的關係搞得這麼複雜。」魏嘉錚嘆著氣，而我也無話可說。

於是時間過去了，季節過去了，倒數計時開始了，我開始習慣每晚直接趴在書桌上睡覺，魏嘉錚則變得比以前更沉默，少了藝紜的通風報信，我不知道他跟楊欣怡是否還有通信，而他終於發現曾主任替他付清了補習費，只好乖乖每天都去上課，除此之外，沒有，什麼都沒有。對升學資優班而言，國三下學期除了上課，其他的一切都不會，也不該有，而對這樣一個班級裡的這樣一個我而言，則更不可能再有變化。所以我按照我爸媽的希望，高中、五專跟高職三個考試，全都填了北區，已經不再需要顧慮什麼，因為以前我會在意一些其他的因素，但現在我已經失去了顧慮的資格。

「剩沒多久就要考試，到時候補習班跟學校輔導課都結束了，大家就都會乖乖在家念書，考完以後要見面的話，就只剩下妳有回來的週末假日了，對吧？」繳交報名表的那天晚上，魏嘉錚在補完習後，特地留下來等我。

「嗯，沒辦法，這不是我能決定的。」我勉強擠出一點微笑，「如果以後你跟藝紜的距離不太遠的話，可以多找她，我相信她會很開心。」

他點點頭，沒再多說，跟我一起騎著腳踏車，又頂著一天繁星，慢慢往回家的方向走。上次跟藝紜爭吵的內容，我沒有完全對魏嘉錚說明，我相信有些話，藝紜也會覺得輪不到我來說。

「老實說，我一直覺得很遺憾，沒想到會弄成這樣。」魏嘉錚說。

「算了，有些問題本來就存在很久了，那並不全都是因為你的緣故呀。」我說。確實是這樣，我自己也很清楚，只是我也沒想到，那些鬱積許久的矛盾，會以這樣激烈的爆發跟長期的冷戰作終。

「嘿，」騎在我後面的魏嘉錚忽然又叫住我，「妳還記不記得，我們有過一個約定？」

我點點頭，當然記得，那是一年多前了吧，在教務處外面，我跟魏嘉錚說了我名字的由來，而他說他會牢牢記住。

「我們再做一個約定好不好？」他笑著說：「對著滿天星星發誓，不管以後距離多遠，我們都會記得對方。」

他笑得很天真，沒有心機，也沒有其他顧忌，只是很單純地望著我。看著他，我不知道自己應該怎麼思考，只能順著他的話，點了一個頭，並在心裡跟自己說：「除了記得你，我還會想念你。」

學校最後一天的輔導課結束時，天剛傍晚，我安靜地清理抽屜裡的所有東西，一邊收拾，一邊回想這三年來的點點滴滴，那些最初與最後。半個月前的畢業典禮上，我沒拿到半個獎，那時我回頭看了一眼，藝紜正在跟她旁邊的同學聊天，或許這樣也好，這三年來，除了一場誰也沒開始的愛情，弄得兩敗俱傷之外，她再沒輸給我什麼，那麼或許未來的她，可以活得更開心一點。

教室裡的人已經走得差不多了，只剩幾個女同學三三兩兩窩在角落聊天。反正連補習班都停課了，也不必趕著走，收拾好東西，我把黑板擦乾淨，這三年來，我第一次擔任班級幹部，何其有幸地，才能擦到國中生涯最後一天，最後一堂課的黑板。板擦將數學老師的筆跡一一抹去，而我在想，那些愉快與不愉快的往事，是否也會跟著被抹去呢？若干年後，我們誰還會記得呢？我想起國一上學期，魏嘉錚在開學那天，蹲下來一把將地上垃圾抓起來的樣子，記得非常清楚，然後我想到他學會抽菸，跟班上同學的糾紛，腦海中有他落寞的背影，拿著拖把，將被陳婉孟踩爆在地上的那盒鮮奶拖乾淨的畫面，更之後是一班的男生替他出頭，教訓了八班的那個那個誰，還有那些我們雖然很討厭，但其實也畫得很開心的美術組時光……太多太多的回憶籠罩著我，當我終於將黑板擦乾淨時，同時也輕輕擦去了自己臉上的眼淚。

拎起書包，沒有人注意到我正要離去，教室裡好幾個座位上還有東西，我們班的一群男生都跑到籃球場去打球了，而魏嘉錚的東西也在，我不知道他去了哪裡，或許是跟隔壁班的人去抽菸了吧。

盯著他的座位，我看了好久。如果這是愛情，那爲什麼我的愛情是這樣的？沒有開始也沒有結束，甚至幾乎連一點什麼都沒留下。我想起藝紜責備我的那些話，是呀，我爲我的愛情付出過什麼？除了那天晚上我跟魏嘉錚一起許下的約定之外，我還做了些什麼？

出神良久，終於，我又放下書包，從我的歷史講義裡，拿出一張用了快三年的舊書籤，那張書籤是在師母的雜貨店裡買的，會買這張書籤的理由，則是因爲上面印著有些模糊，但卻很漂亮的桂花圖案，那是他說過，最愛的花。

我在書籤背面寫了兩行字，把它拿到魏嘉錚的座位邊，沒有人注意到我，但即使有也無所謂，都最後一天了，我再無須在乎別人的眼光。將書籤夾在他還攤在桌上的筆記本裡，我給自己一個微笑，然後轉身走出教室，同時也在心裡，偷偷地說一聲：再見。

「採擷一季的相思，寄予無限的祝福。」

就慢慢地遠了，所謂的那當年。
我在只為我建構的防空洞裡遮風避雨，
只是卻也陌生了我自己。
台北城有春日韶光般的清風徐來，卻非昨日黃昏裡的原鄉。

你説凡事都有大人、小孩兩種角度看法，
當然，還有名為情人的第三種。

17

很多人都說台北的冬季冷，但我卻不這樣認爲。比起那段每天早上六點就得起床，迎著清晨寒風，在薄霧中踩三十分鐘腳踏車去上學的日子，我眞覺得，這一年來，每天搭公車跟火車的過程雖然麻煩而且擁擠，但總算是輕鬆愉快許多了。

習慣了黑、綠兩色的制服，也接受了新的生活，只不過偶爾我會想，或許我眞正習慣的只是匆忙的腳步、更繁重的課業，以及沒有藝紜與魏嘉錚的日子。高二上學期剛開學沒多久，我在火車上發呆時，心裡想著。

這一年來我長高了，原本及膝的裙子，現在裙襬比膝蓋略高些許；而我的朋友變多了，校刊社雖然不常有活動，不過總有做不完的事，認識的人也愈來愈多；另外，阿姨開始習慣我的晚歸，身爲我媽唯一的妹妹，她大我不過八九歲，個性詼諧而開明，跟我娘的敦厚樸質南轅北轍。當初剛來台北時，阿姨對我的規範很多，而一年後，她開始讓我學著控制跟調配自己的時間，並且跟我約定好，高二上學期結束前，多給我點自由的空間，但代價是下學期起，我得認命去補習。

「我這個人很民主，一條路是妳乖乖去補習，另一條路是待在家裡，我幫妳補習，兩個方向讓妳選，不錯吧？」在兒童美語補習班任職的她，這樣笑著問我。

我踩著比國中時代稍快的腳步，每天早上走一小段路，到樹林火車站去搭電聯車，再由台北車站轉公車到校，而每天放學後，我會留在校刊社編寫稿子，或跟同學一起討論進度，直到晚上七八點，才又經由台北車站轉車回家，或直接從校門口旁邊，搭乘台北客運15號公車，一路晃回樹林。

「每天花兩個小時在車上，妳不嫌累嗎？」毓慈把一份採訪大綱拿給我，她是我們校刊社的文編組長，也是我的同班同學。

「當然累呀。」

「那妳不想搬出來外面住嗎？都二年級了，又不是什麼都不懂的高一新生，幹嘛在家裡當乖乖牌？妳搬出來的話，我們跑社團也方便許多。」

「當然想呀。」

「那就搬呀，」毓慈說：「我們那邊有一個學姊要搬走了，妳要不要來補位？」

「當然好呀，如果妳可以幫我一個小忙的話，我就搬過去。」看著她，我笑著說：「我把我家族譜拿給妳，妳幫我把上面所有可能當我監護人的傢伙全都幹掉的話，我二話不說立刻就搬。」

「去死吧。」她瞪我。

我當然也想在外賃屋，一來距離學校近一點，二來可以不再受門禁時間限制。從高一下學期以後，眼看著班上同學一個個都從家裡或學校宿舍搬出來，我不只一次跟爸媽反應過，但他們給我的答案永遠都一樣。我媽的個性雖然跟阿姨不同，不過回答起來卻有異曲同工之妙，還記得暑假結束前，我又問她，她說：「好女兒，媽媽給妳兩個選擇，第一，繼續住妳阿姨家，第二，直接搬到瑞芳的外公家，妳選一個。」當她這樣說完時，我就決定閉嘴。

雖然毓慈一再鼓吹，但我總是笑著婉拒，而另一方面則跟阿姨溝通，讓晚上回家的門禁時間可以再延後一點點。

「鄉下人是不是都很古板？」問過我幾次之後，毓慈歸納我不能搬到外面住的原因。

「基本上，」我覺得自己臉上有三條線，「是。」

儘管她是我這一年多來，所認識的朋友當中，最了解我的一個，但有些事我還是保留沒說。

上高一那年，我哥退伍回來，他對筊白筍沒興趣，另外給自己找了一份職業；而今我爸將田租給別人，自己只負責收租，幾乎每天都往道場跑，我依舊搞不懂那是個什麼宗教，只知道我爸葷是戒了，佛是念了，頭也磕了，但身體還是一天比一天差，個性卻變得一天比一天古怪，就像我家那三合院外頭的曬穀場，被長期空置般地不自然。

「想什麼？」打斷了我的思緒，毓慈叫我留意那份採訪資料。這星期天早上要去鶯歌採訪一位女陶藝家，升上二年級後，社團的工作分配有所調整，開始由我擔任主要的對外採訪，而這將是我獨當一面的第一次。我搖搖頭，收攝心神，認眞地研究那份採訪題目，毓慈要我先過去社窩，她則要先去合作社買點心吃。

鶯歌的陶瓷藝術我聞名已久，那地方距離樹林雖然不遠，但我卻從沒去過。我一邊看著資料，一邊往社辦走。這時間剛好放學，校園裡熙來攘往地都是人，我盡量避開人群，轉過兩個彎，走到社辦門口，卻發現自己來早了，門還鎖著，鑰匙則在那個貪吃的女人身上。而更慘的是，社辦裡禁止飲食，所以我還得站在這裡等她吃完再過來。

可能是因爲想到我家的那些事情所致，站在緊閉的門前，我有點懊惱，正呆著，後面忽然有個人說話：「妳看起來很悶哪。」

那嗓音在這個女生佔絕大多數的學校裡是很少聽見的，著實嚇了我一大跳，讓我手上的採訪大綱掉了下去，趕緊回頭，那個人幫我把資料撿起來。

他戴著褐色邊框的眼鏡，頭髮紮成一束短短的馬尾，笑著跟我說：「如果我沒猜錯的話，妳是負責這次採訪的唐雨寧，對吧？」

我訥訥地點了點頭，正狐疑時，他對我伸出手掌，「多指教，我是臨時被抓來代班的社團指導老師，而妳手上的那份資料，是我在貴社做的第一次活動企畫。」

這位半調子老師一副自信滿滿的樣子，他給我一個充滿親和力的微笑，讓我不自覺地伸出手與他交握，我聽見他說：「多多指教，我是李韶光。」

很多事情都從細微處開始，比如一個笑容，一次握手。

18

他不喜歡人家叫他「李老師」，事實上他也的確不是老師，我們原本的指導老師這陣子有事，所以找她學弟來代幾週的社團課，而阿光今年也不過才研究所二年級而已。

「我不老，別叫我老師，稱呼我阿光就可以了。」他說。

那個星期的社團活動課，每位幹部都拿到一張名片，那上頭有他的姓名、聯絡電話，以及研究所的年級別，而特別的地方，是名片背面還有一行字，寫著：「總有些什麼，不是眞的過去；也總有些什麼，不是眞的回不來。」看著那兩句話，我覺得寫得很有意思。毓慈嘲笑說，虧我還是整個社團裡，除了她之外，第一個拿到採訪大綱的人，結果我卻沒發現上面指導老師的名字換了。

雖然阿光研究的既非大眾傳播，讀的也不是中文系，不過他從高中開始，就一直混學校的校刊社，聽說大學時還當過社長。去鶯歌的路上，他問我準備好了沒有，而我點頭，把包包裡的東西拿給他看，「錄音機、相機、筆跟紙，還有要給那個陶藝家的小禮物都準備好了。」

「我說的是腦袋。」他指指我的額頭，「這裡準備好了沒有？」

「題目我幾乎都背起來了。」我又點頭，昨天晚上我把大家一起擬好的採訪題目，洋洋灑灑一共十五題，全都牢牢地記起來，數理雖非我的拿手專長，但社會科的記憶能力我倒很有自信。

「誰叫妳背題目的？」結果他瞪眼。

「不用背嗎？」我也瞪眼。

「如果今天要採訪的對象一共有十個人，每個受訪者都有一份屬於他自己的題目，那妳也要全都背起來嗎？」

他的問題讓我錯愕，去年一整年，我跟著學姊去採訪的經驗雖然不多，但她們可都是這樣，會在出發前先把題目看熟，甚至背起來。今天阿光他們一行人從台北市出發，電聯車經過萬華、板橋兩站，然後我在中途的樹林站上車會合，往南只要十分鐘，過了山佳站之後就是鶯歌站，眼看著將要抵達目的地了，結果阿光卻顛覆了我原本已經建立好的自信心，讓我呆若木雞。

星期天，要到鶯歌的遊客很多，阿光帶著另外三位校刊社的成員，和我一起擠在列車的最後一節車廂，我搖搖晃晃著，手攀在毓慈的肩膀上，耳裡聽到阿光說：「我不知道我學姊之前是怎麼教妳們的，雖然我自己也不是做採訪的專業人士，但就我的認知而言，似乎從來沒聽說過採訪前，有誰會先把題目背起來的。」

看著他，我一臉惶恐迷惑，毓慈則替我發問：「不然呢？」

阿光笑了一下，「採訪之前，先去了解對方的背景，知道這次訪談的重點在哪裡；採訪時的紀錄要詳細，態度要客氣，要學著問一些表面問題之下，更深入的部分，並適時提出疑問；採訪結束後，立刻做有效整理，採訪稿定案前要先給受訪者看過，刊物印刷出來以後，記得送一份給受訪者，就這樣而已呀。」

他每說一段，我就點一次頭，阿光看著我，一口氣把話說完，然後又問我：「那麼，唐雨寧同學，請問妳準備好了嗎？」

女陶藝家非常年輕美麗，工作坊佈置得簡潔明亮，窗邊擺放許多她的作品，但我無暇瀏覽那些，看著受訪者，我一面集中精神，斟酌措詞與口吻，一邊又要努力表現出去年學姊們採訪時，那種沉著穩定的風範，結果兩頭不討好，注意訪談內容時，我說話會結巴；而留意儀態時，講話反而會吃螺絲。弄到最後，那位女陶藝家還帶著母性的慈祥笑容，拍拍我的肩膀，安慰我別太緊張。

我沒想到自己的臨場表現居然這麼糟，兩個小時採訪下來，有一半題目是毓慈幫我問的。眞該慶幸那位女陶藝家其實是阿光的親戚，不然我們學校的臉可丟光了。

離開陶藝工作室，阿光帶著我們往老街走，每個人手上都捧著一個女陶藝家贈送的，她親手製作的小陶罐。看著那罐子，我覺得自己眞是太差勁了，爲什麼會這樣呢？如果阿光不要在來的路上跟我說那些，我的心理是否就能不受影響？表現會不會就好一點？看著他的背影，我知道那只是推諉，事實上我的準備確實不夠，採訪大綱也只看過兩次而已。

鶯歌老街對我們這些年輕人來說，並沒有多大吸引力，毓慈很快就嚷著腳痠，所以阿光在車站附近找了一家茶店，帶我們進去坐下。窩在角落，我沒加入他們七嘴八舌的聊天，自己把玩著小陶罐。那罐子上有雖然粗糙，但卻生動的紋路，看著陶罐，我的心思飛到了九霄雲外，完全沒去注意他們的聊天內容，甚至連毓慈叫了我兩聲，我都不曾察覺。

「欸！」見我沒有搭理，她用手肘推了我一下，那一推讓我整個人清醒過來，而我的手跟著一鬆，就聽見清脆的一聲響，手上那個小陶罐掉落地上，摔成一堆碎片，把大家都嚇了一跳。

「對……對不起……」毓慈也傻眼了。

不曉得為什麼，我竟然一點生氣的感覺都沒有，看著那些碎片，我只是悵然。

「好可惜，不過這樣也好。」旁邊的阿光忽然說話了。

「哪裡好？」抬頭，我看著他，而他還在看著那些碎片。

「不好的記憶如果能夠跟著這罐子一起打破的話，那不是很好嗎？」

「你明知道那是不可能的。」想了想，我嘆氣。

他對我的回答並不感到意外，彎腰撿起最大的那塊破碎陶片，拿給了我，「那妳還可以留下那少數中還算完整的一點。」

沒接過來，我只是盯著那塊陶片。良久，我問阿光，也問其他同學，「你們會不會覺得，其實我不太適合擔任主要採訪的工作？我是說，如果你們認為我做得不好的話，可以直接跟我說，或者換其他人……」

「沒有人說不好，對吧？」結果阿光沒讓我把話說完，他把陶片遞到我手中，對我說：「先讓我們用小朋友的角度來看待吧，今天妳確實幾乎把工作搞砸了，所以我們有理由群起圍攻地責備妳，而妳也確實應該內疚，但那對一切都沒有好處，對吧？」

「所以？」

「所以我們接著可以用大人的角度來看，」他喝了一口水，「正因爲今天做得不好，所以我們才應該感到開心，因爲這只是第一次，妳的未來還有太多太多進步的空間，瞧，這豈不值得我們喝采跟開心呢？」

像個大人吧，那天，我對自己這樣說。

19

現在的我很少回家，偶一爲之，我媽總是開心得不得了，她會準備很多食物跟水果，好讓我回家時有得吃，要回台北了還有得帶。

「媽，這些東西在台北都買得到的。」看著桌上那堆零食，我有種要去遠足的感覺。

「妳在台北買的哪有我買的好吃？」說著，我媽捧起旁邊一個裝滿青菜的塑膠袋，要我帶到台北給阿姨，還說：「可惜呀，妳只有兩隻手。」

眞應該慶幸，慶幸我媽還知道我只有兩隻手。不想去煩惱明天該怎麼帶東西的問題，我拎著飲料進房間。自從我爸吃全齋後，我就變得更少回來，那種三餐全素的生活，我著實不敢恭維。我媽也是，要不是爲了我老爹，她也不用一把年紀了，還去學著怎麼煮素食。這些問題我跟我爸提過許多次，沒道理因爲他一個人的宗教信仰，而讓全家人都去遷就他，小吵過幾次，但我媽並不支持我的論點，看來她也是習慣了。

窩在房間，我把桌上的灰塵打掃乾淨，順便將上個暑假時帶回來的舊課本略作整理。高一上學期才開學就遇到九二一地震，雖然三合院沒有受創，不過我老爸倒是趁這機會，將幾間小屋舍重新翻修了整理，原本我跟我哥的房間都要打掉重建，是我一再反對，他才願意讓我們保留下來。

看著掛在牆上，一張國中時常用來幫助記憶的中國大陸地圖，那早已破損的紙角跟泛黃的紙質，我覺得感觸好多。這兩年很少回來，而就算回家，時間也都很短暫，我媽常說我簡直是把老家當倉庫或旅館了。

音樂聲中，將高一用過的課本收進紙箱裡，這些等高二下學期才有可能再翻到，我把箱子收到角落邊，然後爬進床底下，將另外兩個塵封許久的紙箱拉出來，那裡頭裝著更久以前的東西，有國中課本跟講義，還有一些考卷跟筆記。坐在地板上，翻著翻著，我想起一些原來已經好久不曾再想過的人或事，藝紜現在好嗎？魏嘉錚呢？我翻到國一下學期的數學講義，想起我把東西借給藝紜，而她又轉借給魏嘉錚的事，他們考到哪裡的學校呢？聯考後，我幾乎每天都在家，有時幫我爸工作，有時則是看些閒書或聽音樂過一天，原以爲大概只能考上個中等的學校，沒想到竟然意外地吊車尾，矇到第一志願。還記得放榜時，鄰長來我家放鞭炮，附近的鄰居也都過來道賀，我爸笑得合不攏嘴，還把里長致贈的一張獎狀裱框起來，掛在我家大廳的牆壁上，就跟我爺爺的遺照掛在一起，然後拉著我去他們道場拜拜，酬謝神明護祐。

但爲什麼我沒想過要去探聽看看，看藝紜跟魏嘉錚的成績呢？時隔一年，我問了自己一個沒有答案的問題。低著頭，怔怔地看著那些東西，我覺得好感傷。有些線索或許眞的不應該再追尋了吧？對以前同學的後續，我知道的非常少，但可想而知的是，大家一定都離開小鎭了，每個人都帶著自己的回憶離開，我也是，而新的世界裡，我想我們都不願把那些往事再提起吧？

我曾這樣幻想過，也許會有那麼一天，風和日麗，我在熙來攘往的大街上走著，然後迎面而來就遇見了藝紜，也可能是魏嘉錚，然後我們會寒暄，聊著彼此的生活，也談談未來的方向，只是我們應該都不會提到過去，像那件因爲一瓶相思豆而惹起的爭執之類的。我知道會有那樣的一天，也深深期待著，只是，可能還不是現在。

有點黯淡的燈光下，我帶著惆悵，東西還沒整理完，外頭傳來我爸踩著拖鞋的腳步聲，隔著木門，問我既然回來了，爲什麼不到道場去拜拜。

「我很累呀。」懶得開門，也懶得起身，我回答，「而且去了也沒用，那邊的人我又不認識。」

「我沒叫妳去認識人，我叫妳去認識佛祖而已。」

「我跟祂不熟啦！」有點不耐，聽著我爸還在嘮叨，說即使只是去道場認識的人，也好過外頭那些三教九流的朋友。我拒絕再回答，低頭又整理自己的東西。

到底爲什麼呢？有時候我很想問他，道場裡的眞的都是好人嗎？如果是，那我跟我媽這種不去道場的，或者虔誠信奉其他宗教的人又算什麼？我想起阿光，他應該也沒有什麼宗教信仰吧？難道他就不是好人？如果這個宗教有這麼強烈的排他性，那我寧願我爸回到以前繼續種筊白筍，跟產銷班的人廝混的日子，那還更好一點。

趁著我爸去洗澡，我把我的想法跟我媽說，我媽叫我看開一點，然後指著餐桌上的菜，說：「跑道場總好過電視上那些壞男人跑酒店，吃齋念佛也總好過花天酒地，對吧？」

我不知道該怎麼說才好，那滿桌的素菜讓人了無食欲，正想轉身再回房，結果我家的電話卻響起，接通，是毓慈打來的，問我星期天幾點要回台北。

「不要這麼想我，我們在台北車站分手還不到四十八個小時，而且就算我現在就回去，一樣得等星期一才能見面。」我調侃她。

「花癡呀妳！」她笑了出來，要我星期天早點回去，阿光剛剛才打給她，約了那天下午去聽一個散文作家的演講。

「他又沒約我。」我哼哼連聲，「萬一他其實只想約妳，那我去幹嘛？」

「心眼很小耶，妳呀！」我不用把耳朵貼緊話筒，都可以聽得見毓慈嚷嚷的聲音，「人家剛剛說了，要找校刊社的大家一起去啦！」

活動地點在陽明山，是一個大學的推廣部所舉辦的，阿光就在那邊念書。散文作家的演講我從沒聽過，陽明山也沒去過，這提議確實讓人怦然心動。但我再一問時間，就知道機會渺茫了，因爲下午一點二十分之前就得入場，演講準時一點半開始，那是我家剛吃完午餐的時間。

毓慈說如果我們要去，阿光會在台北車站等大家，然後一起搭公車前往。我正想問她，看是否可以錄音回來，結果背後卻聽到我爸又嘮叨了：「一年才回來幾次，回到家要不是電話一直講，就是拚命又想往外跑。」

我媽對他做做手勢，要他暫時安靜，好讓我講完電話，但我爸卻沒理會，他走到我身邊，「到底讓妳去台北念書是不是好事呀？妳看妳這樣子。」

於是我沒再聽毓慈到底說些什麼，因爲我爸的聲音已經讓我無法專心，他正數落著我愈來愈少回家的事實，又說阿姨寵壞了我，讓我經常晚歸，也沒注意我的交遊情形，不知道都在台北念些什麼書，連回老家都還有人打電話來找。

我覺得很煩，側個身，不想與他面對面，電話中毓慈問我怎麼回事，是不是在跟我爸吵架。

「沒事，總之我大概是去不成的，妳看怎麼樣，方便的話就幫我錄音回來吧。」匆忙說完，我很快掛了電話，不過我爸還是不夠滿意，儘管我媽始終在旁邊勸著，但他依然繼續碎嘴個沒完。

「煩不煩哪？」最後終於換我受不了了，「不然不要讀了嘛，當初是誰叫我去台北的？又不是我自願的！」我說的並沒錯，至少在這一點上我絕對站得住腳。

「讓妳去台北是去讀書，不是去交男朋友！」

「你哪隻眼睛看見我交男朋友了？」我覺得很莫名其妙，當然更覺得生氣，「你打電話去問阿姨，你問她看看，看我有沒有男朋友！莫名其妙！」

「就算沒有男朋友，認識的也都不是什麼好東西！妳自己想看看，剛剛妳講電話是怎樣講的？不要以爲我沒聽見！」

我剛剛講了什麼？他聽見的是些什麼？看著我爸黝黑的臉上，有浮起的青筋，我知道他已在盛怒當中，但我又能怎麼說？那是一種既憤怒卻也無奈的心情，我很想繼續跟他吵，但這種架吵贏了又有什麼意義？

「算了，懶得跟你講，」於是我放棄，看著他鬚眉戟張的樣子，我反而解除了自己的武裝，「反正你只會覺得道場裡的人才是好人，而我交的都是爛朋友而已。」

丟下這句話，我轉身就走，那背後是我爸終於爆發出來的怒氣，他大吼著，說不該讓我念書，應該讓我國中畢業就下田去工作，才不會現在反過來忤逆他之類云云。我沒有回頭，壓抑著的憤怒反而讓我的眼淚流了下來，沒伸手去抹，我走回自己房間，甚至，我連關門都用了最輕的力道，只是在鎖上門鎖之後，眼淚卻潰決得止遏不住而已。

20

我承認我是叛逆期中的孩子，但那不表示我沒有選擇朋友的能力。

這問題平常我不會去細想，但每當回到老家來，看到桌上的素菜，以及三合院改建後新增的小佛堂，再看到我爸現在的模樣，我就會覺得悲哀。那是一種無能爲力的奈何，也是一種人微言輕的感慨。到底爲什麼呢？我曾問過我媽，是誰介紹我爸去聽「道」的呢？究竟「道」是個什麼玩意兒？我媽臉上總是掛著跟我現在一樣的無奈表情。

我並沒有企圖詆毀神明或否定宗教價值，只是當我去了那道場，看見一群中年男女，一臉欣喜融樂地互相稱許對方，認爲自己得到了眞正的救贖，而卻在強調萬物平等，又認爲還沒加入他們的其他芸芸眾生是沉淪苦海的可憐蟲時，我忍不住要去懷疑，究竟是誰比較可憐而已。也所以，我覺得很悲哀，替我老爸感到悲哀。

二姑住台中，跟我媽感情很要好，星期天接近中午時，趁著我爸早上去道場未歸，我趕緊先吃過了午飯，避免跟他照面。

「反正你們見面也是吵架，飯都沒得吃了。」我媽說：「給妳兩個選擇，第一是妳留下來跟他大眼瞪小眼，第二個是快點吃完快點出門，我送妳去坐車，而妳得幫我送東西去給妳二姑。」

唉，媽媽和阿姨眞不愧是姊妹。看著腳邊那堆菜，我心裡這麼想著。

原本我可以搭乘往台北的國光號，直接回阿姨家的，但因爲我選了第二條路，所以只好改搭前往台中的民營客運車，這種車子既小而又飆得快，坐上車就像把命交付到別人手裡似的。我心想，我爸如果要傳道的話，他應該來找這些拋棄性命、橫衝直撞的客運司機，而不是找我才對。

車上冷氣似乎有點故障，我在悶熱又搖晃的車廂裡，窩得很不舒服。座位空間太小，我還帶了大包小包，再加上乘客很多，那股體味、汗味混雜著柴油味的空氣始終揮之不去，路程距離台中還遠，但我已經有快要暈車的感覺。

掙扎再掙扎，我想找個舒適一點的坐姿，卻怎麼也辦不到。顛簸中，我覺得自己很可憐，爲什麼我要做這種事呢？其實我跟二姑媽沒多少交情，甚至也不怎麼喜歡他們一家人，而今卻得爲了避免跟我爸戰爭，而只好選擇屈就在這樣的車上，待會還得像個鄉巴佬似的，提著好幾袋青菜蔬果去給她。想想都快哭了，我的朋友們跑到鳥語花香的陽明山上，去聽散文作家演講，而我居然在這裡暈車。

沿著省公路，漸遠群山環繞的世界，樸質而又青翠的山林逐漸被建築物所取代，印象裡搭車到台中都是這樣，每個城鎮間都有座橋做間隔，從霧峰到大里，再從大里到台中市。我無心欣賞風光，只是很認眞地數著經過的橋，好轉移我就快把肚子裡那堆素食吐出來的欲望。

當客運司機終於喊了一聲「台中火車站」時，我有種幾乎要喜極而泣的感動。靠著旁邊一位先生的幫忙，將東西都拿下車，站在人行道邊，我對幾個前來招攬生意的計程車司機搖頭，大概看我的樣子很衰弱吧，其中一個居然還問我要不要喝杯保力達。

除了悲情，我想不到還有什麼可以形容自己的詞彙。二姑丈騎著機車過來，把那些東西載回去，我謝絕了他要給我的零用錢，揮手道別後，立刻買了車票又上車回台北。唯有搭乘過那種可怕小巴士的人，才會知道國光號有多麼舒服。我一上車就立刻倒頭大睡，再睜開眼睛時，已經到三重了。

台北的空氣雖然沒有老家的好，但卻少了那種直逼心頭的壓迫感。在車站我打了電話，儘管演講活動已經結束了，但我希望還趕得及在他們解散前一起喝杯茶，就算只是聽聽他們的心得也好。

「所以妳在台北車站？」阿光的手機接通，他那邊的吵雜跟我不遑多讓。

「嗯，靠近北門這邊。」我說。

阿光跟我說了一個壞消息，就在我打電話給他的前兩分鐘，他才送毓慈跟其他同學上車回家而已。

「公車剛走，如果妳要我用跑的去追，也許還可以把人追回來唷。」他還在開我玩笑。

「看來我連心得都得等到明天才聽得到了。」我黯然。今天眞是苦難的一天，沒想到我居然連這一點小小的心願都無法達成。身體挨著公用電話，我幾乎快要站不住，只想癱坐下去。

「妳還好吧？」聽得出我的無力感，阿光問我，口氣正經了些。

「如果還能呼吸就算好事的話，那我現在還算很好。」

「不錯嘛，還挺有幽默感的。」阿光笑著問我現在打算怎麼樣。

「不知道。」我是眞的不知道，因爲這不是我匆忙趕回台北，所希望得到的結果。

「那麼，讓我們先用小朋友的眼光來看吧，這時候妳應該會覺得委屈，然後可能會哭鬧，認爲自己很倒楣，甚至把這一切怪罪給妳今天遇到的每個人。」

「是呀是呀，我是這樣想的沒錯。」我已經連拿話筒的力氣都沒了，用肩膀夾著話筒，我問他：「然後呢？」

「那讓我們再以大人的眼光來看事情，」他的聲音很近，就像在我身邊說話一樣，「雖然妳錯過了一場精采的演講，但卻有機會跟我一邊喝茶，一邊聽我轉述今天聽到的內容。」

我愣了一下，回頭，阿光剛把手機收進口袋裡，他笑得很陽光，就站在我的背後。

「你知道『韶光』兩個字是什麼意思嗎？」他撥撥額頭邊的頭髮，笑著對我說：「『韶光』者，乃青春美好的歲月也，又或者形容春天美好的光景，總之，都是應該樂觀的意思。」

那天下午，我遇見生命中最美好的「韶光」，在台北車站。

21

結果他眞的請我喝茶了，只是既沒在茶店裡喝，喝的也不是什麼特別的茶。台北車站外看不見瑰麗夕陽，只有霓虹開始繽紛。而我手上的，是一盒紙盒裝的純喫綠茶。

「沒辦法，這附近沒什麼像樣的茶店。」阿光說他曾在這附近補習過，這一帶好吃的東西不少，喝的卻屈指可數。

「你很喜歡吃嗎？」

「人哪，誰不喜歡吃呢？」說著，他開始向我介紹台北市各地的小吃，而說的那些全都不是有名的店家。阿光用手比畫著一幅虛擬在我們面前的台北市地圖，一邊講解也一邊想像著，看他陶醉的樣子，彷彿那些美食就在眼前似的，但其實他不知道，那些什麼萬華的排骨大王、天母的豬排蓋飯，或者是民生東路巷子裡的日式串燒，我一樣也沒吃過，甚至連地方在哪裡，東南西北都搞不清楚。

「妳爲什麼都沒有心嚮往之的樣子？」說著，他忽然回過神來。

「因爲我現在只覺得很想吐而已。」我猜我的臉色一定很難看，即使在國光號上睡了一覺，下車後我依然覺得胃裡的食物不斷翻攪，而純喫綠茶的甜膩還更加劇了反胃效果。

「用孩子的角度來看，妳可以直接吐在路邊沒關係，但如果用大人的角度的話……」他那套理論又出現了，不過這次我沒能聽完，因爲我將綠茶往地上一扔，拔腿就朝車站的廁所跑，吃下肚子的那些不知道什麼鬼東西，瞬間都滿到喉嚨來了。

關於那場我錯過的散文作家演講，到底講了什麼，最後我還是沒能聽到。阿光帶著從廁所裡蹣跚走出來的我，叫了一部計程車，到台大醫院去掛急診，醫生診斷後，認爲我有輕微的中暑，所以後來直接就送我回家了。

「好卑鄙呀！」毓慈嚷著：「你們居然趁著大家都回去之後，自己跑去約會！」

「是呀，而且地點是在台大醫院的急診處，」我挖苦自己，「腳邊還有一大包筊白筍。」

「所以你們眞的去約會了？」旁邊的秋屏也加入戰局，她是社團的美編組組員。

「當然沒有呀！」我眞是受不了了。

不可諱言，阿光確實是個健談的人，當我躺在病床上奄奄一息時，他還可以聊一堆校刊社的工作。我們這學期的活動比較多，有社團嘉年華，還要跟外校一起合辦社慶，所以會比以前更加忙碌，原先的社團指導老師銷假後，阿光說他還是會過來幫忙，盡一點力。

「他一定是因爲妳才留下來的。」秋屏很認眞。

「是呀，雖然其實他是個老頭了。」然後更旁邊一點的小茱也說。

「那看來我們只好跟妳說再見了。」最後是毓慈下了結論，「綠園少女團現在正式宣佈將妳除名。」

「神經病呀！妳們！」換我尖叫了。

笑鬧著，放學時間，到處都亂成一團。從操場邊晃到光復樓，毓慈說起聯合社慶的事，預計要跟我們一起合辦的，除了台北市的幾所高中，還有一些外縣市的學校。而為了洽談相關細節，搞不好我們還得去跟他們開會討論。

「這意味著我們有理由出去玩了嗎？什麼時候？還有哪些學校？去的話可不可以挑假日？」秋屏像隻小麻雀似的，興奮地嘰嘰喳喳個沒完。

「最遠的好像是在苗栗。」毓慈翻著她的行事曆，逐一解釋。

跟在最後面，我剛從笑鬧氣氛中冷卻下來。雖然大家只是開玩笑，但我卻在想，是呀，阿光是個很好的人，如果要挑男朋友的話，他確實是個很不錯的對象，不過好像年紀有點大，而且從我一不舒服，他就大驚小怪的樣子看來，跟他在一起，搞不好我會被他當成小孩也說不定，而且還是弱不禁風的那一種。

「欸！去不去？」毓慈忽然回頭問我。

「去哪裡？」結果我完全沒仔細聽她說話，這下只好瞠目以對。

「去台大醫院約會啦！」

然後我又被嘲笑了。

我喜歡這樣的生活，有一群很要好的同學，雖然學校的課業壓力不小，但把握住每一個當下，我們總能盡情地做自己想做的事。

阿光跟我的「緋聞」消失得很快，每天一到社辦，大家馬上開始各忙各的，聊天的機會就少多了。反觀平常時候，毓慈很喜歡跟我窩在一起，我們連走路都會手牽手，我覺得她還比較有機會跟我傳八卦。

「所以你們真的沒怎樣？」那天不知道怎麼回事，她忽然又問我，「應該不會有怎樣的吧？」

「當然沒有。」我瞪她。

「嗯，我想也是，」毓慈搔搔頭，「昨天晚上他打電話給我，我問他上次你們到底聊什麼，他居然跟我說他不記得了。」

聽著，我微笑，但也有點警惕。那是種不自然的感覺，讓我不由得要想起國中的回憶。關於我與藝紜，以及魏嘉錚之間的那些。我可不想再遇到類似的情況。

「所以其實跟他有曖昧的人是妳。」我對毓慈說：「至少他從來沒有打過電話給我。」

「哈哈哈哈哈……」結果她卻大笑。

「笑什麼？」她笑得很怪，讓我停下了手邊的校稿工作，轉過頭來問她。

「妳想知道？」她用一種詭異的表情看著我，而我用一種「不說的話就試試看」的凌厲眼神瞄著她。

「好吧，我跟妳說，李韶光這個人呀，他非常細心，而且貼心，個性樂觀開朗。他現在念研究所，當完兵還打算再念博士，不過他對編輯工作很有興趣，喜歡做採訪，還順便藉採訪之名，行玩樂之實。今年二十五歲，大我們八歲，是巨蟹座的。最大興趣是到處找東西吃，據說最高紀錄是一天吃掉十二碗麵。」

我一臉呆樣，看著對阿光熟到不行的毓慈，繼續如數家珍地說著：「他從來沒有談過戀愛，沒告白，也沒被告白過，他自己覺得理由可能是因爲他不會騎機車，到哪裡都只會搭公車或捷運，最喜歡的作家是駱以軍，最喜歡的藝人是劉德華。」

「等等……」我終於聽不下去了，「爲什麼妳知道這麼多？你們到底是什麼關係？」

「我們是好姊妹的關係。」毓慈非常鎮定而驕傲地說。

「姊妹？」

「嗯，」她湊到我的耳邊，壓低聲音，「因爲他喜歡的是男生。」

22

我知道現在的我跟過去有很大不同，但我不會改變我的性向。

我覺得這世界眞的是荒謬極了。雖然我們學校裡有些學生的戀愛性向也傾向於同性，但那都只是據說，我從來也沒遇到過，而今碰到一個，結果他卻是男的。帶著滿滿的疑惑離開學校，台北車站四處都是人，這城市的外來人口太多，遇到週末或節日前夕，總是把車站擠得水洩不通。

搭著摩肩擦踵的電車回到家，阿姨正在切著剛煮好的筊白筍，我把書包放下，幫她從冰箱裡找出美乃滋，準備消夜的點心。

邊忙邊想，忽然覺得自己很可笑，前些時候還在想著，如果誰當阿光的女朋友，應該會如何如何，結果現在可好，白搭一場。弄好了筊白筍，阿姨問我週末有沒有要出去，我媽今天打電話來，說明天可能會跟我爸一起上台北，因爲住在瑞芳的外公又病了。

「要不要一起去？」

「不要。」我回答得很快，最近實在不太想看到老爸的臉。

阿姨露出爲難的神色，「那妳明天下午最好找個地方躲一躲，去過了瑞芳，他們應該會過來樹林。如果妳不想去的理由，跟我想的一樣的話。」

點點頭，我媽打電話來時，一定也把上星期我跟我爸吵架的事都說了。但我能躲到哪裡去呢？回房間，我覺得很悶。台北雖然不小，但沒錢沒車，我能去哪裡？唯一一兩個比較熟悉的地方，如西門町，我又不感興趣。說起來我也很想去瑞芳，這一年多來，我只回去看過外公兩次，一直陪著他的那隻老母狗不知道是否還活著？他跟幾個親戚爲鄰，平常都是住在隔壁的表姨過去煮飯給他吃，外公想必也會很希望我們回去看他吧？每次去外公家，他都會給零用錢，每次我一拿到錢，都會跑到瑞芳火車站前面的市場，買一種叫作「龍鳳腿」的油炸小吃給外公，那是他笑得最開心的時候。我是想念外公的，只是我一想到回瑞芳還得要跟我爸碰面，那種心情又沒了。

阿姨並不過問我家的事，她雖然清楚，但卻從不主動介入，想來是因爲覺得不方便吧，而我喜歡她這樣子，畢竟誰都看得出來，我爸的宗教信仰，是個無法改變的問題。躺在床上，已經晚上十點多，我連爬下床去洗澡的力氣都沒有，當然也想不出明天可以去哪裡。搞不好最後我會躲進巷口的便利商店吹冷氣也不一定。

思緒紛雜，整個人懶洋洋，外面的聲音不知何時已經安靜下來，阿姨跟姨丈大概也準備就寢了，我輕閉眼睛，很想專心思考點什麼，但卻只感到自己正在逐漸入睡。而就在快睡著時，客廳卻傳來一陣刺耳的電話鈴聲。我嚇了一大跳，連拖鞋都來不及穿，拉開門就狂奔了出去。阿姨他們是生活規律的人，這麼晚打電話來的，十之八九一定都是找我，而這些來電當中，又八九不離十地都是毓慈或秋屏。

一把抓起電話，我正想罵人，結果卻聽到一個斯文的男聲，「你好，請問唐雨寧小姐在嗎？」

爲了那通電話，後來我終於還是去洗澡了，洗完後還特別吹乾了頭髮才睡，以免隔天這一頭亂髮會不成人形。站在捷運竹圍站外，我覺得自己一定是瘋了。那心情很怪，昨晚阿光打電話給我，很客氣地招呼過後，他問了一個奇怪的問題。這個人三更半夜不睡覺，還跟他學長在爭辯，兩個對植物一竅不通的人，居然在吵著筊白筍到底是幾月盛產的。爲此，我早上從阿姨家出門時，還特地從冰箱裡拿了一支連殼都還沒剝的筊白筍來給他看。

「拿去給你學長看，跟他說筊白筍是每年四月底之後，一直到秋天之前都有產。」我把筊白筍遞給他，又說：「我們那裡是每年兩穫，不過另外一個較短產期裡的筊白筍跟這不太一樣，殼是偏紅色的。」接著，就在捷運站外面，我當場示範了剝筊白筍殼的技術給他看，還讓他高興得鼓掌，直嚷著說他贏了。

「我學長打死不相信，還說筊白筍是冬天的特產，可是我跟他說我前幾天才看妳拿了一袋筊白筍，在台北車站附近晃來晃去而已。」

「眞是死台北人。」我嘲笑，然後瞪他一眼，「什麼晃來晃去？」

他今天沒紮小馬尾，但頭髮還是梳得很整齊，一副要出去玩的樣子。這裡距離淡水不遠，我曾跟阿姨他們去過一次，原以爲阿光會要帶我去淡水玩的，結果他卻問我會不會騎機車。

「沒騎過。」我搖頭，「腳踏車倒是沒問題。」

「那正好！」他說：「反正我看妳閒著沒事的樣子，那跟我來吧！」

從捷運竹圍站走出來，過了大馬路，他帶我沿著熱鬧的巷子往裡走，走了一小段路，轉過幾個彎，我覺得納悶，不曉得他要帶我去哪裡。自從知道他喜歡的原來是男生之後，那種感覺似乎就變得怪怪的，我不禁要聯想，昨天晚上十點多了，他跟他學長在幹嘛？雖然我認識的男生很少，但也沒聽說過會有兩個大男人在討論筊白筍產季的。一切都透著一種古怪的氣氛，讓我覺得有點不自在。就這樣走在他旁邊，我都還會想，通常他是牽著別人的手呢？還是被別人牽著？

「想什麼？」他忽然問我，讓我愣了一下。

「沒，想一些關於我家的事情。」我趕緊隨口胡謅。

「上次吵架的事嗎？」

點點頭，反正既然提到了，我約略跟他說了一下，關於我爸的宗教信仰問題。這些我從沒跟同學提起過，要不是爲了掩飾自己的那些胡思亂想，我想也許我也不會拿出來說。

「所以呢？」

「沒什麼所以呀，除了少回家之外，我能怎麼辦？」我攤手，「很多事情又不是我說怎樣，他們就會怎樣的，所以最好的方式就是少回家，或者像今天一樣，他們要來台北，我就找藉口脫身，逃得遠遠的而已。」

一直沉吟著，他沒有表示任何意見。慢慢走過了車多擁擠的巷道，我們來到一個小社區前的空地，在停車場前，他停下腳步，問我：「所以除了兩條腿之外，妳還想用什麼方式逃？」

「捷運？」他問了我一個智缺的問題，而我回答了一個腦殘的答案。

「不如用機車吧！」他笑著，從口袋裡拿出一把鑰匙，我看見上面寫著「光陽」。

我覺得他跟他學長之間一定有問題，因為他說機車是他學長的。

23

星期六的下午，難得能在台北看見太陽，阿光說那是因爲這裡是淡水。我不曉得淡水是否如他所說的天氣一向比台北好，但我確定的是今天我很開心。

昨晚阿光是讓他學長載回來的，而他跟學長借了機車，讓學長自己搭最後一班捷運回去。不過他其實連腳踏車都沒騎過，我很懷疑那個學長是否知道這一點。就這樣，一個未滿十八歲，沒有駕照，也沒騎過機車的我，跟一個已經二十幾歲，但卻連腳踏車都不會騎的他，我們在小空地上，發動了機車。

「應該不需要戴安全帽吧？」他問我。

「如果你要騎的話，」我很緊張，「別說安全帽，最好是連救護車都先叫好。」

他笑著上了車，先試過車子各部位的操作方式，然後兩腳著地，很笨拙地加了點油門，讓車子慢慢前進，而我則跟在他旁邊，用手幫他輕輕扶著機車把手。

「你可以把腳放上去了。」我覺得這應該不難，跟騎腳踏車的方式都一樣。但我這也才發現，原來有些事對一般人而言也許輕而易舉，但對某些特定的人來說則難如登天，就好比阿光跟機車。

他戰戰兢兢，渾不似平常的瀟灑，一臉戒愼恐懼地慢慢往前進，不管我怎麼勸他，他就是不敢把腳收上去。

「不要怕，把腳放上去啦！」我說。

「不要。」

「你這樣很難看！」我又說。

「可是比較穩呀！」我愈喊愈大聲，他的音量也不斷提高。

「你騎那麼慢當然會晃呀！」

這是我第一次看見他膽怯的樣子。阿光的車速慢得可憐，我用走的都還比他快。車子在停車場繞了兩圈，他已經滿身大汗。

「你很緊張嗎？」

「不，那是因爲天氣熱。」

看著他一臉嘴硬的樣子，我不禁笑了出來，這個人原來還有這樣的一面。

「站在小孩的觀點，你一定很想繼續騎，騎到會爲止，也許還會想要直接騎到巷子外面的便利商店去買飲料回來，對吧？」我模仿他的口吻，「但是現在呢，我覺得我們最好還是用成熟一點的成人觀點，來，乖乖下車，我們去買水喝。」

「我可以騎到便利商店的。」他還堅持。

「聽話，」我像在哄小孩似的，「乖，下車，我們用走的。」

阿光還有一個哥哥，跟他一樣，從小就沒騎過腳踏車。眞是可憐，城市裡的孩子過的到底是什麼樣的童年呀？當我說起我們村子裡的小孩，會一起到灌溉溝渠邊去玩水，到收割過後的稻田裡去玩泥巴時，阿光的表情顯得很不可置信，他覺得那只會出現在電視上才對。

「放暑假的時候，你來玩幾天就知道了。」我笑著。但腦海裡卻忽然出現了一個畫面，那是好久好久以前，國一那一年的暑假，藝紜來我家玩的事。

這畫面一瞬即逝，我猛地心口一痛，為什麼過這麼久，我又經歷這許多了，有些記憶卻歷久彌新呢？是不是它們在我心裡烙印得太深刻，才在這不經意的時候，輕易就又浮現呢？我拍拍臉頰，看看周遭，這裡是捷運竹圍站附近，便利商店裡，我在台北，站在我旁邊的是喜歡男生的李韶光。

「可是去妳家的話，就沒肉吃了，對吧？」他忽然問我。

「是呀。」我笑著。

他對我家的事似乎很感興趣，總是有一搭沒一搭地就會提起。而他不提還好，一提我就覺得心頭有氣。

「我就常常搞不懂，為什麼我爸可以對我們的反感視而不見，還天眞地以為我們也會跟他一樣愛上那個什麼佛祖，不管我們怎麼明示、暗示都沒用，他永遠不會把我們的意見當意見。」

「等妳長大了，可以自主了再說吧。」他安慰我，「有時候，妳不得不承認這句話很有道理。」

「我今年都十七歲了。」但我不以為然，「你告訴我，什麼時候我才可以跟我爸坐下來，好好地談談？」

「等妳有經濟能力呀。」打開飲料，他喝了一口，「我連我媽晚餐要煮什麼菜都不敢有意見，不管那菜我有多麼討厭吃。妳知道是爲什麼嗎？」

「爲什麼？」

「因爲菜錢是我哥跟我爸給她的，不是我。」他笑著。

於是我似乎有點明白了，只是也不免要感到悲哀，爲什麼連家人之間都得這麼現實呢？阿光要我別再多想，把一切交給上帝就好。

「又是神。」我說：「我討厭神。」

「妳連機車把手都握不穩了，還敢不信神明？快點禱告吧妳！」他大笑著，坐在一旁，看著我發動了機車。

騎車其實眞的不難，甚至比騎腳踏車還更輕鬆。比起阿光的瘸腳，我顯得俐落許多，速度雖然不快，但也不至於像他一樣搖搖晃晃。來回騎了兩趟後，我覺得很興奮，尤其是當微風在臉上輕拂時，那種舒暢快意的感覺，是騎腳踏車所感受不到的。

「換我！換我！」見我駕馭自如，他又見獵心喜了。

「上來，我載你。」招招手，我要他坐到後面去。

我騎腳踏車時從沒載過人，今天是我第一次騎機車，沒想到第一個讓我載的居然是阿光。他雖然露出不安的表情，但還是乖乖上了車。我不敢騎太快，維持大約二十公里的時速，就在小停車場附近繞著。

「不錯嘛。」阿光在後面稱讚我。

而我微笑，繼續享受著風的感覺。難怪當年魏嘉錚那麼喜歡跟洪胖子一起騎機車去補習班，在那段飽受壓力的歲月裡，也許只有上下補習班的路上，他才是眞正自由的吧？就像我現在所感受到的，風從耳邊過去，撩動頭髮，把所有不開心都悄悄地吹走，而我會一直往前進，就迎著颯爽的風。

我想得出神，照後鏡裡看到的阿光也幾乎閉上眼睛。我順著停車場的出口往外騎，繞上小路，速度拉高在大約三十公里左右。那是種美好至極的感覺，我從未感受過如此刻一般的自由，直到我們就要騎到剛剛那家便利商店外時，阿光的手機忽然響起，驚動了正在發呆的他，也驚醒正在出神的我。我意識到這裡距離外面的大馬路已經很近了，趕緊握緊煞車，結果車子猛然急停，他沒有防備，整個人撞上了我的背。我連叫都來不及，跟著後面一輛車也煞車不及，就這樣撞上了猝然停下的我們倆。

24

回憶總是太「傷」人，這是個最好的證明。

我猜他並不知道，私底下，大家都叫他「光姊」。我並不覺得他的言行舉止會很女性化，也從沒聽他親口表態過，只是因爲毓慈的信誓旦旦，加上他身處我們這群女孩之間，卻能做到對誰都一視同仁，所以大家才敢肯定，他喜歡的是男生。而基於一種不知道哪裡來的觀念，眾人一聽到他是男同志，就直覺地把他歸類成「女」的。

星期一去上課時，我額頭上貼著一塊小紗布，左手腕則包覆著中醫師給我纏上的彈性繃帶，全世界都知道我撞車了，只是她們不曉得，車後座還有一個李韶光。那一撞除了讓我受點輕傷之外，車子也有點損壞，而阿光不但得幫學長修車，還得賠償後面那個因為受我們驚嚇而煞車不及的老太太。

沒讓阿姨知道是怎麼回事，我用一句簡單的「捷運站前滑倒」來敷衍了事，她維持一貫的不多問不多說，但我爸媽那邊可就不太容易過關了。阿光帶我到事故現場附近的中醫院，然後自己去藥房買了外傷用的藥品，幫我處理額頭上的小擦傷，晚上則陪著我回到樹林。我該慶幸沒讓他跟我一起走回家，否則當場就讓我爸媽給活逮了。

傍晚下課，我打電話給阿光，他就在中正紀念堂對面的國家圖書館，離這兒非常近，約了在學校附近的氣象局外面見，然後我又撥通電話給阿姨，知會她一聲，說今晚會在外面吃晚餐。

「昨天回去之後沒事吧？」

「如果能呼吸就算沒事的話。」我點點頭，「除了我爸堅持要等到我回家，見我一面，才肯甘心回中部之外。」

往羅斯福路的方向走，阿光帶我去吃一家巷子裡的排骨飯，確實大碗又好吃。只是我一點享受美食的心情都沒有，腦海裡盡是昨晚我爸說的那些話。還記得那時我才剛跟阿光道別，回到阿姨家門口，就看見我爸的小貨車，而他站在小貨車邊，不斷地四處張望，等著他女兒回來。

「妳跑去哪裡？」沒先問我的傷，他先問我去向。

「學校。」

「去學校也可以弄成這樣嗎？」他沒等我解釋，就開始數落起來，從我選擇學校活動，拒絕跟他們一道回瑞芳開始，直到我去學校也不知道幹什麼，哪裡有人做校刊可以做到一身傷地回來。

「野成什麼樣子！」那是他的結論。

記憶被他惱怒的模樣所佔滿，我無心地用筷子撥動飯碗裡的排骨，撿了一片青菜吃。才嚼沒兩下，卻看見一滴眼淚滴在那塊排骨上。

「還好吧？」阿光也發現了。

我不知道該怎麼講，那些被指著鼻子罵的，難聽的字字句句，要再重述一次，對我而言，無異是一大折磨。

「昨天，我回到阿姨家的時候，我爸還沒走。」於是，我用極低的聲音，簡單地說。

所以他明白了，也跟著我安靜下來。

「我很不懂，爲什麼會弄成這樣子。」吃完飯後，阿光買來飲料，走回國家圖書館外面，我們坐看正對面的中正紀念堂。華燈初上，車水馬龍，可是卻更顯得人心孤寂。

「還記得小時候，我跟我爸感情很好的。國一下學期，我剛被編進資優班時，我爸高興地帶我們上街吃牛排；考上第一志願，他笑到下巴差點脫臼。但我想不通，爲什麼才過一年多，一切卻全都走了樣。」轉頭，我問阿光，「你覺得是爲什麼？」

「其實妳自己有答案，不是嗎？」他看來像是沒在專心聽我說話的樣子，但卻用一個反問句，讓我陷入長長的思考。

「是呀，其實我有答案。」我點頭，依稀泛過眼前的，全是那個道場裡的一切。他們歌頌著因爲崇信宗教而得來的內心平靜，卻沒發現自己眼裡已經容不下一粒沙子。

阿光一直沒多說話，他安靜地喝完飲料，也等我自己想了很久，這才慢慢開口：「我不認識妳爸爸，沒辦法多說什麼，況且理論上我應該站在妳這邊。」

「然後呢？」

「沒呀，」他笑了一下，「我不知道妳爸是不是因爲宗教的緣故，所以把他對人的善惡品行標準拉得很高，但我相信他不會害妳，對吧？」

「這倒是。」不過我還是嘆了一口氣，「除了他叫我跟他一起去道場磕頭之外。」

轉搭捷運到台北車站，我始終有種孤單的感覺，儘管阿光就在我身邊。在車站外，他要轉公車回家，我則要搭火車。

「有什麼事就打電話給我，反正妳也知道，我很閒。」他聳肩，「論文寫完我就可以準備當兵了。」

「我看得出來你很閒。」我對他微笑。

總覺得沒有很急著回家的心情。也許是一種惶恐吧，阿姨雖然從不囉唆，但她畢竟屬於「家人」的那一層面，對我而言，就會存在著一種無形的壓力。而看著繁華似錦的城市，我又頓覺孤寂。

「不知道是不是因爲以前我年紀小，不懂事，所以我在鄉下時，每天看著筊白筍田、甘蔗跟水稻田，還有雜草樹木，都不覺得怎樣；但現在看到台北這麼多人、這麼多車，卻覺得自己身處在這裡，反而有種很孤單的感覺。」我看著路邊等公車的人群，問阿光：「你有沒有想過，這些人都要跟你搭同一輛車，往同一個方向，可是你卻一個人也不認識，那種感覺很怪吧？我每天在電聯車上都會這樣想。」

「妳夠認識自己嗎？我沒想過要去認識每一個跟我搭同一班公車的乘客，但我希望可以認識每一個我自己，在各方面的自己。」他侃侃而談，但我忽然想起他「喜歡男生」的這件事，不知道那算不算是他認識了另一個自己？

「我跟你不同，我想看到更多，再更多。」嘆氣，我說：「可是慢慢卻發現，看得愈多，長得愈大，就覺得愈累，都不知道這樣壓抑，要壓抑到什麼時候。」

他安慰地拍拍我的肩膀，要我別想太多。這城市非常喧鬧，什麼聲音都有，所以我們決定暫時安靜，就讓自己隱沒在這街邊。我知道確實我不該想太多，因爲不管我怎麼想，都改變不了現狀。只是，眞能說不想就不想嗎？這週末要回家一趟，我爸特別交代，要我排開所有的事，以後每隔週都得回家。但回去要幹嘛呢？除了爭執，難道還能有其他的？我有點埋怨自己，是我年紀太小，是我經濟不獨立，是我沒有跟他正面衝突的勇氣。所以最後我只好跟阿光窩在這兒，一起看著漸漸入夜後，還依舊繁忙的台北。

一直坐到晚上八點多，阿光陪我走進車站，下了手扶梯，我驗票過關，他則站在圍欄的另一邊。於是我們分處兩個世界，他在月台外，我在月台內，中間是一臉倦意的剪票員。距離班車還有點時間，我把他叫到旁邊來，以免擋住其他要進月台的乘客。

「妳不會希望我從這邊跨過去吧？」他看看剪票員，又看看我。

「當然不是，笨蛋。」我問：「我這樣跟你見面，對你會不會造成困擾？」

「不會，不管站在大人或小孩的角度。」他微笑。

「不影響你課業？」

「不影響。」

「不耽誤你查資料？」

「不耽誤。」
「不妨礙你個人生活？」
「不妨礙。」
「不會害你被誤會吧？」
「那更不可能。」他笑得更開了。
「你知道我指的誤會是什麼嗎？」我很懷疑。
「當然。」他拍拍我的頭，「我沒有女朋友，妳放心。」
帶著微笑，看著他的背影離開，我感謝他的支持與陪伴，是他爲我建立一座防空洞，讓我有了暫時的棲身之所。不過我當然還是會擔心跟顧慮，儘管我暗地裡已經知道他沒有女朋友，但我在意的是他的「男朋友」。

每個人都應該為自己尋覓一座擋風遮雨的防空洞。
我慶幸著，我有「光姊」。

25

那之後的幾天，我幾乎都是一放學就閃人，反正校刊編輯工作都在預計進度內，我還有一點屬於自己的時間。不過毓慈也發現了異狀，她問我：「爲什麼妳有來社辦的時候，光姊也會來，而當妳沒來時，他就跟著沒出現？你們是約好的嗎？」

我否認，當然只能說沒有。跟阿光單獨見面，並不是可恥的事，只是我習慣了凡事都保留一點點，也許是需要安全感吧，我總認為並不需要把自己的一切都攤開在陽光下。而且之前聽散文作家演講那次，她們已經誤會過，現在如果我說我跟阿光常見面，那肯定又要激起她們的聯想，這麼一來，蜚短流長不曉得會傳成什麼樣子。

跟阿光見面的時間裡，他也不盡然都只會跟我聊天，我的數學成績本來就不怎麼樣，上高中後，比以前退步更多；阿光的數學也很糟糕，不過他有一群朋友，在這方面還算拿手，我把數學題目給他，沒幾天他就會帶著寫好了詳細計算過程與解題技巧提示的答案來給我。

「我像極了綠竹翁。」阿光問我有沒有看過金庸的《笑傲江湖》。

「當然沒有。」我說：「我有時間的話，應該要拿來算數學吧？」

他笑了笑，跟我說：「令狐沖在洛陽的時候，跟一個婆婆學琴，那個婆婆從不肯跟令狐沖面對面，每次上課，令狐沖就到婆婆家，彈奏樂器給婆婆聽，看有沒有哪裡錯誤，有問題的話，婆婆都派一個老姪子，也就是綠竹翁，讓他把問題癥結跟令狐沖說。要教新曲子時，婆婆也會先教她的老姪子，再由這位老姪子轉授給令狐沖。」

「後來呢？」

「後來令狐沖終於發現那位婆婆其實一點都不老，而且她就是這故事的女主角，任盈盈。」阿光說，任盈盈其實老早就愛上了令狐沖，只是女孩子家臉皮薄，所以才凡事交代給綠竹翁。

「那你那個同學有愛上我嗎？」我笑了。

「沒有，但搞不好二十一世紀的綠竹翁，會愛上令狐沖也說不定。」

我笑得更大聲了，阿光不會愛上我，這個我很肯定，因為根據前兩天毓慈跟我說的，阿光剛剛才拒絕了他一個學妹的告白。而我也在想，如果哪天阿光發現我老早就已經知道了他的祕密，不曉得他會不會很難過或介意。我想找機會對他暗示，但始終不得其門而入，只好一拖再拖。

與他相處的日子裡，我總是開心的，至少他從沒把我當成孩子看待，我喜歡他凡事都問我意見，也喜歡他在我迷惑與徬徨時，給我大人與小孩的兩種觀點，讓我自己選擇。只是我也清楚，這座屬於我的防空洞，我終究不能躲上一輩子，有些該面對的，還是得去面對。當國光客運發動時，我就知道了。

回家的路程大約三小時，然後再等我爸來接我。中台灣的故鄉飄著雨，同樣是車站附近，小鎮街邊卻顯得冷清，連閃爍的霓虹都無力許多。我檢視自己的儀容，把原本就沒有髮型可言的頭髮再梳好。特地選在星期五晚上就回家，一切都按照阿光給我的建議，至少回家當兩、三天的好女兒，希望可以緩和一點緊張氣氛，但結果騎著機車，穿著雨衣來接我的是我媽。

「爸呢？」

「去道場了。」她說。

又是道場，我的眉頭有點皺。回到家裡，我直接進了房間，行李沒有打開，衣服也沒換，躺在床上，我又看著那張老舊的地圖。

道場有什麼好呢？爲什麼寧可到那地方去，僞裝出一副和樂欣喜的樣子，卻也不願在家跟自己家人多相處呢？媽跟我說，明天道場有個聚會，大家都會帶著家人去，正好我人從台北回來，明天可以一起參加。

我不置可否，心裡反倒羨慕起我哥來，他一退伍就跑到高雄去了，天高皇帝遠。雖然兄妹之間一向甚少交流，但我知道他一樣不喜歡這種感覺，否則又何必離家這麼遠？而我也埋怨，大家都要我多點時間在家，好跟家人交流，可是爲什麼我眞的丟下社團工作，大老遠回來了，我爸卻窩在道場？而難得週末，爲什麼我們哪裡都不去，就又偏偏要去那個道場？

躺在床上，我矇矓地睡去，恍惚的夢中，還聽見阿姨的叮嚀，要我回家時安分點，少跟我爸吵架，記得替我媽多想想，別讓她難做人；然後我也夢到阿光，只是他的臉很隱約，說什麼也不太記得清楚；另外我還夢到一些人的身影飄忽來去，像鬼魅一般地環繞在我周圍，讓我睡不安穩。

天還沒亮，外面的雨不知是否停過，清晨就又是濛濛一片。我被爸媽的聲音吵醒。躺在床上，聽見我媽反對著要我一起去道場，說我昨晚才回來，平常又得早起上課，應該讓我多睡一點。

「既然回來了，那爲什麼不去？更何況這原本就是家人一起出席的聚會呀。」我爸說：「而且她也早起慣了，這有什麼關係？」

我媽不曉得還又說些什麼，那聲音斷斷續續，但口氣卑微。我知道她是違抗不了的，這個家裡，自我出生前至今，將近二十年來，一向都沒有我媽眞正拿主意做主的日子，她的權限只在廚房裡而已，一離開廚房，她恐怕什麼都不是。

「我起來了，一起去吧。」忍著百般複雜的心情，打開房門，我走到大廳門邊，看著曬穀場上衣著整齊的我爸，如此說著。

微笑，我努力地微笑，今天是個應該微笑的日子。儘管我多麼希望我爸還是穿著連身的雨褲，在筊白筍田裡忙碌著，那套休閒衫眞的很不適合他。

道場裡人群聚集，合唱班正以非常不純熟的技術，演奏著時時走音的國樂曲調。對我而言，這裡一點值得參與的地方都沒有，人不該搬弄是非，佛家也這麼說，但門邊的婆婆媽媽們正在東家長、西家短；人不該貪戀富貴，佛家一樣有云，然而餐桌邊的阿姨們卻正各自炫耀著自己的家產與手上的環鍊錶戒，我搞不懂哪裡像是清修的樣子。走到我爸附近來，一群男人在談論著社會局勢的問題，那我又不感興趣，正想走開，卻聽見一個滿是華髮的伯伯，對我爸稱讚著，「你女兒很乖哪，跟你們一起來，能夠這樣一道參加，眞不愧是我們大家的表率。」

「當然，這可是我們都比不上的哪。」旁邊也有人附和。

聽著那些恭維就讓我心頭有氣，我只想走開點，這不是適合我的場合，我也不希望來到這裡，只是淪爲建構虛假表相的其中一項道具。外頭還在飄著細雨，我寧可到窗邊去看看雨景，都好過跟這群窩在狹隘世界裡，互稱互讚還自得其樂的人們窮攪和。只是我剛邁開腳步，我爸卻叫住我，要我過去打招呼。

「幹嘛悶著不說話？是不是因爲這裡年輕人很少？」那個白髮伯伯帶著微笑，又說話了，「很難得呀，像妳這麼孝順的孩子。」

「我有嗎？」而我不知道哪裡來的勇氣，居然給他一個冷笑，「你怎麼知道我來得心甘情願？」

這句話讓圍成一圈的男人們都愣了愣，我爸趕緊打圓場，要我別亂說話。

「不然爲什麼沒有其他的年輕人願意來？」但我不想退縮，或者我應該有資格提出質疑，畢竟我也已經站在這個道場裡，佛祖說眾生平等，我總該有說話的權利。

「這個嘛……」白髮伯伯尷尬地笑了笑，「因爲下雨嘛，又還是早上，對不對？」

「那不是更證明了我的心不甘情不願嗎？」我反而感到有點好笑了。

老伯伯爲之語塞，旁邊過來的阿姨拍拍我肩膀，要我別胡思亂想，還問我要不要吃點什麼。

「吃什麼？」

「看妳想吃什麼囉，」阿姨也給我和藹的笑容，「有麵也有飯，或者想吃點心？何媽媽準備了一盤很不錯的素肉唷，應該會合妳口味的。」

沒有移動腳步，我只是盯著她，「如果我們眞的想吃肉，爲什麼不能坦然地吃肉？而明知道那不是肉，卻把它當成肉來吃，那算不算是一種意淫？佛家的道理當中，意淫是應該的嗎？」

我猜他們聽不懂「意淫」二字的意思，但我知道我的話已經激怒了我爸，他將我一把拉到門口邊，雖然極力壓低聲音，但顯然已經憤怒至極，「妳到底是怎麼回事？存心來搗蛋嗎？」

「不可否認的是我說的都沒錯！」我在心裡跟阿姨還有光姊說對不起，但我眞的很想把話跟我爸說清楚。

「似是而非！都是歪理！妳知不知道這裡每個人都很羨慕我們能夠一家人一起來？知不知道素肉就是給像妳這樣不能虔誠信奉佛法的人吃的，給你們漸進地改變陋習的？」他的聲音跟火氣一起冒了上來。

「我只知道這裡沒有幾個年輕人願意來，我只知道既然克制不了自己的欲望，就不應該假惺惺地騙人說自己有多慈悲，而且不只騙人，還要騙自己，明明那就不是眞的肉！」我的聲音也開始放大，「你們把自己關在一個小小的世界裡，認爲外面的人都是可悲的，可是我站在這裡，我知道外面是什麼樣子，才更看得到裡面的人有多可憐，你們怎能在這裡慈眉善目，卻不在乎自己走出去時是什麼德性……」我的話終究沒能說完，我爸已經狠狠地給了我一巴掌，在整個道場將近五、六十個人的面前。

26

我只是，不想騙我自己而已。

結果我的背包沒拿，幸虧裡面除了換洗衣物之外，也沒有其他重要的物品。帶著抑止不住的眼淚，我掏錢買了車票，上了客運。售票員跟其他旅客都用好奇的眼光看我，但那又如何呢？我顧不得這麼多，因爲那不斷流下的眼淚裡，除了難過，還有更多更多的憤怒。

車上播放著無聊的影片，我也了無睡意，縮成一團，感覺自己的身體在發抖。但我不能分辨那是因爲我淋濕了身子又搭上冷氣車的緣故，或是情緒所致。只覺得手腳顫抖，整個腹部翻攪緊縮，而且呼吸有點困難。

我爸那一巴掌讓我閉上了嘴，也把我打出了道場，沒理會他的盛怒跟我媽的叫喚，我轉身就走，隨身攜帶的小包包裡有傘，但我不想拿出來用，多停留一分鐘都不願意，即使淋著雨走，也好過繼續待在那地方。

車子的速度很快，雨絲在車窗玻璃上畫出一道道水線，霧氣讓我看不清楚外面的風景，也不知道車子究竟開到了哪裡。我的思緒是停頓的，想法是空白的，腦袋裡裝著的都是原始的情緒，有憤怒，有傷心，還有對我媽的歉意。那紛雜的思緒中，我無法多想到其他人，只希望車子馬上就抵達台北，好想快點見到阿光，我要跟他說今天早上的事，只是高速公路爲什麼卻好像永遠走不完？

悶著的心情，一直持續到他出現為止。台北一樣在下雨，我在下車後才打開了傘，撐著走過一段路，然後先找公用電話，打給阿光。

「妳這時間打電話給我，讓我隱約覺得不妙。」他人在家，聲音聽起來像是剛起床不久。

「我可不可以去找你？」

「現在嗎？」

沒出聲音，雖然電話中的他看不見，但我還是點點頭。

「妳人在哪裡？」

「台北車站。」

「等我，」他愣了幾秒鐘，口氣嚴肅地特別叮嚀，「別亂跑。」

「……」我說不出話來，卻開始哭泣。

「聽著，在北一門那邊等我，記得，是北一門，我馬上過去。」他很緊張。

我應該怎麼說？是一種喜悅或感動嗎？當我發現自己幾乎已經失去一切時，原來還有一個人在乎我。

「雨寧！」電話中他又叫我。

「我在聽。」我的聲音很微弱，但大口呼吸的喘息聲卻很清楚。

「一個小時內我一定到，不管發生什麼事，總之就是在那邊等我，好嗎？」

「好。」我用連自己都聽不太見的聲音說。

然後他掛了電話。

帶著淚痕走進便利商店，但其實我並不想買任何東西，只是下意識地走進來。店裡的冷氣讓我稍稍克制了自己的哭泣，深深吸口氣，走到飲料櫃前，也許我應該喝點酒，但這裡酒類很多，我不知道應該買哪一種，況且身上的錢也不多，所以只好拿了一瓶水。

櫃檯的小姐替我結帳，體貼地問我需不需要面紙，而我搖頭，擠出微笑來跟她道謝。我相信這世界上絕對有很多好人，而且未必都只能在道場裡被找到。不過我也必須承認，這世界上的壞人還是不少，因爲走出便利商店，我就發現雨傘不見了，剛剛進來前，我放在店門口那傘架上的傘，不見了。

連一點難過或生氣的心情都沒有了，我苦笑著走進雨中，走上橫亙馬路的陸橋，到了台北車站。這裡很冷清，星期六的中午剛過，該回家的都回家了，要出去玩的也老早出去玩了，細雨裡，沒見什麼人在這兒留連。

我站到車站門邊，北一門鄰近捷運站口，阿光會從這裡出來。他說一個小時內一定會到，要我別亂跑，所以我蹲了下來，乖乖地聽從他的吩咐，就在這兒等著。

而慢慢地，雨漸漸小了，風也停了，我不知道一個小時過去了沒有，蹲得累了我便起身，站得疲了我就又蹲下，反覆不曉得幾次，但視線始終盯著捷運站出口，那裡有老人跟小孩，有男人跟女人，或進或出，雖不是川流不息，但也爲數不少，可是我卻一直沒有看見那個綁著小馬尾的李韶光。

時間過去多久了？我開始擔心，捷運列車應該不至於會發生意外吧？移步向出口走過去，或許我應該進去找看看，也許迎面就可以遇見他。我這樣想著，正準備往下走時，背後忽然聽見有人叫我，「唐雨寧，我不是叫妳在北一門等我嗎？」

那聲音讓我錯愕，轉頭，我看見阿光，他穿著防水的風衣外套，頭上戴著安全帽，騎著一輛機車，就在馬路邊，那輛車我也騎過，只是它比之前又更破爛了。

實驗證明，騎機車絕對快不過捷運。他說。

謝謝你。我說。

27

坐在機車後座，我抽抽噎噎，一邊揩拭著臉上的淚水，一邊用極爲錯亂的順序，說著早上的事。他一面聽一面騎車，騎得歪歪斜斜。

剛過兩個路口，雨又開始飄落，他帶我到一家便利商店外面避雨，下車時我看見車子側面有好多刮痕，這才想起來，他是個剛學會騎機車，還沒有駕照的新手。

「你又摔車了嗎？」看著那刮痕，我問。

「反正都是賠錢，也不差那一點了吧？」他看著車子，臉上倒有幾分得意，「重點是我敢騎出來了。」

走進便利商店，阿光買了個飯糰給我，「不用問也知道，妳肯定什麼都還沒吃。」

那飯糰很熱，握在掌心，有種傳達到心裡的溫暖。我們一起望著外面的雨，他喝罐裝咖啡，我吃著遲來的午餐。只是一邊吃，一邊我又開始流眼淚。我要的就只是這種簡單的溫暖吧，不必太多，這樣就好。阿光看著無心咀嚼的我，輕拍我的背，帶著微笑，「慢慢來，別急，不管什麼都一樣。」他說：「別把自己逼得太緊，在這個沒有秩序的世界裡，妳只是還沒找到自己的自處之道而已。」

雨勢一直飄忽著，斷斷續續，直到我吃完飯糰，都還濛濛地下著。阿光走出去外面，把機車牽上人行道，人行道邊種著幾棵樹，藉著樹蔭避雨，阿光檢查車上的創傷。

「你後來又撞到很多地方。」蹲在路邊，我暫時忘卻了傷心，跟他一起觀察著機車側面的車殼，數著到底有多少刮傷。「這會不會很貴？」

「天曉得。」他聳肩，「不過我敢肯定，修車的價錢絕對不會比無照駕駛的罰單貴。」這我也可以確定，記得無照駕駛要罰六千元，毓慈之前騎她家的機車，就被警察逮過。

「側面車殼有傷，車牌後面擋泥板也有，然後是排氣管，好像有點破洞，騎起來聲音很大。」阿光蹲著移動腳步，繞著車子，「這邊底板有裂痕，不過還好看不太出來，然後是車頭的斜板，以及上次妳騎的時候，被妳腦袋撞歪的照後鏡……」

我笑了出來，想起那次的車禍，還有留在我頭上跟手腕，至今尚未痊癒的傷。但我也感到好奇，爲什麼車子傷成這樣，阿光卻一點破皮都沒有？

「妳可以說我走狗屎運，當然也可以稱讚我摔車的技術好。」他笑著。

雨慢慢又小了，而我們笑著，他輕易地化解了我心裡的鬱悶，讓那些纏繞糾葛的悲傷與無奈都暫拋腦後。阿光打算騎機車載我回樹林，看他翻找著鑰匙，我正想跟他說不用，旁邊忽然來了一個騎機車巡邏的警察，他騎到路邊，停下車便一直盯著我們瞧。

「先生，機車是你的嗎？」那警察看著阿光。

「怎樣嗎?」他一凜,停下動作,臉上充滿了戒備。

警察坐在機車上,說:「如果車是你的,就快點牽下來,不可以騎到人行道上。」他看了阿光一眼,又說:「如果不是你的,那我就開罰單了。」

這話讓我們都嚇了一跳,阿光加快了找鑰匙的動作,他今天穿著一件合身的牛仔褲,口袋都很緊。但我有點懷疑,因爲剛剛下車時,我並沒有看到他將機車鑰匙放進褲子口袋中。

「車子到底是不是你的?」那警察不耐煩地又問了。

「是我的,是我的。」阿光趕緊回答。

警察一直坐在機車上,看著阿光的手忙腳亂,但不知道怎麼回事,翻來翻去,就是沒發現那把機車鑰匙。

「車主是你本人嗎?」就在我們沒注意時,警察先生已經下車了,他站在阿光的機車旁,帶著懷疑的眼光,跟我們剛剛一樣,在觀察著機車上的無數傷痕。

「車子傷得很嚴重哪,你是怎麼騎的?」那個警察沒理會我們的緊張,逕自拿出一部小機器,輸入了機車的車牌號碼,我想那是在確認這部車是否是贓車。

「喂!」終於,那警察確認完了車牌,又看著我們倆,「你的行照給我看看。」

「行照?」阿光一愣,「沒帶。」

「那你駕照呢?」

他又愣了愣,「也沒帶。」

「那身分證呢?」那警察的眼睛已經瞇成了一條線,我隱約感覺到有股殺氣。阿光大概是慌了手腳,連忙點頭,就要掏出他的身分證來。

我沒遇過這種情形，但卻聽毓慈說過不少，正想一把拉住阿光而已，這個笨蛋居然已經把身分證拿出來了。警察先生接過證件，用連線機器略一核對，立刻就查出來，這張身分證的主人，並未持有汽、機車駕駛執照。

「所以說，」那個警察用非常沉緩，而且嚴肅的語氣說：「如果你真的找到了鑰匙，那表示你剛剛是在無照騎車。」

我心中一痛，正想蹉腳，結果背後傳來一個聲音，是那個便利商店的店員，他一臉善良地跑過來，還大聲地說：「先生，先生，你的車鑰匙剛剛忘在櫃檯了。」

在往樹林的電車上，阿光跟我都是哭笑不得的表情。我很想安慰他幾句，不過卻不曉得該說什麼才好，只能吐出三個字：「對不起。」

「算了，看來今天我們的運氣都不太好。」他有點悵然，「這種結局跟我想像的截然不同。」

「可不是？」我也只能苦笑。

列車過了大漢溪，很快就到樹林站，我帶他到車站邊的肉圓攤子去吃點東西，而且看在那張罰單的份上，堅持不讓他付錢。

「你還好吧？」吃完了肉圓，我問一臉沮喪的阿光。

「還在呼吸，應該就可以算沒事。」他的苦笑掩蓋不住黯然的神色。

從肉圓攤子走出來，沿著馬路一起走，經過金石堂書店，也經過一家千歲廟，阿光似乎沒有要讓我單獨走回去的意思。

「別送了，我可以自己回去的。」我有點擔心他，「你才應該早點回去休息。」

「是早點回去籌錢吧？」他嘆著氣。

無奈地，只好換我拍拍他肩膀，自嘲，「也許這是上天在暗示你，要你離我遠一點。你看我們認識才多久？可是每次跟我見面的日子都沒好事，要嘛撞車，要嘛被開罰單，再不然就是你得送我進醫院。」

順著巷子走，經過一所國小，在轉角的全家便利商店外，阿光笑著，他說：「說的有道理，站在孩子的角度想，確實我應該送妳到這裡就好，然後回去就打電話給我學姊，請她研習結束之後，立刻回來帶社團，而我則快點逃之夭夭，對吧？」

「沒錯，這是正確的選擇。」我點頭。

「而站在大人的角度想，或許我應該多顧慮一點現實面，至少在我清償所有欠我學長的債務前，都理智地不跟妳見面，直到我又存夠了本錢，可以支付妳的醫藥費跟我的修車費爲止，對吧？」

「這樣說也不無道理。」我又點頭。

那天空的雨總是一點一點地飄著，阿光坐在全家便利商店外面的小椅子上，看著站在他面前的我。我略帶苦笑，今天是個非常倒楣的日子，我挨了巴掌，他被開一張很大張的罰單。不管他現在選擇孩子或大人的角度，都是正確的方向，只是，也不管他選擇哪一個，都不是應該好整以暇地坐在這兒的樣子。

「不過如果又站在另一個角度想，雖然確實如妳所說的，不過呢，儘管我們認識的時間有點短，但一起經歷的事卻不少，我有在想，而且想了很久，還構思過無數個適合的場景，以便把話說清楚，」他一口氣說完，口齒非常清晰，但也就從這個頓點開始，說話速度卻忽然慢了下來，

「是的，沒錯，時間很短，但時間長短只是參考數據……」眼神飄忽一下，他看我一眼，發現我正盯著他看，趕緊又低下頭去。「我是說，雖然妳可能會覺得有點突兀，但妳有沒有想過，也許……也許……也許我們可以一起胼手胝足，互相砥礪，打破這個可怕的魔咒，妳說對不對？」想了很久，他說得也有點呑呑吐吐。

「這是基於什麼角度？」我充滿了疑惑，這個人是怎麼回事？

他咬著牙根，一臉躊躇，而我看見他明亮的雙眼，雨水濕潤了他的頭髮，有幾根長髮掠過他額間，垂過眼前。我不懂他深邃的眼裡，究竟藏著什麼，讓他變得不會說話。

「到底是什麼角度呀？」於是我又問了一次。

「我是說……」忽然，有點靦腆的神色，透過僵硬的微笑，滲在他的臉上。阿光的胸膛一鼓，深吸了一口氣，像是終於下了個重大決定的樣子，「我是說……如果基於情人的立場的話……」那聲音漸小，當說到「情人」二字時，已幾不可聞。

倒楣的人適合湊成一對？是這樣的嗎？

有一條那樣的線，牽扯著沒離開的你與留在原地的我，我相信。
歲月就過去了，風霜改變了昨日的容顏，只有聯繫舊人的約定還在。
所以我沒忘，你也還記得。

有些塵封已久的結其實未解，我只是假裝自己看不見。
直到有一天，角落裡滾來一顆昨天的相思豆。

阿光的那件事，至今我依然萬難置信，很想找個人說說，可又說不出口。因爲我想大概不會有人相信，畢竟這實在太荒謬了。

坐在列車上，車過大漢溪，往台北的方向走。一連幾天陰雨，天空依然不肯放晴，還有濃濃的雲靄掩蓋。我把座位讓給一位老先生，站在車門邊，眺望著日復一日，從來沒有變過的風景。

並不是特別喜歡這一路的景色，車子進入台北市前，就會潛行地下，到時候就是一片黑暗。曾經，我很討厭這種感覺，彷彿到台北就等於到一個黑暗的世界。那是我剛上高一時的想法。而曾幾何時卻改變了呢？後來好像變成回老家才是件可怕的事情似的。

我喜歡在台北的生活，在這兒，我有很多好朋友，一起玩社團，也一起念書，共同分享生活中的喜怒哀樂。經過高一上學期的相處後，我眞的這樣認爲：她們將會在我生命中佔據非常重要的一頁。

不過現在看來又不是這樣了，當人一旦有了祕密，那個祕密就會將人與人分隔開來，就像我現在的感覺。列車搖搖晃晃，我的心也跟著擺動，在這只屬於自己的時間裡，我這才領悟，原來我竟不曾跟任何一個同學完完全全地交心過。所以她們不曉得我家裡的事，不知道我爸對宗教的異常狂熱，那些我都沒有告訴過任何人，連毓慈也不知道，而今，阿光的事也一樣，從不曾對誰說過私事的我，在眞的想講私事時，竟然連一個可以商量的人都沒有。當初因爲顧慮到可能會有流言蜚語而選擇暫時不說，現在到了這地步，我更沒辦法說了。

而我在想，如果連個能說話的人都沒有，那每天跟我見面，一起吃飯、一起編校刊、採訪，偶爾還一起去逛街的這些人，到底是誰？在車上，我猛然驚覺，這一年多來，我認識的熟人雖然不少，但熟人跟朋友，原來終究還是有差別。

想遠了，想遠了，我拍拍自己腦袋，車窗外已經漆黑一片，看來就快到台北了。將拿在手上，但一頁也沒看的英文片語書收好，今天早上有英文小考，上一回我考得不太理想，這次只怕也好不到哪裡去。

學校裡一如往昔，大家上課時各態百出，而下課時則不約而同地喧鬧成一團。我獨自坐在座位上，一直反覆想著阿光說的話。

那天在我家附近的便利商店外，阿光提供了我小孩與大人之外的第三個角度，那瞬間我是錯愕的，因爲他「喜歡男生」的觀念已經根深柢固地存在在我腦海中，而那當下我又不便說破，只好假裝自己並不在意，還問他是不是因爲那張罰單，所以腦袋被嚇傻了。

「在幹嘛？」毓慈從我後面一把抱住我，整張臉貼到我的脖子邊來。

「三八呀。」我笑著推開她。

大家還是一樣玩在一起，而我好奇，她們難道都沒有知而不能言語的心事嗎？我看著毓慈抱完我，轉身又去抱秋屏，也都交了男朋友之後的她們，之間難道也能完全沒有祕密嗎？我不知道是自己太過封閉，或者只是想得太多，但總覺得這當下的我，跟每個人都有點格格不入。

在學校混了一天，我原本打算放學時直接回樹林的，結果秋屏踅過來我身邊，問我要不要一起去社辦。

「這星期不是沒有進度嗎？」我納悶。

「是呀，不過今天徐老師回來了，她說會先到學校一趟，妳不過去跟她打打招呼嗎？」

我點點頭，徐老師剛拿到教師執照不久，目前除了教幾堂一年級的國文課，重心都放在我們社團裡。她去參加爲期一個月的研習，所以才讓阿光來學校替她帶社團。

如果徐老師回來了，那麼阿光再來社團的機會就少很多了吧？不過也許可能如毓慈所說，阿光以後還是會來教大家關於採訪的技巧。如果他那天的告白是眞的，那今後我該怎麼面對他？

走在校園裡，我不斷跟自己說，這只是個玩笑，這只是個玩笑，是呀，我多麼希望這只是個玩笑。

「好久不見了，各位。」睽違一個月，徐老師似乎更漂亮了。

大家開心地圍了上去，不過不是圍著徐老師，而是圍著她帶回來，要給大家的小禮物。那些東西都是她最近蒐集來的，有很別緻的小髮夾或耳環，也有手工的串珠鍊子跟小戒指。我對這些小東西的興趣不大，任由毓慈她們一擁而上，我卻站在老師旁邊。

「這個月還好吧？有沒有從李老師那邊學到什麼？」她關心地問。

「很多。」我點頭，至少我是眞的學到很多，連騎機車都學會了。

「那就好。」她笑著，「應該沒有人跟他傳緋聞吧？」

我愣了一下，不知道該怎麼回答，而徐老師接著又笑了，像爲了一個得意之作而笑，她綻開艷麗的笑容，露出了雪白的牙齒，對我說：「當初找他的時候，我可擔心得不得了，我這個學弟以前在學校就是萬人迷，我怕他來代我一個月的課，妳們全都愛上他就糟了。」

「不會吧？」我笑得有點尷尬。

徐老師完全沒注意到我臉上的表情，她接著又說：「所以呀，他答應來接社團的時候，我就教了他一個好辦法，讓大家放棄對他的興趣。」

「什麼辦法？」

「我叫他把風聲放出去，說他喜歡男生，是個同性戀。」徐老師嫣然一笑，「看吧，果然奏效。」

29

世事未必都能盡如人意的，這話送給徐老師，給阿光，也給我自己。

徐老師回來後，大力整頓各項工作，我們的進度在她眼裡全不及格。她重做調整，把這學期的重心放在校刊上，另外也透過阿光，安排了幾次採訪，對象千奇百怪。歷史課中，老師正在說明唐朝藩鎮割據的背景，而我盯著手上的筆記紙，那上頭記載幾個人名，分別是木雕師傅、燒製琉璃的師傅，以及一位我從來沒聽過的詩人，這些都是計畫中要去採訪的對象，題目是很八股的「藝術與人生」，而繼續由我擔任訪談人。我一直試著從舊社刊或其他資料中尋找訪談重心，但幾次下來，卻總是不得其門而入，有時看著自己擬定的採訪稿，都覺得無聊又膚淺。

帶著苦惱，我在放學後，到台北車站來等阿光。他最近不曉得怎樣，總是一張瞌睡臉。

我們終究沒能真正談起戀愛，那次不像告白的告白，我們絕口不提，就假裝它不曾發生過。只是我感覺得到，阿光是對我好的，儘管不怎麼有錢有閒，但他堅持只要一有空，哪怕是吃頓飯，或者陪我回樹林，就見上那麼一面都好。

我不喜歡他這麼做。問過自己太多次，有時是清晨，我在電聯車上時，或像眼下在台北車站等他時，我會問自己：這樣是對的嗎？是應該的嗎？是不是我只要假裝沒有愛情存在，繼續接受他的呵護就好呢？我覺得不妥，幾次想認眞地跟阿光談談這話題，但我總感覺他也刻意在迴避著，只說他是很單純地每天出門來放放風。所以這一陣子以來，我們只好這樣微妙而略帶一點尷尬地繼續相處。

「又在背採訪題目嗎？笨蛋。」聲音從我後面忽然出現，讓我嚇了一跳。阿光背著背包，話剛說完就打了個呵欠。

「今天上課還順利吧？」我們很有默契地，誰也沒說話，一起往車站裡面走。

「嗯。」我點點頭，把手上的採訪題目摺疊起來。

「怎麼了嗎？」見我低著頭沒說話，阿光停下了腳步，「想什麼想得那麼專心？」

「採訪的事哪。」我嘆氣，把最近遇到的情形跟他說。

車站月台上擠滿了學生，我們按照慣例地窩在角落邊，電聯車還沒來，阿光側著頭，聽我把問題說完。

「怎麼我覺得呀，好像每隔一陣子，妳就會遇到一些奇怪的問題似的。」他搔搔頭，露出迷惘的表情，「有時候是家庭問題，有時候是宗教問題，現在則是社團問題。」

「屁。」我啐他。

阿光把我的採訪稿接過去，略看過，然後問我這些是哪裡學來的。

「舊的校刊呀。」

「那裡面有教妳怎麼擬採訪稿嗎？」

我搖頭。

「那妳有想過這些舊的方法當中，可能有很多問題嗎？」

我又搖頭。

「所以妳也沒想過，也許同樣是參考舊資料，但是妳卻可以反向思考，提出質疑，並且找出更好的方法囉？」

我當然還是只能搖頭。他微笑著，把那疊資料敲在我頭上，「果然只是個小孩子。」電聯車永遠那麼擠，我們差點上不了車，站在門邊，阿光距離我非常近，他的鼻息，讓我臉上有一陣陣的溫暖。

「那不然你告訴我，我應該怎樣問？」我勉強擠出一點空間，指著題目，「問詩人的靈感哪裡來，問木刻師傅如何在心裡先勾勒出一個木雕作品的模樣，這樣問也沒錯呀。」

「是沒錯，」阿光搖頭，「但難道沒有更好的問法嗎？妳怎麼不問問詩人，沒靈感時都在做什麼？又怎麼不問問木雕師傅，看他心中勾勒的圖像，跟實際做出來的作品，到底差別在哪裡？」

我有點似懂非懂，阿光繼續說：「很多問題，妳只要換個方向，就可以碰觸到更深入的層面，而舊的方法不是不好，但妳不能永遠依循著別人走過的路前進，凡事都試著去找出更好的方法，這樣就對了。」

「那萬一眞的沒有的話呢，會怎樣？」我還很天眞。

「會挨揍。」說著，他抓過那疊資料，又敲上了我的頭。

他不說太多，只是語帶玄機地給我一個隱約的方向，讓我自己去思考。阿光說，這就是他們所學的企業管理，叫作人才養成。我喜歡看他故弄玄虛，這個人其實一點都不神祕，但卻總愛擺出高深莫測的樣子。不過認識他一久，就知道那神祕的外殼底下，充滿的卻是他愛搞笑卻又體貼的個性。

在車站外面吃了肉圓，我問他到底最近早上都在忙什麼。

「祕密。」說著，他又打了呵欠。

「你已經祕密了快一個月了，這很了不起。」我不禁要稱讚他，不過卻也替他擔心，「但我怕你哪天會走著走著就忽然睡著了。」

他點點頭，跟我說就快有答案揭曉了。「耐心點等，別老用小孩的角度看事情。」他說。

在樹林車站跟他道別，我沒有馬上回家，卻在附近的商店又逛了一會。我買了一個馬克杯，上面有幾層不同深度的褐色花紋，很精緻耐看。

「記得要準備好禮物，因為我這個祕密可是很珍貴的，值得妳送我一點什麼來交換。」剛剛臨走前，他又賣了個關子。

我不知道阿光有沒有喝茶或咖啡的習慣，也猜不到他的祕密，不過我想他會喜歡這杯子。

時間一直在流逝，一點一滴，且不知不覺。高二分組後，我們班半數以上的同學都選擇社會組，隨著課程愈來愈緊，我開始感覺壓力漸大，一個星期下來，我完全沒有多餘的心思，去思考阿光給的提示，每天光是小考就考不完了。台北忽然又下雨了，這幾天我們沒見面，他也被一堆報告壓昏了頭，直到前天晚上，才打電話給我，要我帶著禮物到台北車站等他。

在公車上，我望著陰雨的台北街景，想起跟我爸爭執的那次，一樣是這種天氣，那天後來所發生的一切都很荒謬，不曉得今天又會是怎麼樣。我想我的名字取得並不好，非得等雨停了才會安寧，一遇到雨天就沒好事。

車站前人潮洶湧，滿是下班或下課的人。已經比約定時間稍遲，往北一門的方向，我加快腳步，走到車站外，這裡窩著一群抽菸的男生，但沒有阿光。

心想也許他會在車站內，我又走進去，但繞了一圈後還是不見人影。有點疑惑，我摸摸放在書包裡，小心翼翼藏了一天的馬克杯，懷著擔心，一看時間，我都晚了二十分鐘，而他人呢？難道眞的走路走到睡著了？或者也像那次一樣，我手上拿著公用電話話筒，而他就會出現在我背後？我撥了兩次他的手機，卻都無人接聽，最後只好掛了電話。

懷著不安，我在車站內晃了好久，確定自己沒有看漏了任何一個身影，才又走了出來，而轉過兩個轉角，我正考慮是否要去車站服務台廣播找人時，卻看見他正一臉倒楣樣地從北一門晃進來。

「你看起來很糟。」快步跑過去，不知道他出了什麼事，全身都濕透了，趕緊拿面紙給他。

「是非常糟。」

「而且不像會有什麼祕密能揭曉的樣子。」一邊幫他擦去肩膀上的雨水，我皺眉。

「祕密還是有的。」他嘆口氣，拿了一張紅紙給我，「只不過呈現的方式跟我計畫的有點差距就是了。」

我納悶地接過那張已經淋濕的紙，低頭一看，當場傻眼，那是張罰單，上面記載的車牌號碼我有印象，是阿光他學長的車，而案由則是違規停車。

「這是什麼祕密……」我錯愕地抬起頭來，而阿光則從他上衣的口袋裡，拿出一張駕照來。

「總有更好的辦法的，比起擠火車，我今天原本想騎機車送妳回家的。」

「結果呢？」

「結果車被吊走了。」

這就是他無法神祕到底的原因，每次都是這樣搞笑收場。

30

我曾看過女作家邱妙津在她的書中提到，高中生就像罐頭，經過三年的嚴密加工，然後走進大學殿堂，但罐頭裡裝的卻全是陳腐的東西。看著地理課本上一大堆文字跟圖表，我有相同的感覺。

學妹常來請教製作校刊的問題，就像去年我們還是新生時一樣。現在她們的責任更重了，下學期的聯合社慶迫在眉梢，但我們幾個老幹部卻只能在補習班裡唉聲嘆氣。

「比起來，我們還算幸運了，至少我們還有時間可以偷溜過去看看，」毓慈指著剛剛經過我們身邊，但卻只顧著看手上的講義，完全沒認出我們來的三年級學姊，「她們大概連『社團』兩個字都不會寫了。」

按照當初跟阿姨的約定，我在高二下學期後，開始改變每天傍晚的行程，下午四點多一下課，我跟毓慈她們就得拎起書包，沿著學校圍牆，往懷寧街的方向走，那邊有林立的補習班，而我們要在那兒度過白晝的最後幾個小時。

升大學補習班的恐怖壓力，我們耳聞已久，而真正接觸後，更是倍加辛苦。補習班永遠有寫不完的考卷，老師講話的速度也快得多。而相較於我的疲倦，阿光也好不到哪兒去，他的論文已經進入最後階段，順利的話，也許今年就可以畢業了。

「妳看起來很累，還好吧？」這是阿光最常問我的一句話，而我的答案永遠都是點頭，非常無力地點頭，然後拿一樣的問題反問他。

雖然考到駕照，不過阿光他學長再也不肯把車借他了。所以我們依舊維持著與過去一樣的見面方式，只是時間往後挪了幾個小時，而見面的前提還得是他能趕完當天的論文進度。

「我覺得你比我還累。」勉強撐起笑容，我還是不想讓他送我回樹林，這真的沒有必要。

「總是要出來透透氣的呀。」不過他卻堅持，「不來找妳，難道叫我自己去爬陽明山嗎？」

也許是累積的疲倦吧，最近我們比較少聊天，大多是兩個人一起呆滯地看著車窗上，這滿車廂人的倒影。

「最近還去社團嗎？」

「有時間就去呀。」我說：「聯合社慶的事，現在徐老師帶著學妹在跑，我們之後會去一趟苗栗，陪著去看看而已。時間應該是月考後，要不要一起去？」

「可能不行。」他皺著眉，「我最近有個國中同學會要舉行，畢業很多年了才開一次，不去未免可惜。」

國中同學會，我從來沒想過的東西。想當年在資優班，一來忙著念書，二來我們班的派系眾多，彼此也沒交情。

阿光建議我，不妨趁著暑假時，自己也辦一場。「有很多往事，平常不會想起，但是跟老同學見到面，那些回憶就會全都跑出來了，我高中同學會每次都是這樣。」

聽著這些話，我想起好久以前，剛認識阿光的那天，他曾給過我們名片，還記得名片背後有著兩句話：總有些什麼，不是眞的過去；也總有些什麼，不是眞的回不來。

「回憶很美，這個我相信，不過總有些回憶，永遠都只適合收在心裡，而不好拿出來重提的。」我微笑著搖頭。

有很多過往，也許是當時年紀小，也可能是環境太單純，那時的我們把很多小事都看得太重，才在無意間對身邊的人造成傷害，我想，這些是即使見了面，也不好再提的吧？

今天回來得晚，火車站後站邊的肉圓攤子已經打烊，我帶阿光到前站吃豆花。阿光的興致很好，吃完豆花還想逛夜市，我們在擁擠吵雜的攤販間漫無目的地逛了很久，什麼也沒買，但逛完後阿光還是開心地上了火車。

「總感覺以後要想像今天一樣開心地閒晃，是件很難的事情。」臨走前，他若有所感。

「等你論文寫完囉。」

「我論文寫完，就馬上要準備當兵，而且妳都快高三了。」

「總有那麼一天的，我們會再來逛夜市，好嗎？」我給他一個充滿希望的微笑。

其實逛夜市不難，世界上到處都有夜市，不同的只是逛夜市的心情而已。感慨著走回家，卻看見阿姨剛好拎著機車鑰匙要出門。

「妳走得好快！」她嚇了一跳。

不過更吃驚的人是我，阿姨說剛剛她才從夜市買了消夜回去，路上看見一個背影很像我的女孩，她把消夜拿回去給姨丈，順便確定我果然還沒到家，才正打算再騎車出來接我。

「所以原來妳去約會了。」阿姨瞄著我，「幸好我沒叫妳，不然可就尷尬了。」

我笑著跟阿姨解釋，事情不是她想像的那樣，阿光不是我的男朋友，在某個角度上來說，他還可以算是我們社團的老師。

「難怪，」阿姨點點頭，「我就想說這樣不太對，哪有情人逛街不牽手的。」

阿姨買了份量可觀的鹽酥雞來當消夜，坐在電視機前，她問了許多關於阿光的事。我沒有多做保留，事實上也沒有什麼好保留的，阿光自始至終都是一個很關心我的人，亦師亦友。我大致說了認識阿光的經過，只除了告白那段之外。

「但他對妳呢？」阿姨聽完後，搖頭說：「我不覺得一個男孩子會這樣毫無企圖地對另一個女孩子體貼，他總有對妳表示過吧？」

我不禁要暗暗佩服，阿姨果然明察秋毫。這下想藏一點私也沒辦法了，只好把那次雨天裡的告白也和盤托出。

「妳喜歡他嗎？」毫不拐彎，阿姨接著問我。

「這時候的我可以喜歡他嗎？」

「喜歡一個人還需要分什麼時候嗎？」一直沒有回頭，坐在另一邊看報紙的姨丈忽然搭腔。

我看著阿姨，她也直盯著我，靜待我的回答。

事隔幾天，回老家的客運上，我反覆問我自己，喜歡阿光嗎？我想我是喜歡的，然而，這與男女之間的愛情似乎又有點不同，若以愛情而言，我覺得似乎還少了點什麼。只是我很樂意把心事跟阿光分享，並享受這種彼此都在課業的煎熬中，還能互相鼓勵的感覺，而他總像個大哥，在我的人生路途上，不斷給我指點。

但那是喜歡嗎？想起阿姨的話，她沒有逼我交出答案，但卻一針見血地對我說：「如果最後妳判斷出來的結果，是妳不喜歡他的話，那麼，這時候他爲妳所做的一切，以後是否可以被解釋成一種利用？」

我有點惶恐，這是利用嗎？我跟阿光的事，目前除了阿姨，沒有其他人知道，日後就算我跟阿光沒有結果，我想也不會有輿論對我做這樣的批評，但我對自己呢？我會不會責怪自己，在這段其實大家都很忙碌的日子裡，為了我的寂寞或無助，而利用了阿光呢？

於是我發現，究竟自己是否喜歡阿光，變成一個很重要的議題，如果是，那麼就可以繼續發展下去，但如果不是，那麼……

在班上來自外地的同學中，我算是少回故鄉的那種，不過跟我哥一比，則又微不足道了。週末回家，老爸又去道場，而哥依舊在高雄逍遙快活，只有我媽一個人在家看電視。陪她聊了些最近的功課，她要我專心點，家可以少回來，書記得要多念。

也許是客廳裡只有兩個人，顯得淒涼寥落吧，老媽很早就睡了，我捧著一杯茶，慢慢走回房間。有很多時候，我並非不想家，而是不忍心回來。離家在外，生活怎麼樣都比不上自己狗窩的舒坦、習慣，只是一回來這兒，那種空盪盪的感覺又讓人難受。

把茶擱在桌上，我決定再來整理房間。先拆了牆上那張老舊的地圖，把它整齊摺好，然後拖出床底下的紙箱，箱子已經腐朽，看來明天得買個塑膠製的防潮箱。我將紙箱裡的東西陸續拿出來，有國中的舊課本，也有一些舊髮夾或小飾品，一一取出後，才發現放在較底部的書本有些都發霉了。一邊拿，我一邊用衛生紙擦拭霉灰，直到最後一本書拿完，箱子空了為止。

把書另外擺好，我又想，總不能把這爛紙箱擱在腳邊睡覺吧？我想把箱子拿到外面去丟，手抓住箱緣，扶著床邊起身，然而那箱子終究是破舊得太嚴重了，離地不過幾公分而已，紙箱就破裂開來，整個又掉了下去，我看著那堆破爛，心裡有點懊惱，而就在我要彎腰下去，重新整理時，卻整個人全身一顫，愣在那兒。

紙箱落地時受到震動，有個小東西從箱子的細縫中跳了出來，滾到我的腳邊，我看著那顆棗紅色的小東西，忽然明白了自己的心意。

阿光對我很好，但那不是愛情，絕對不是愛情，因爲不管他待我再好，我都覺得自己對他缺乏一種莫名的感覺，而那種感覺，叫作心動。

一顆好多年前的相思豆，有一個好多年前的約定。
你要記得我，因為我正想起你。

31

天氣很好，大太陽在苗栗市區發威，我用力呼吸著，這裡跟台北就是不一樣。學妹們開心地聊著天，毓慈她們走在前面，而我落後些許，正瀏覽著街景。看完了矗立在天雲廟邊，那三角公園裡的介紹，原來這兒也跟我們老家那邊一樣，九二一地震後，一切都重新改建，難怪建築物大部分都是新的。

徐老師帶著我們十來個學生，從火車站出來，便搭乘公車到市區，時間還早，我們可以先四處逛逛，吃完午餐，再到座落在苗栗市區附近，一個小山頭上的學校去，參觀他們社慶的展覽。

不過或許是這個小城市眞的太小了，也可能大家在台北生活慣了，這邊店家陳列的商品對我們而言並不太具吸引力，徐老師帶著我們，晃過一段據說是大地震後唯一保留下來的窄巷，然後吃過午餐，就依循學妹們查詢到的公車路線，一路往山邊來。車上可以遠眺整個苗栗市，而不幾時就到了目的地。

歷屆以來，會跟我們辦聯合社慶的學校，都是一般的高中、職，這次跟技術學院一起合作，大家都感到萬分新鮮。對方的學生比我們年紀要大上三四歲，而且以男生居多，我們這些二年級的心裡帶點忐忑，一年級的小鬼們則是絲毫不以爲意，還很能樂在其中。

「她們到底是來參觀的，還是來聯誼的？」毓慈有點不屑。

「小朋友嘛。」我微笑。

「眞是受不了。」她搖頭。

說起來，我們學校的校刊，比起絕大多數我所看過的外校校刊而言，水準確實是不差的。這所技術學院的學生把校刊編輯製作的過程，用壁報紙畫出流程分解，再依不同的進度，展示出各階段中的半成品，一路排列下去，最後則是一本本嶄新的校刊。

「就這樣呀？」毓慈聳肩，「這跟我們平常做的不是差不多嗎？爲什麼那些一年級的小鬼可以看得這麼開心？」

我笑著沒再多替學妹們解釋，這些對我們而言已經很熟悉的東西，對一年級的學妹而言，卻是非常有用的製作教學，況且，本來人到了一個新鮮的地方，就是看什麼都新鮮的。而且我知道毓慈的心情，其實她不見得是對學妹們的大驚小怪不滿，她眞正難平衡的，是這份享受的樂趣，原本應該屬於我們才對。

在中庭裡，有兩個五專部的學生在向大家介紹這所學校的傳統，我沒有仔細聽，手中不斷撥弄著口袋裡的幾顆相思豆。剛剛他們帶著我們這群女孩，走了一趟這所學校裡很有名的好漢坡，那階梯差點讓大家走斷腿，不過階梯兩旁生長著許多相思樹，我邊走邊停，撿了幾個豆莢，找到幾顆相思豆。那幾顆豆子不若當年的渾圓，顏色也淡得多，我不知道是不是心理作用，也許是跟豆子的來源有關。

在老家的那晚，我緊捏著那顆相思豆，用力地閉上眼睛，努力回想關於當年的點點滴滴，那個把裝滿相思豆的瓶子，交到我手中的男孩，他現在好嗎？我約略還記得，國中畢業時，曾有班上同學打電話給我，依稀提到魏嘉錚考上的好像是五專，也在苗栗這邊，至於是哪一所學校，她也不清楚。但苗栗有幾所專科學校呢？這幾年來，許多學校不斷改制、改名，大概就更無從追問了吧？

所以我想，也許阿光的建議是對的，應該來辦一次同學會，即使藝紜或魏嘉錚來參加的機會少之又少，但或許可以從其他同學口中，探聽到他們的下落。那天晚上，我翻開畢業紀念冊，撥了幾個號碼，其中一通，我找到闊別已久的楊欣怡，她仍不改當年的樂觀開朗，一聽到我說起同學會的構想，立刻興奮地自告奮勇，要來籌辦聚會，還說愈快愈好。我當然是開心的，如果能由她主持，相信會比我去約人要來得順利，我很期待，只是卻也有點不知道自己應該期待什麼。

悵然，我走到毓慈她們旁邊，大家也覺得聽這學校的歷史很無聊吧，紛紛拿起展示桌上的校刊來翻閱，我隨手抓了一本，瀏覽著版型設計，也特別注意幾篇採訪文章，想看看人家是怎麼做訪談的。

「媽啊！這什麼怪魚呀？」我聽到毓慈嫌惡的口氣，她站在展示桌前，手上抓著一本校刊。

「怎麼了？」我湊過去。

「頭禿成這樣一塊，我猜一定是那個養魚的人，把水族箱洗得太乾淨了，才會害魚游著游著就撞到玻璃，把頭都撞腫了。」她很認眞地研究著。

我笑著，把那本校刊接過來看，編輯年份是去年，不過保存得很好。

「妳看妳看，妳看過這種魚嗎？」毓慈急著要翻給我看。那是一張掃描後再印刷出來的素描畫，一隻形體圓胖的魚，有點像吳郭魚，不過魚頭上方卻禿腫了一塊，相當俏皮可愛。可惜這是黑白素描，所以雖然看得出魚身上有斑點色差，但卻不知道眞正的魚身上是什麼顏色。

「羅漢魚。」我看著圖畫下方的畫作名稱。

「眞好笑的魚哪。」毓慈還在搖頭。

那條魚很生動，我猜畫者應該是坐在水族箱前面畫的，不過轉念一想，似乎又不太對，誰看過魚會乖乖停下來不動地讓人畫圖的？笑著把書還給她，我的注意力回到自己手上的那一份校刊上，剛剛看到這學校的學生去採訪一位作家，問題提得都很有深度跟創意，我急著想把它看完。

「欸欸欸，快點快點，妳再看一下。」結果毓慈又扯扯我的衣服，要我再看。

「我對魚沒有興趣啦。」嘴裡這麼說，不過我還是又靠了過來。

「不是魚啦，妳看，這張人物畫像跟妳像不像？」毓慈也不管那是人家珍藏的舊校刊，隨手把它反摺，就遞到我面前。

這次我看到的是一張半側面的人物畫像，頭髮有點短，雙頰略圓，眼神像是茫然地盯著遠方。確實有點像我國中時的樣子，我那時的臉也有點圓。

「妳胖一點的話會更像喔。」毓慈指著畫像人物的額頭，「還有，如果這裡再加上妳上次受傷的小疤痕，那簡直就一模一樣了。」

「最好是啦。」我笑著，看得更仔細些，那畫像的下方，一樣有畫作的名稱，畫者沒有寫出自己的姓名，也沒寫明這是在畫誰，那題目讓我很有感觸，上面只有兩個字：約定。

32

是你，我知道，對吧？

「妳確定是他？」阿光問我。

點頭，雖然沒有任何直接證據，但我有一種感覺，是他，魏嘉錚，我相信自己的直覺。

「那為什麼不試著去聯絡呢？」阿光又問我：「也許，他也很想跟妳聯絡，對吧？」

看著阿光，我的眼中充滿疑惑，若非將近一年來我對眼前這個人的了解有誤，那一定就是他腦筋忽然打結了吧？叫我去跟魏嘉錚聯絡？

「也許妳會覺得很懷疑，確實我不應該叫妳去跟他聯絡。」半躺在椅子上，阿光攤手說：「站在小孩子的角度，我會跟妳說那幾張畫絕對不會是妳那個國中同學畫的，因為我相信以我的心臟發育情形，應該會承受不住這種八流文藝電影的劇情張力。」

「當個大人一定得這麼辛苦嗎？」我不禁要這樣想。

「但至少是對誰都公平的，對吧？」

從苗栗回來後，又過了兩個星期，我終於見到已經變成大忙人的李韶光先生，現在要找到他有空的時間可真不容易。從論文題目決定後，到順利拿到畢業證書為止，碩士班似乎有我意想不到的繁複過程，包括論文大綱的撰寫、市場調查的數據整理，以及口頭考試之類的，每次通電話，他都會跟我報告一下最近的行程。

「我覺得這時候拿這些問題來找你，好像會給你帶來多餘的困擾。」看著他一臉倦容，我感到內疚。

「妳覺得這會讓我更累嗎？」

「不會嗎？」

「這只會讓我領悟到，研究所這兩年來，我到底混得有多嚴重而已。」阿光嘆口氣，他自己招供了，我才知道，原來這個人最近半年內會忽然忙成這樣，是因爲他已經累積了太多過去應該按部就班去做的工作。

「那以前你到底在幹嘛？」

「很多呀，帶校刊社跑採訪呀，跟學長在研究室打麻將或打屁呀。」他說著，我想起他曾在深夜還打電話給我，只爲了問一個關於筊白筍的問題，不禁笑了出來。

「還有呢？」

「還有教人家怎麼用大人的角度看事情、凡事都問自己有沒有更好的辦法、當某人的心理諮商師呀。」他也笑了。

阿光的眼角比以前黯淡許多，我想他是眞的累了。難得一次，離開茶店，沒有讓他陪我回家，反而是我和他一起搭捷運到竹圍站，送他回去。

「我可以再問一個問題嗎？」列車到站，陪他走到出口，在他踏出捷運站前，我問他：「關於魏嘉錚的問題，我這樣跑來問你，會不會給你造成一些……」

「困擾嗎？」阿光接著我的話尾，但卻沒有回答，「我比較想知道的是，爲什麼妳會來問我這些問題？」

爲什麼？阿光看著我，臉上既沒有喜悅，但也沒有惱怒，他永遠都像個諄諄善誘的大哥，在等我說出自己的想法。

「我只是覺得……」有點難以啓齒，但我還是說了，「你是我最能商量的人。」

「那就夠了。」然後他笑了，臨走前，對我說：「眞的，我已經很滿足了。」

搭夜車回樹林，我把頭靠在車窗上，黑暗中看不見外面的風景，只有車廂裡慘白的燈光投射。茫然，整個人像少了什麼似地發著呆。

阿光說我應該試著去找魏嘉錚，我相信這是他眞心的想法，但那是否意味著，從此我們就眞的誰都別再記得那一個雨天裡，他對我說過的那些話？或者其實他只是想讓我安心地去追逐我自己想要的？對於阿光，我不想佔有一份我不想佔有的愛情，但我又怎能眞的就不管阿光的感受，去尋找我確實很想找的魏嘉錚？

在上學與放學，補習而又補習，以及公車與火車的規律中周旋，每天的生活都很滿，時間理當在不經意間過得很快，但對我而言卻非如此。我沒想起過去，也想不太起過去，從前的記憶彷彿被裝在一個毛玻璃瓶裡似的，花花霧霧，叫人看不清楚，我需要一把鑰匙，好幫助我重新清楚地開啓與檢視回憶，但卻不知道那把鑰匙在哪裡，只有一疊又一疊的講義不斷被我攤開來，也只有一張又一張考卷不斷被我塡上姓名、班級跟座號，以及無數的答案。上學期就是這樣過去的，紛紛雜雜的一切都被課業所取代。

「妳們會不會覺得，青春就這樣快要沒了？」聯合社慶那一週，開幕式之後，我們「綠園少女團」在至善樓外面的扇形廣場前，窩在階梯邊，毓慈問我們。

「失去的那個不叫青春，」秋屏嘆氣，「叫作自由。」

我點點頭，青春的路很長，考完聯考後，還有機會享受青春，但眼看著未來這一年，我們要失去的其實是自由。

「還有愛情哪。」結果坐在最旁邊的小珠嘆了更長的一口氣。因爲課業壓力大、見面時間少的緣故，上星期她跟男朋友分手了。

「這時候談愛情是奢侈了點。」毓慈苦笑著，「節哀順變吧，至少妳還有我們哪。」

沒有說話，一群人中，就數我最少跟她們談心。曾經，我認爲這類心事應該都要收在自己的內心深處裡，但後來才曉得，其實除了我之外，她們或多或少都會聊些彼此的感情事，而久而久之，便也傳到我耳裡來。小珠失戀是大家都知道的；毓慈常跟她男朋友吵架，兩個人三番兩次鬧分手的狀況，我們也都清楚；另外，秋屏苦戀一個剛考上政大的補習班學長，這也不是祕密。

「妳倒好了，從來沒有這方面的困擾。」毓慈轉頭對我說。

「我這是在維持『綠園少女團』的傳統哪，哪像妳們。」我心虛地撐起笑容，有些事如果在剛發生時不說，那麼以後大概就不會有機會說出口了，關於阿光，對於毓慈她們，我就是這種感覺。

眼前是難得的熱鬧，我們學校並不大，向來少有男生出入，但今天則不同，聯合社慶加上校慶園遊會，窄小的校園裡到處都是人。我們剛從社辦出來，那邊現在是一年級學妹的天下，三年級的已經宣佈退休，二年級的我們大概也快要壽終正寢了。

聊著聊著，秋屏聽到第三節鐘響，她先行告退，要到校門口去接她的國中同學，據說有一票男生要來，還拉著剛剛失戀的小珠一起去，說要幫她介紹更好的對象。

「真好，還有國中同學可以找。」毓慈露出羨慕的神情，據我所知，她國中轉了三次學校，連一個比較熟悉的老同學都沒有。

「妳呢？妳也沒找人來呀？」毓慈又問我。

「風流雲散了，上哪兒找哪。」我嘆氣。前天晚上我終於接到楊欣怡打來的電話，她總算想起曾跟我說過的，要當國中同學會的聯絡人一事。時間排在七月初，放暑假後，距離現在還有一個多月。

「聽說小珠那個無緣的男朋友，是跟她從國中時代就開始交往的呢。」毓慈自顧自地說著，「好可惜，高中以後，兩個人各自念不同的學校，也撐了這麼久，卻在這時候分手了。」

「緣分盡了吧？」看著人來人往，我有一種隨命運安排的茫然與無奈。

「我國中的時候也喜歡過我們班的一個男生。」毓慈說：「不過我沒告白，所以直到我轉學離開，他都不曉得我喜歡過他。」

「然後呢？」我問。

「沒呀，只是有點感慨，那可能是我這輩子當中，最喜歡的一個人唷。」毓慈臉上有懷念的笑容。

「妳怎麼確定他是妳最喜歡的？」

「很簡單呀，當我開始考慮，聯合社慶跟園遊會要找誰來的時候，不管是以前的同學，或者現在的朋友，甚至是我男朋友，這麼多人當中，我第一個就想到他。」毓慈嘆口氣說：「我相信我心裡一定還有一塊空間，是被他牢牢佔據的。妳懂嗎？那就像一個無形的結，它從來沒解開過，只是平常看不見而已。」

毓慈像在對自己說話似的，不停地說著，看都沒看我一眼，但坐在她旁邊，陽光耀眼，我不住地點頭，我懂，眞的。

有些心結其實從來沒解開，只是平常我們看不見。

33

「所以今天會有一大半的同學要來唷。」楊欣怡沒變的不只是個性，連外表都跟以前差不多，一頭大波浪捲髮，配上陽光的笑容。

約在國中母校外面，我很早到，但主辦人楊欣怡還是最先來的，然後是我，接著是幾個以前就不太熟的同學。國中時的班級裡有很多小團體，我算是游離派的，不過無妨，儘管插不進話題，但是站在一角，看著這些人經過了青春歲月的洗禮，逐漸成熟與成長的模樣，其實就很讓我開心了。

剛放暑假，但我能在家的時間卻不多，短暫休息幾天後，就得趕回台北。補習班照樣要上課，學校也有輔導。阿光的畢業論文終於順利過關，他最後還是決定先當兵，博士班要等他退伍後，靠著自己賺錢再念。

「你確定退伍後還會有心情念書？」我聽我哥說過，大凡那些寄望退伍後，靠自己能力再升學的人，十有八九最後都是放棄的，因爲軍中生活會讓他們徹底社會化，要想再回歸校園可不容易。

「我也不確定，」那時的阿光是這樣說的：「但人生不就是這樣？誰也不知道以後是什麼樣子，所以只好隨著時勢的不同，不斷應變呀。」

他做了這樣的決定，而我除了贊成，也沒有其他反對的理由。忙了大半年，整個人忽然閒下來，他雖然很不習慣，但卻頗能享受那種悠閒與自在。所以今天同學會結束後，我頂多在家住幾天，還得早點回去看看這個閒得發慌的人，他是那種寧願在家閒散一天，也不會乖乖去一趟公所兵役課詢問兵單的人。

趁著時間還早，我沿著學校圍牆散步，小鎮上大多數的建築都在九二一大地震中受創，而今所見，除了這道老圍牆，校內一切的房舍都是新建的，再非我們當年念書學習的教室了，更甚至，學校在重建時還把校門給改了位置，新校門是以前的後門，而舊校門則被堵了起來，變成一條死巷子。

我從圍牆外面往內看，這才發現自己已經長高了不少，當年站在牆內，我還看不到外頭的。老磚牆逃過了地震的浩劫，卻擋不住苔蘚的滋蔓。校內還禁止學生騎腳踏車嗎？我想起那一年，牽著腳踏車走出校園時，違反規定的魏嘉錚，就從我的身邊呼嘯而過。

「嘿！」想著想著，有個很親切的聲音叫住我，而我不用回頭，也知道那是掌握這附近最多八卦的雜貨店老闆娘——師母。

「妳長高很多喔。」她親切地笑著，從冰箱裡拿了一瓶綠茶給我。

師母還跟當年差不多，只是皮膚黑了些，皺紋也多了點，但愛聊天的習慣依舊不改。堅持不要我付錢，一邊把零錢推還給我，她一邊就說起這幾年來的變化，那包括了學校校門的變更，害她少了許多生意，以及現在的學生愈來愈沒有人情味，大家寧願到十幾公尺距離外的便利商店去吹冷氣，買貴一點的飲料，也不願意過來這邊陪她聊天，還可以換取免費的小文具。我只能笑著，那些雖然是我並不太關心的事，但師母爽朗的笑聲卻讓我彷佛置身當年，一時間我竟有種不想離開的感覺，或許就在師母健談的時光中，我可以再回到那個什麼都不懂，沒有太多憂慮的時光裡。只是我也知道，那終究是不可能的，因爲太陽慢慢變熱，距離同學會約定好的時間畢竟是近了。

「妳好像是唐雨寧，對吧？」滿懷愧疚地向師母告別，快步趕回新的校門邊，還沒走近那夥人群，就有個男生指著我問。

「你猜呢？」我笑著。

「我覺得好像是，因爲妳的臉雖然好像瘦了點，可是妳以前好像頭髮就是這樣的髮型。」他說了三句話，用了三次「好像」，不用猜我都知道他是曾國謙。

大家笑成一團，彼此重新再做自我介紹，而我習慣性地又退到旁邊來，這些人有的容貌變化很大，有些言談舉止跟過去也差了很多。而我的心是忐忑的，在人群中一一辨認，也努力側耳傾聽，但我就是沒發現我最想發現的兩個人。

「我們等一下先去吃飯好不好？」楊欣怡忽然靠到我旁邊來，問我的意見。

「都可以呀。」我有點心不在焉地點頭。

「下午去喝茶，傍晚也許可以一起出去晃晃，很多男生都有騎機車來……」她繼續計畫著，但我卻無法集中精神聆聽。約定的時間已經超過了十五分鐘，大家寒暄交談得正熱鬧，一夥人大約三十幾個，我的目光很忙碌。

「唷，妳是梁藝紜，對吧？」忽然，旁邊較遠處傳來一個拔尖的聲音，我轉頭過去，一個瘦瘦小小、瓜子臉的女孩開口，我認得她是當年跟魏嘉錚堪稱死敵的陳婉孟。而站在陳婉孟面前的，正是褪去了稚氣後，更顯成熟的藝紜。

「妳還帶男朋友來呀？很帥喔！」陳婉孟指著站在藝紜背後，一個身材瘦削，穿著一身黑的男生，那男生背對我們，正拿著手機在講電話，而手指上挾著一根香菸。

我的心中一突，忘了站在旁邊的楊欣怡，快步便往前走過去，想看得更仔細一點，而也就在這時，藝紜微笑著往旁邊一讓，那男生掛了電話，手指將半截香菸彈擲出去，在半空中高高畫過一道弧線，我看見他回過身來，臉上有很深的輪廓，他對陳婉孟說：「妳居然忘記我了。」

「你是？」陳婉孟的臉上一愣。

「魏嘉錚，那一年因爲妳的一腳，結果沒有牛奶喝的魏嘉錚。」他笑著。

若你能記得讓你不開心的別人，那是否也能記得因你而開心的我？

我們像是連成圓的點，彼此寂寞著在彼此之間。
倏忽，就過了兩三年。
梅雨剛過的季節，桂花香瀰漫的歲月。

誰都回不了從前，於是重又期待起明天。
但，明天會是更好的明天嗎？

34

「耍什麼帥呀？」藝紜衝著魏嘉錚後腦就是一掌，「菸蒂這樣丟，痞得要死。」

魏嘉錚調皮地笑著，手中拎著剛從藝紜那兒接過來的水瓶，我看見他喝了一口，那是藝紜剛剛才喝過的水。

「還有呀，你來參加喪事嗎？穿這什麼樣子。」藝紜又繼續嘮叨，「大熱天還一身黑的。」

「沒衣服穿了呀。」魏嘉錚露出無奈的表情，「我外婆的洗衣機已經壞掉兩三天了，現在還能有褲子穿就算不錯了。」

他們嘻笑著，完全沒理會一旁目瞪口呆的陳婉孟，我覺得有點好笑，但也有點失落，他們不太理會別人，也就等於不太可能會理會我，那我還要不要過去打招呼？

魏嘉錚看似比以前開朗許多，但我發現他其實只跟藝紜比較有話聊，對於其他老同學，他也不太開口，大多只是微笑而已。

「各位，我們先去找地方坐下吧？」這時楊欣怡向大家宣佈。

按照行程規畫，我們來到已經訂位的茶店。上高中後，我就不常回來，而每次返鄉，所停留的時間也短，街上的變化很大，但除了車站附近以外，我卻很少仔細去逛過。

茶店的工讀生挪動桌椅，讓我們一大票人可以分成幾區塊地坐在鄰近。我刻意避開了與魏嘉錚他們同桌的機會，繼續窩在楊欣怡旁邊，但在選擇座椅時，則依然挑了個可以望見他們的位置。

「妳還是跟以前一樣安靜哪。」楊欣怡遞了茶給我。

「我以前很安靜嗎？」其實我也不知道，很多時候我並非刻意隱身在人群中，只是常常不曉得自己應該說什麼而已，就像現在。

大家都要升上高三了，一些念五專的同學在慶幸著自己避開了一次聯考，有的人則聊起了彼此的感情故事，我忽然想起，曾國謙可不是跟我們一起畢業的，他國三就轉到更資優的班級去了，那麼他應該是楊欣怡約來的吧？我記得國中時有段時間，魏嘉錚跟楊欣怡經常通信，怎麼他們後來沒交往嗎？然後我看過去對面桌，藝紜就坐在魏嘉錚旁邊，他們依然有說有笑，顯得相當親近，難怪陳婉孟會錯以為他們是情侶。

那我呢？驀然間，有種不知道自己在這裡幹嘛的感覺，好像我是多餘的，每個人都有聊天的對象，而我卻只能一口接一口，喝著淡而無味的綠茶。

「不介意我坐這兒吧？」正當我低著頭胡思亂想時，有個人搬了張椅子過來，就坐到我旁邊。

「你……」我愣住了。

「幹嘛悶在這裡，不跟別人聊天？」那是魏嘉錚，近距離看他，臉比以前黑許多，下巴還有沒刮乾淨的鬍渣。

「要聊什麼呢？」我有點尷尬，而更多的是緊張。

「好歹妳是半個主辦人呀，不是嗎？」

「你怎麼知道？」

「楊欣怡說的。」他的眼光朝正穿梭在眾人之間的楊欣怡瞧了一下。聽他說起，我這才知道，原來國中畢業後，楊欣怡跟不少同學都一直保持著聯絡，雖沒正式辦過同學會，但他們還是有往來的。

「念女中的壓力會不會很大？」

「還好，習慣就好了，就跟以前國三的生活差不多。」我點點頭，問他：「你呢？」

「五專嘛，什麼都沒學會，就光學到打麻將跟養魚而已。」

他說到養魚，讓我心頭一震，我想起去苗栗參觀時，看到的那幾張畫。

「你養什麼魚？」

「一種很玄的魚。」魏嘉錚說著，從他的皮夾裡拿出一張照片來，那是對著水族箱拍的，一條額頭腫大的魚，渾身都是粉紅色，而身體中央，從魚頭到魚尾，有條斑爛的銀黑兩色花紋橫過，正是我在那本校刊上看到的魚。

「羅漢魚？」我脫口而出。

他開心地問我是不是也養過這種魚，我嚇了一跳，趕緊說：「沒，只是剛好知道而已。」

也許是彼此還有點疏離吧，我們沒有太多交談，陳婉孟過來跟魏嘉錚打招呼，問他怎麼改變這麼大，變高也變黑了，不過魏嘉錚卻回答得很敷衍，我猜他不但還沒忘記當年陳婉孟一腳踩爛他牛奶盒的那件事，甚至也許還頗爲記掛在心。

「你還在討厭她嗎？」等陳婉孟走開，我問魏嘉錚。

「其實不會。」

「可是你對她很冷淡？」

「因爲也沒有熟絡的必要呀。」魏嘉錚搖頭說：「以前身處在漩渦中，會隨著漩渦而有愛有恨，有喜歡也有討厭，甚至覺得眞想殺了她，可是一旦畢了業，離開那個環境，再過一段時間，回頭去看時，就不覺得怎麼樣了，充其量只是不想跟她當朋友而已吧。」

我點點頭，心裡有無數個念頭在飛轉，但不管怎麼轉，都是種不踏實的感覺。

「所以你的意思是，國中畢業後，那段時間裡發生過的一切，也就隨風而去，從此不再有任何意義了嗎？」我問得很小心翼翼，深怕洩露了任何一絲不該洩露的。

「該拋棄的拋棄掉就夠了，總不可能什麼都扔光光，不是嗎？」

「那什麼是你沒拋棄的？」我又問。

「當然是有價值的呀。」

「什麼是有價值的呢？」我有點心急，但卻不知道自己期待的是個什麼樣的答案。

「妳變成一個問題很多的人喔，」他忽然轉過頭來，笑著問我：「在台北住太久的人都會變這樣嗎？」

於是我不敢多問了，魏嘉錚跟曾國謙聊起養魚的經驗，我才知道原來這群老同學中，有好多人都養過觀賞魚，他們相偕到外面去抽菸，而我又繼續安靜地獨自喝茶。

茶店裡也供應餐點，或許是聊天聊得愉快吧，似乎沒人有食欲。到了中午過後，魏嘉錚始終沒有再過來我旁邊，他跟藝紜在聊著。我也很想走過去，跟藝紜打打招呼，不求解釋些當年的什麼，只是純粹老同學的問候，但我辦不到，這種念頭總在瞬間消逝，我忘不了國三畢業前夕，她鐵青著臉，跟我畫清界線的那一幕。

眼看著已經接近下午兩點，有人提議要離開茶店，去唱歌也好，或者兜風也好。我還在猶豫是否要一起續攤，卻看見魏嘉錚跟楊欣怡交談了幾句，然後帶著藝紜向大家告別，一起走出了茶店。他臨去前，還有回頭對我微笑，但藝紜卻連看都沒看我一眼。

「怎麼了？」我問楊欣怡。

「今天早上梁藝紜是給她媽媽載來的，所以要拜託魏嘉錚送她回家。」楊欣怡攤手，「少了兩個了，妳呢，唱歌的話，去不去？」

我為難著，說要考慮一下，然後楊欣怡開始到處去徵詢大家的意見。應該一起去嗎？這場同學會對我而言，背後的目的已經達到了，而我自知歌聲不怎麼樣，還需要一起去嗎？

「眞糟糕。」忽然有個笑聲在我耳邊，我嚇了一跳，整個人差點跳起來。魏嘉錚又跑了回來，原來他的手機丟在我們這一桌，忘了帶走。

「我先走囉，不好意思。」他語氣中帶點無奈。

「沒關係。」而我也只能微笑。

「說眞的，我很高興今天可以看到妳。」我看見一本正經的魏嘉錚，那比較像以前木訥的他。

「我也是。」

他給我一個淡淡的笑容，轉身前，我又問了他一個問題：「對了，你最近還會幫你的魚畫圖嗎？」

拿著手機，看著我，然後他呆住了。

總有些什麼是我們拋棄不了的，對吧？

問了魏嘉錚很多問題，但最想問的卻終究還是沒問出口。他跟藝紜現在是男女朋友嗎？也許也該慶幸著沒問，否則萬一是的話，那我該怎麼自處？

「那我呢？」同學會結束的當天晚上，我一到家就接到阿光的電話。

「妳這是在問我的意見嗎？」電話中，阿光說：「如果是我的意見，站在大人的立場，我當然希望妳就此死了心，祝他們幸福快樂；而如果是站在小孩的立場，我會跟妳說：那就去搶吧，這是個各憑本事的時代耶。」

「那你覺得我應該當小孩好呢，還是當大人好？」

「這問題問我不客觀吧？」然後換他為難了。

掛上電話，我知道他的意思，有些我們絕口不再提的，不代表就眞的不再存在。

回家幾天，週末因爲哥哥回來，所以老爸才有較多時間在家。不過那也不見得就是好事，他總在若有似無間，企圖提醒我們該去道場拜拜。

「我沒信教，我只信鈔票。」我哥隨口回答，差點氣壞了我老爸。

眼看著學校輔導課開課在即，我把行李收拾好，原本要直接回台北的，結果出門前看到門口放著一包菜，我就知道不妙了。也許是我媽人緣太好，所以經常有人餽贈蔬果，東家送來的空心菜太多，我媽就分一半給西家；西家送來的絲瓜吃不完，她又轉手分給東家，於是我們家從來不需要買蔬菜，而且這麼轉來轉去的還有剩。我媽把菜裝好，又要我拿到台中給姑姑。

「偶爾幫個忙，不要臭著一張臉。」我媽說著，要我提了那些菜，上了機車。

已經在暑假中，假日的車站並不擁擠，我坐在候車椅上，手拿著歷史講義，但一點看書的心情也沒有。這就是悵然若失吧？我這樣想。老車站在大地震後還屹立不搖，但卻老早人事已非。我想起魏嘉錚跟藝紜一起離開的那一幕。

這心情直到上了車，也依然久久不能釋懷。車內座位分成兩邊，其中一邊是單人座，原本我習慣一個人坐的，但因爲手上還提了一袋的菜，所以只好窩在雙人座位區，希望這沿路停靠的客運別不斷湧上乘客，否則我怕司機會要我爲這些菜也買張車票。

車子走走停停，我也昏昏欲睡。瞇著眼睛，才快要睡著而已，忽然聽見座位上的塑膠袋有被挪動的聲音，害我趕緊勉強自己清醒過來。

「這班車好像不是往台北的喔。」把那袋蔬菜拿開，魏嘉錚坐了下來。

「你怎麼在這裡？」我吃了一驚，接著很直覺地問他：「藝紜呢？」

「我怎麼知道？」他反而納悶。

今天的魏嘉錚看來比前幾天同學會時還要累，我發現他的手指上有很多白色黏稠的東西沾著，沒洗乾淨。

「你的手沾到什麼了？」我指給他看。

「嗯，沒關係，只是糯米粉而已。」他看看手掌。

我很納悶，糯米粉？

「我外婆在做一些家庭代工的小東西，白膠太貴了，所以煮糯米粉代替呀。」魏嘉錚問我：「妳知道中國古代的橋樑，很多都是用糯米當黏劑的吧？」

我點點頭，這我倒是約略知道，只是我很納悶，這時代還有人用糯米來代替白膠嗎？從我的臉上看出了疑惑，魏嘉錚解釋：「糯米粉跟水的比例是一比三，煮出來之後就會變成膠狀，那就可以黏東西了。」

「用米耶，不會發霉嗎？」

「加點防腐劑下去煮囉。」魏嘉錚說：「煮好以後，再加上一點氫氧化鈉，就可以讓糯米膠變性。因爲有黏性的東西大多是帶正電荷的，所以糯米膠必須從負電荷變性過去。不過因爲我外婆是要拿糯米膠來黏紙，偏差的酸鹼值很容易破壞分子結構，會影響紙的顏色，所以氫氧化鈉的劑量必須要小心控制……」

他一口氣說明下來，我得到的唯一心得，是自己的國中理化眞的學得很糟糕，同時也慶幸現在選擇的是社會組。

「你在專科念的是什麼科系？化工嗎？」我問他。

「土木。」結果他說。

「念土木的怎麼會知道這些？」我很疑惑。

「爲了多賺一點錢呀。」他嘆口氣，但也帶著微笑，「以前會覺得家裡窮，是一件不能跟別人啓齒的難堪事，不過現在也習慣了。」

我點點頭，心中恍然大悟。因爲經濟問題，所以他外婆才會一把年紀了還在做家庭代工，而如果用的是糯米膠，那當然會比使用白膠更省錢。

「那你不在家幫忙，還去台中玩？」我又提了一個問題。

「我是要轉車回學校暑修的。」他的表情換得很快，這時是黯然的神色。

於是我笑了，這是第一次，我跟魏嘉錚一起搭車，也是第一次，我們能夠如此不受打擾地談話。我曾經盼望這一天盼望許久，沒想到是在此時此刻的情境下實現。

魏嘉錚問我到台中做什麼，我把那袋蔬菜的原委告訴他，他點點頭，「這樣說來應該感謝那袋蔬菜，不然我就遇不到妳了。」

他笑得很淡，但看得出來是開心的，就像我一樣。車子出了迂迴曲折的山路，開上了快速道路，魏嘉錚接到藝紜打來的電話，約他在台中見面。

「她在等你？」我小心地探問。

「說要去喝茶，原來她又跑到台中去了。」魏嘉錚告訴我，藝紜念的是台中的一所私立女中，平常住校，寒暑假時則住在親戚家，平常也很少回鄉下。

「你們很常碰面呀？」

「算很常吧，反正苗栗離台中也不遠，不過大多都是她來找我就是了，我沒多少閒工夫這樣跑。」魏嘉錚說得很坦然，但卻讓我心中更添疑竇。

「她去找你，也是喝茶嗎？」

「不然呢？」

我也不知道自己在問什麼，總覺得這些話題讓我很敏感，想知道更多，但卻也怕知道更多。魏嘉錚聊起一些在苗栗的事，他又重拾畫筆，偶爾在學校餐廳打零工，平常則飼養、買賣羅漢魚。我試著讓自己盡量閉上嘴巴，別再亂提問題，以免問來問去又問到他跟藝紜的關係。

過去我曾有幾次都是搭車到台中，再轉車回台北，以往總覺得這一段往台中的路好漫長，但今天卻發現原來距離很短，短得讓我懊惱，我甚至後悔自己幹嘛在他問起我的生活時，還鉅細靡遺地描述著在台北的種種。反觀魏嘉錚，他只是簡單地說些他的日常，我希望多花點時間，也許他會談到關於感情的部分，但可惜的是，車子很快就到台中火車站附近了。

「下次有空的話，來苗栗，我帶妳出去玩好了，去過勝興車站嗎？」

我搖頭。

「龍騰斷橋呢？」

我又搖頭。

「通宵海水浴場總去過吧？」

我依然搖頭，「飛牛牧場倒是去過一次，高一的時候有班遊。」

「那種要錢的地方就跟我無緣了。」而他笑了。

車到台中，他幫我拎著那袋蔬菜下車，等我姑丈來拿菜，然後又陪我走到國光客運車站。看著我買了車票，這才打電話給藝紜，確定他們待會見面的地方。

「妳跟她，或者說她跟妳，看來還不太對盤。」魏嘉錚嘆氣，「我很想找妳一起去喝茶的。」

「沒關係。」我還給他一個有點勉強的笑容。

「多花點時間吧，又不是什麼深仇大恨的，好嗎？」他很誠摯地看著我。

「好像沒有理由說不好。」然後我笑開了。

他一直陪我到發車時間爲止，站在車門口，我將車票交給票務人員查驗截角，魏嘉錚點了一根香菸，就在我要上車前，他對我揮揮手，然後說了幾句話：「事實證明，除了臉瘦了點，額頭多了一個小疤痕之外，我沒有畫錯什麼地方。」

我愣著，停下了腳步，魏嘉錚笑著，「前天，我學弟打電話來，說上學期結束前，台北有個知名女中的校刊社學生，到我們學校去做過參觀訪問。於是我在想，如果妳看到了『羅漢魚』，那一定也看到那張『約定』了，對吧？」

於是一切又回到原點，希望這次的結局是美好的。

36

「眞難想像有人的日子可以悠閒成這樣。」看著阿光跟他腳邊滿地的漫畫書，我咋舌。

「沒辦法，國家不給我反攻大陸的機會，所以我只好看漫畫了。」他幾乎是整個人「淪陷」在沙發裡。

李媽媽在學校擔任教職，不過卻從不反對阿光看漫畫，走進他的房間，整面牆的書櫃，除了課業用書之外，其他的全是漫畫。等當兵的日子，剛好就是他複習這些閒書的好時光。

難得遇到補習班的隔週休，我特地來找阿光，把他從一堆漫畫書中給挖出來，邀他陪我去買手機、辦門號。

「幹嘛挑這時候呢？都高三了，最沒時間講電話的時候居然要辦手機。」

「我也不願意哪。」嘆口氣。我媽找我的時間大多是晚上，而偏偏阿姨是早睡的人，他們已經過了兩年在睡夢中被電話吵醒的日子，我媽這才覺得不好意思，寫了一張授權書，拿了身分證給我，要我自己去辦手機。

「不過這樣也好，以後我打給妳，可以不用再跟妳阿姨寒暄半天。」他搓搓看漫畫看得有點疲勞的眼睛。

手機是新的，門號也是新的，我感到非常不習慣，自己變成有手機的人了。捷運紅樹林站的後面有腳踏車道，旁邊還有個小公園，我們坐在公園邊，一起研究起那支新手機，阿光把自己的號碼先輸入通訊錄裡。

「還有誰的電話要放，我幫妳一次弄完吧？」

「阿姨家的、我家的、毓慈跟秋屏的……」我從小包包裡拿出記事本，唸了幾個號碼給他。

「少了一個。」

「不會吧，家人跟社團的都有了呀？」我對著記事本又看了一次。

「魏嘉錚的呢？」

忽然從他口中聽到這名字，我的心整個沉了下來，「我應該跟他要電話嗎？」

「我以為妳會呀。」

是嗎？我自己也不知道，親眼見到魏嘉錚跟藝紜的親近，又聽到他們常見面，我相信儘管已經過了兩三年，藝紜對魏嘉錚的感覺一定還沒變，甚至會比以前更喜歡他，那我還應該捲入其中嗎？況且，我跟阿光之間，也還不算塵埃落定吧？

「如果妳是因為我的緣故，那大可不必，真的。」我的兩層顧慮，阿光想到了一半，搖搖頭，他很認真地說。

「等以後吧。」我有種心酸的感覺。

今天的淡水上空堆滿雲層，陽光顯得無力，傍晚也沒夕陽可看，不過卻有絢爛的雲彩，許多揉在一起的顏色，形成了燦爛的霞景。

「兵役的事怎麼樣了？」看了很久的天空，我問阿光。

他告訴我詢問後的結果，說暑假期間沒有大專生的梯次，要等到九月以後。

「那這兩個月，你有什麼打算？」

「看漫畫吧，不然呢？」阿光把公園座椅當成他家的沙發，又呈半躺姿勢，「人生有太多時間都花在等待上，之前在等論文資料齊全，後來在等論文成績公佈，現在在等當兵，除了這些之外，還順便等妳。」

「等我？」

「等妳考完大學，等看妳情歸何處呀。」他笑著，用腳踢踢我。

我閃身躲開他一腳，微笑著問他：「怎麼你看起來似乎等得很開心，不管是等什麼，都一點心急的感覺也沒有？」

「急也是等，不急也是等，反正答案早晚會來。」阿光坐起來，把手機的說明書跟配件收進盒子裡，和我一起沿著腳踏車道慢慢走，「也許那些答案不能盡如人意，但不管妳想做什麼後續的動作，總之都是要先等初步的答案出來，對吧？」

「所以呢？」

「所以妳只要先問自己，到底準備得夠不夠多，是不是問心無愧就好了。」他轉頭對我說：「就像聯考，也像愛情。」

關於聯考，我想我的用功程度應該是沒問題的，當同學們還去逛街時，我在補習班上課；當社團的人去過苗栗之後，接著幾個星期又往新竹跟桃園的學校跑時，我則在家念書，我相信在這件事情上，我並沒有辜負我自己。

但愛情呢？爲什麼我還這麼怯懦不前？回樹林的列車上，我想起阿光說的一些話。在捷運站外，我拎著裝了手機跟配件包的紙袋，準備踏進捷運站，他說：「我常問我自己，是不是個積極的人，大部分的時候我相信我是，但只有在某些情形下，我會顯得被動，而這就是這些年來我沒交過女朋友的原因。所以每次到了最後，我都會自我檢討，是不是問心有愧？而答案往往都是肯定的。」

「那這次呢？」

「不知道，」阿光搖頭，「我只是在告訴妳，別跟我一樣而已，不管妳選擇的是什麼方向。」

所以我該怎麼做呢？在列車上，我把手機拿出來，檢視著其中的電話號碼，裡面沒有魏嘉錚的，我應該設法把他加進去嗎？應該嗎？

被動的人，註定了在愛情中聽天由命。

我已經當過一次這樣的人，而這回呢？而你呢？

37

再見到魏嘉錚，是暑假過了快一半之後。起先是楊欣怡打了通電話給我，她抱怨說我很難找，手機老是不開機。

「妳怎麼有我電話？」我納悶。

「當然是妳媽給我的呀。」在電話中，楊欣怡跟我要了電子郵件信箱，她已經整理出老同學們的通訊錄電子檔，要寄發給大家，還問我要不要將這個手機號碼也附註進去。

「好呀。」我答應她。

如果老同學們都有了我的手機號碼，那誰會是第一個打給我的？會是魏嘉錚嗎？我原本是這樣想的，但沒想到楊欣怡在我預料之外地拔得頭籌。

通訊錄在幾天後寄來，我從學校圖書館的電腦裡打開信箱，把它印了出來。不過那上頭的電話號碼群，一個也沒被加進我的手機裡。我想目前這樣是最好的吧？

毓慈抱怨著這是個不得安寧的暑假，今年她哪裡也去不了，甚至連制服都擺脫不開。我們上完一天七堂的輔導課，就如平常地往懷寧街走。秋屏一直喊肚子餓，她們正計畫著晚餐，最後的決定是叫外送披薩，就約在補習班外面。

而那或許就是天意吧，毓慈的手機沒電，秋屏的忘了帶，所以最後只好用我的。平常我總習慣上學就關機，直到晚上離開補習班才開，當下爲了她們要叫外送，所以我將電話打開，而一開機，就看到一封簡訊，發話人是個陌生的電話號碼，內容只有簡短幾個字，寫著：「師母找妳，有空記得去看她。」

我愣了一下，這是誰傳給我的？電話借她們用完後，我一直猶豫著是否要回電，因爲知道我跟師母有往來的，其實只有一個人。

台北街頭人車熙攘，毓慈跟秋屏還在想像披薩外送員的長相，我走在人行道上，盯著那個號碼良久，最後終於還是按下了發話鍵。

「所以她找妳只是爲了這件事？」問我時，魏嘉錚笑得合不攏嘴。

師母大概是認識的學生太多了，居然忘了我今年才要升上高中三年級，她準備了好幾份禮物，說要託我轉送給以前班上常去光顧她小店的同學，當作是恭賀大家考完聯考。

「眞是天才。」我也覺得好笑。

又搭上往台中的客運，魏嘉錚聊起了師母，從他國小時，師母就很關心他，不但會請她老公帶零食或文具給他，有時候甚至會拿便當。

「便當？」我有點驚訝。

魏嘉錚點點頭，說：「我爸死了，我媽跑了，外公跟外婆還要下田呀，有時候就沒時間做飯給我吃了。」

而我也才知道，這幾年來，他的外公、外婆年紀都大了，就像我爸一樣，也把田地賣了，差別是我爸拿著錢往道場跑，他外公則把錢存在農會裡，等著有朝一日，身故之後，要留給這唯一一個始終陪伴著他們兩老的外孫。

「那有多少錢呀？」

「大概幾百萬吧。」魏嘉錚自己也不太清楚。

幾百萬？感覺上是個很龐大的數字，但那到底是多少錢，或者象徵著什麼意義，其實我也不清楚。

「可是你不會要，對吧？」

「嗯。」他點點頭，但又忽覺不對，「妳怎麼知道？」

「不知道，直覺你不會要，否則幹嘛還需要打工？」我笑了，而他也笑了。

今天的車子開得比較慢，我朝窗外一瞥，外頭是一片青翠的遠山，忽然覺得這種輕鬆聊天的心情，還比上次的同學會更像同學會。

「話說回來，」魏嘉錚還沒笑完，他坐直起來，認真地看著我，「妳跟國中的時候差別好大。」

「怎麼說？」我納悶地摸摸自己的臉，雖然瘦了點，但長相應該沒變吧？

「我說的是個性。」魏嘉錚說：「妳比以前愛笑，比以前活潑很多。」

「是嗎？」

他煞有其事地點頭。

我想或許眞的是吧，在台北的這兩三年來，我很努力變得開朗，會設法讓自己更融入班上的群體，也學著怎麼跟同學們有更多往來。現在想想，如此自覺性地改變，或許正是爲了彌補，彌補國中時因爲我凡事都膽怯的個性，而所遺留下的缺憾吧。

星期天下午，我不急著回台北，早上先去看望師母，下午則是魏嘉錚在車站等我，那天我回電給他，除了談到師母之外，他還約了我，一起到台中車站附近的水族館去，說好要讓我看看活著的、在水裡游來游去的羅漢魚。

我不常回小鎭，台北我也很少逛，台中則更是我所陌生的地方。魏嘉錚帶我從火車站附近走來，晃到一個老舊而且髒亂的市場。對於市場中的巷道，他顯得非常熟絡，想必這一帶是他常來的地方，而我也可以想像，每一次他來這裡，身邊應該都有藝紘陪著。

「看，羅漢魚。」打斷了我的思緒，魏嘉錚指著眼前的水族館，店家門口擺了很多個水族箱，而每個箱子裡都只有一條羅漢魚，有些箱子與箱子之間還用紙做間隔。

「羅漢魚是鯛魚的一種，這種魚鬥性很強，有地域性，得像鬥魚一樣分開來養，甚至箱子之間還要遮一下，以免牠們看見彼此，會不斷衝撞水族箱，想去攻擊對方。」他指著那間隔水族箱的紙。

看著那活潑的魚，隨著魏嘉錚的手指而移動身體，我爲牠們的天性感到悲哀，爲什麼牠們無法和平共處，非得分個高下不可呢？

「不過當然也有不隔開的時候。」魏嘉錚又指給我看，有幾個水箱不隔，就讓裡面的羅漢魚不斷對看，甚至任由牠們去衝撞。我好奇地問他原因，他說：「這種魚的身價，要從三個方面評斷，第一是魚身上的花色；第二是禿頭的程度；第三則是牠們跟主人的默契。」

我聽得一頭霧水，魏嘉錚笑著解釋，魚身花色是天生的，跟主人的默契要靠訓練，而比較簡單的是第二個標準，養魚人之所以要讓牠們不斷衝撞，就是爲了把頭上的腫塊再撞腫一點，以抬高販售時的價值。

「眞變態。」我笑著說。

我對觀賞魚的認識非常少，而起先魏嘉錚的所知也不多，專一時因爲學長的介紹，他才開始接觸羅漢魚，再加上自己不斷摸索跟到處請教，現在才小有心得。他在苗栗養了一些，偶爾也會跟其他養魚人做交易，算是既滿足興趣又能賺錢。

「你說這是一種很玄的魚，玄在哪兒？」跟他一起蹲在店外，我們看著那些魚。

「這種魚很怪，如果有人開價要賣，也有買家出價，而之後賣家又反悔的話，那條魚一定會有兩種下場。」魏嘉錚看得很專注，眼睛完全沒瞄向我這邊，但嘴裡繼續說著：「賣不出去，或者病死。」

「眞的假的？」我有點不信。

「當然是眞的。這魚呀，妳第一眼看到牠，有時就會直覺地認爲牠應該要屬於妳，當妳有這種感覺時，就大方出個價，看老闆賣不賣。而且只要妳堅持不懈，保持著企圖心，牠就會眞的賣不出去，遲早有一天，老闆得把魚賣給妳。我就常常遇到這種事，也總是在熬到最後時，順利把魚給買下來。」

「太玄了吧？」我啞然失笑。

魏嘉錚停止逗弄水族箱裡的羅漢魚，他站起身來，點了一根香菸，「其實也不會很玄。」我還蹲在地上看魚，他吐出一口長長的煙，用很堅定的語氣，我聽到他說：「是我的就是我的，只要我永不放棄，就像愛情。」

如果你沒放棄過，那請告訴我，好嗎？
因為，沒放棄過的其實不只你一個。

38

我刻意不提起關於藝紜的事，希望可以避免一些尷尬，不管他們之間究竟有沒有情愫，魏嘉錚夾在中間畢竟爲難。

那次見面後，我們又開始各忙各的生活，學校的輔導課上得比正規課程還緊，老師們提供了許多更犀利的解題技巧與觀念，再加上補習班的壓力，我有點喘不過氣來。而魏嘉錚雖然上的只是暑修課，不過他缺的學分實在太多了，所以課也很滿。我不必問他，爲什麼學期中不多修點課，因爲我知道，他得錯開一些課程的時間，理由是爲了打工跟養魚。

那一年台北的夏天很熱，幾乎讓人受不了。而就在即將開學前，阿光終於收到他的服役通知單，時間是深秋的十一月初，新訓中心則是在新竹。我很納悶，怎麼會編到新竹去，阿光說那是因爲他其實是新竹人。

「你什麼時候變成新竹人了？」

「我一直都是呀，那是籍貫嘛。」他說。

入伍日期確定了，現在阿光可以更理所當然地享受他的閒散，甚至跟他研究所的同學一起去登山、露營，眞是一派快活的好日子。

當學校終於開學，緊鑼密鼓的考前課程正式開始，而我們卻還沒完全接受自己已經升上三年級的事實時，第一次月考忽然就過了，我連那些考卷是怎麼寫完的都不知道，校刊社的學妹們就爲我們辦了一場送舊會。

「要不要這麼現實呀？」毓慈都快瘋了，「現在才上學期剛開學耶！」

「冷靜點，其實已經考完第一次月考了好嗎？」我拍拍她的肩膀，「現在我們終於知道，去年幫學姊送舊時，爲什麼她們會一臉怨恨的樣子了。」

「東西都準備好了吧？」那天很晚了，我剛到台北車站，打開手機，準備要去搭火車時，卻收到阿光的訊息，他在北一門外等我。

「不只其他的東西，我連頭髮都收好了。」他摘下帽子的同時，我也爆出了一聲大笑，那顆光頭眞是太可愛了。

「新兵訓練中心有人會幫你理的，幹嘛自己去剃了光頭？」要他坐下來，讓我搓搓那顆光亮的腦袋，愈搓愈好玩，這輩子還沒這樣玩過光頭的經驗。

「我可以拍拍看嗎？」

「當然不行呀！」

「我爸他們道場裡有很多人理光頭，說是要六根清淨地在家修行，我每次看到，都好想一掌拍過去，看會不會拍醒他們。」我不敢眞的太用力，不過還是偷偷地逐漸加重力道，拍在阿光的光頭上，直到被他發現爲止。

「回來！換妳的腦袋讓我拍！」氣得他直追著我跑。

夜涼如水，跑累了之後，阿光喝著從便利商店裡買來的咖啡，跟我一起窩在陸橋上，俯瞰這入夜後依舊繁忙的城市。

「繁華似錦，以前只覺得又亂又吵，巴不得快點回家，可是現在看，又覺得它其實還挺美的。」戴回了帽子，阿光攀在欄杆上說。

「怎麼忽然覺得它好看了？」

「大概是因爲未來會有一年多的時間沒機會看吧。」他苦笑。

這就是男生們面臨兵役時的心情嗎？向來都很沉著的阿光，今天顯得有些茫然與不安。我努力回想，不過卻不太能回憶起當初我哥要當兵時的情形，大概我這個妹妹太不盡責了。

「別那麼擔心，還會放假的。」我安慰他，「笑一個吧，這不像你呀。」

「很難笑呀。」他皺眉，「聽說在新訓中心的壓力很大，有的人會便秘，有的人會拉肚子，有的人會一天到晚打電話、寫情書，也有的人會精神狀況異常。」

「那你會怎麼樣？」我愈聽愈恐怖。

「我猜我會很想妳。」結果他嘆了一口氣。

然後我沒說話了，自己都察覺到臉上的笑容變得有點僵硬。暑假時我跟魏嘉錚去看魚的事還來不及告訴阿光，每次見面的時間都很短暫，原本我還冀望今晚可以跟他聊聊的，但現在我該怎麼說呢？

路上的車子很多，車燈連綿成一條又一條的光河，就從我們腳下流過，我也攀在欄杆上，心裡想著的雖然跟阿光不同，但彼此都一樣茫然。

「呼……」他忽然又嘆了一口好長好長的氣。

抬頭偷瞄了他一眼，阿光看著路上的車水馬龍，視線停在很遠的地方。今天的他不像平常，向來阿光總是神色自若、沉著鎮定，不管發生什麼事，他總能冷靜處理。我太習慣那樣的他了，今晚忽然看見他情緒低落的樣子，一來有點不適應，二來也有點內疚，恍然驚覺，阿光終究只是個人呀，我平常總把自己的問題拿來煩他，卻從沒想到，他也會有困擾與煩惱，也會有心情不好的時候。

「對不起……」

「幹嘛說對不起？」他愣了一下。

「我好像是個很不稱職的朋友。」我笑，但笑得很難過。

他看著我，而我的視線卻不敢與他交會，只能低著頭。

「不要想太多，傻瓜。」他拍拍我的肩膀，「找妳訴苦，這從來都不是我的本意。」

我把阿光入伍的日期寫在記事本上，也把自己的地址抄給他，等他入伍後，如果我人在上課，電話沒開機，那麼至少他還可以寫信給我，並且我要他將新訓中心的會客或假期時間告訴我，我一定會抽空去看他。

「都高三了，妳能來得了嗎？」

「我會盡量。」我鄭重地點頭。

他笑著搖頭，直說沒關係。

「總之你記得跟我說就對了，我自己會斟酌情形呀。」一起走下陸橋，往車站的方向，不管那光河再美，我們終究不得不回家的時刻還是會到來。我有點不捨，今晚過後，下次能這樣一起在陸橋上看著夜晚的台北、放鬆心情地聊天，已經不知道是什麼時候了。

「會客或放假，大概我爸媽都會來，如果妳也過來的話，我怕妳會不方便。」阿光說著他的顧慮。

「那至少我可以為你做點什麼吧？缺什麼的話我幫你買了寄去？」我有點心急。

「寄東西應該就不用了，但如果可以的話，我倒有個小小的心願。」阿光想了想，但卻不說出口。我用疑惑的眼光看著他，看了許久，他問我：「還知道我名字『韶光』的意義吧？」

「嗯。」我點頭，韶光意指美好的時光，我想這輩子我都不會忘的。

「如果可以，我入伍的前一天晚上，再陪我看一次夜景，好嗎？有妳陪著我看風景的時光，對我來說，就是最美的時光。」說著，他的聲音漸低，而我開始鼻酸。

我只能為你做這麼多，於是我答應你。

答應阿光時，我們誰都沒想到，他的集合地點是在新竹市政府外，時間是清晨六點整，這意味著，他必須提早一天就回新竹老家，隔天才能夠準時報到。而我回家後，對照年曆一看，報到開訓的當天是星期一，所以前一天的週末假期雖然剛好遇到補習班的隔週休，但我也不能回老家，否則恐怕就沒辦法去新竹找阿光了。

沒兩天，他也發現了這問題，打電話來跟我說還是算了，大不了他星期天晚上再回新竹就好，要我別跑這一趟。

「那怎麼行？說好了是我去找你的。」我不要他爲了我而往返奔波，一來是我已經答應了，二來他才是要當兵的人，沒理由要他來陪我才對。

「新竹沒夜景可看喔。」電話中他說。

「那是意義上的問題。」我堅持著。如果連這一點我都做不到的話，那我怎麼對自己交代？

生活中少了長期滋養我們心靈的社團，再加上面對的又是即將決定人生方向的一次大考，大家都顯得有些浮動，課上得不是很能專心，下了課也心神茫然。

「好想回社團去晃晃。」窩在扇形廣場邊，看著校園裡紛紛走過的學妹跟同學，毓慈嘆著氣，「可是又覺得這樣好像不太對。」

「怎麼說？」

「暑假快結束前，我打過電話給光姊跟徐老師，他們都只會叫我們多念書，別去煩惱社團的事，我們要是跑回去，他們應該會嘮叨吧，可是我眞的好想去看看哪。」

「連阿光自己都沒去社團了，以後去了也只會遇到徐老師吧？」

「阿光？妳叫他阿光？」毓慈忽然瞪大眼睛，「妳怎麼知道他沒去社團了？」

我倒吸一口涼氣，差點就要漏餡，心念電轉，趕緊扯了個小謊，「他也有打過電話給我，就那麼一次，說以後可能不會去社團了嘛。」

我已經懶得再試圖找機會，向任何人解釋關於我與阿光的事了。儘管私密，但它並不可恥，我也覺得光明正大，只是現在我更希望多一事不如少一事，反正就是單純的朋友之交，那應該不需要讓全天下都知道吧？

阿光最近忙著準備一些新訓中心會用到的東西，比如防蚊液、信封、信紙跟郵票、電話卡，以及一些文具用品，還有衛生褲跟免洗襪之類的。另外他也回學校去，把一些雜事處理完，有些跟學弟們一起做的報告，他還要把自己的部分也先完成。

「幹嘛這麼辛苦，你都畢業了耶？」蹲在馬路邊，低頭檢視他買來的一大袋日用品，我問他。

「來時明白，去時也應該明白呀，總是責任嘛。」

才沒幾天，他的光頭上就長出了細細短短的雜毛來，看來入伍後免不了還是要再被剪一次。陪他到國光客運站，阿光今天就要回新竹了。

「台北這邊的事已經處理得差不多，會讓我放心不下的，也只有妳了。」在車站裡，他看著我。

「有什麼好不放心的呢？我的生活只有乖乖地上課跟下課而已。」

「妳確定是乖乖的嗎？」他瞄著我，然後笑了出來。事實上，今天我就是蹺掉了補習班，跑來車站送他的。

我一直都相信，生命中的每個轉折，都會帶來不一樣的影響，而這些影響會驅使人不斷往前走，並引起之後的更多更多影響。送阿光回新竹後的幾天，我跟阿姨搭上火車，要往瑞芳去時，心裡這麼想著。

外公的身體時好時壞，他開枝散葉後的子孫們分居各地，平常只跟一些親友，以及一條老狗住在一排低矮的舊房舍裡。瑞芳多雨，深秋後更是。原本這星期我哪裡都不去，就等著週日下午要到新竹去一趟的，但沒想到週五傍晚，阿姨卻接到媽媽打來的電話，說外公身體又有點不適，希望住得比較近的阿姨，可以找時間回去看看。我知道媽媽跟阿姨心急的原因，畢竟對年邁的外公而言，身體的每一次病痛，都可能間接或直接地結束他的生命。只是對我而言就麻煩了，如果去了瑞芳，那我星期天下午還能不能有時間到新竹去呢？

在阿光入伍前再見一面，這是我承諾過的。來台北的生活已經進入第三年，高一的我懵懵懂懂，對什麼都感到新鮮，卻也對什麼都感到膽怯，除了社團，我沒有其他的休閒娛樂，連捷運怎麼搭都不太會。而高二認識阿光後，我的生活變得精采多了，他帶著我們到處去做採訪，帶著我去過淡水，跟我一起學騎機車，在我跟家裡衝突得最嚴重時，是他給了我一個避風港、防空洞，讓我得以在苦難頻仍時，還有一塊安穩的地方可供休息。而以後呢？以後會怎樣呢？當我必須孤身一人，在台北過我這高中的最後一年時，我能不能堅強獨立呢？

台北到瑞芳並不遠，下了火車，我在市場先買了幾支龍鳳腿，這是外公最喜歡的小吃。沿著狹窄而又老舊的街道，一路往外公家走，距離不遠。那一帶低矮的房舍，屋頂都鋪了黑色的瀝青，以防止過多的雨量浸滲到牆壁裡。從巷口進來，幾乎每一戶人家都認識阿姨，她跟我媽一樣，都在這裡長大。

我原本已經盤算好了，星期六跟阿姨一起來，陪外公吃飯、聊天，明天中午再從瑞芳搭火車到新竹就好，相信阿姨不會反對，外公也不會見怪才是。只是我卻怎麼也沒有料到，轉過兩個巷口，到了外公家外面，卻赫然看見門口多了好多雙鞋，而其中一雙，是我爸穿了很多年，我們也看了無數次的黑色牛皮鞋。

「怎麼這麼晚？」打開紗門，就看到我爸皺著眉的樣子。

40

人算，永遠不如天算。

外公的身體狀況不好，視力退化許多，平常也少出門。不過還好這左近都是親戚，外公家的隔壁就住著一位表姨，表姨大我不過七八歲，非常年輕，還是外公幫忙帶大的。她跟外公的感情很好，這從外公身上的衣服就看得出來。她把七十多歲的老人家打扮得非常時髦，身上那件上衣居然還有米老鼠的圖案。若非近年來外公的腿關節退化太多，以前他還常常讓表姨帶著去逛基隆市，更因此而愛上了麥當勞的漢堡。

因爲我們的返鄉，表姨跟鄰近的親友也過來串門子，小房子裡相當熱鬧。我不愛攪和其中，不過卻樂意旁觀。當然，看到我爸時，我會把頭轉過去。

「妳跟妳爸很不對盤嗎？」吃過晚飯，表姨拿了幾件還很新的衣服給我，全是迷你裙跟小背心，那是我這輩子大概都不會穿的，不過也看得出來表姨很愛惜衣物。

點點頭，在小閣樓裡，我跟表姨聊起了家裡的事。表姨嘆嘆氣，說我的個性像外公，平常溫溫吞吞，但是性子一來，卻執拗得很。

從下午到傍晚，我都盡量避開我爸，反正跟他也沒什麼好說的，而且我還得想一想，怎樣才能順利地在明天中午就脫身。晚餐後，外公興致高昂地親自泡茶，但我卻沒有下樓。魏嘉錚打了電話來，問我最近可好，很高興能聽到他的聲音，聽到他說暑修的科目都過關了，而羅漢魚又順利產卵，現在他正忙著照料那些小魚苗。

「取名了沒？」我問他。

「取什麼名？」

我說既然有新生命誕生，當然要給牠們取名，魏嘉錚大笑著，跟我說：「那些活下來的魚，如果跟著我姓，從魏一開始取的話，依序排下去，大概可以叫到魏三百了。」

他的話搞得我很不好意思，對於養魚，我實在太無知了。電話中也聊起了阿光，我不想對他有什麼隱瞞，就像對阿光，我也會老實說出魏嘉錚的事一樣。

「所以不管怎樣，妳明天都非得去一趟新竹不可？」

「嗯。」我聽見自己堅決的聲音。

「那我會盡力保祐妳的。」而他居然這麼說。

掛上電話，稍後阿光也傳來訊息，說新竹正下著雨，如果不方便，要我還是別跑這一趟了，反正他新訓中心有放假時，會找時間來找我。那封訊息我沒有回，因爲即使沒回，他也能明白我的意思。把阿姨給的那幾件衣服收好，我下樓來看看。

老爸跟幾個親戚正在聊著道場裡的修行，講得非常理想，活像一個烏托邦世界。很多事找他商量是沒用的，所以我跟我媽說了，媽媽沒有反對，她比較在意的是阿光到底是我的誰。

「朋友，一個教我很多，也幫我很多的朋友。」我說。

我想如果媽媽不反對的話，那麼明天下午我收好東西，只要再跟外公道別也就夠了，能不爭吵當然是最好的，否則也只是讓外公徒增爲難而已。我跟媽媽達成了共識，明天中午，我自己開口之前，她不會先跟我爸說。晚上我跟阿姨一起睡，因爲她知道阿光，所以我也特別跟她說了一下，萬一明天有什麼問題，能多拉一個人站在我這邊總是好的。

「妳確定妳爸不會發飆？」她小聲地問我。

「應該吧？」我有點心虛。

「我可不這麼想。」她嘆口氣。

瑞芳下了一整晚的雨，我的心情也滴滴答答地忐忑著。實在不願跟我爸再發生衝突，但萬一避免不了的話，那我該怎麼辦？

那樣爲難的心情，讓我在隔天醒來時精神非常不濟，梳洗後，才發現已經快接近中午了。樓下傳來烹炒菜餚的香味。我下樓時就帶了自己的包包，這一趟來，原本就沒什麼行李，阿姨給的衣服又都輕薄，直接塞進背包就了事。

「一起吃飯，吃完大家上九份去走走。」樓下一堆我不太熟的親戚，其中一位我也應該要稱呼她爲阿姨的中年胖太太，她拍拍我的肩頭，笑得很慈祥。

「現在成績好嗎？」外公端著一盆小盆栽從屋外進來時，問我成績，也問我肚子餓不餓。

「都還好。」我笑著，一次回答他兩個問題。

「妳媽很囉唆，我早叫她不要煮，我請你們吃麥當勞就好了。」他放下盆栽，看著那已端上來的一桌菜。

除了健康問題，外公的幽默與活潑，其實絲毫不亞於中年人，他坐了下來，要我在他旁邊，問我何時要回來長住。

「等考完吧，不然最近很忙，要聯考了。」我說著。

「嗯嗯，那不然妳這星期多住兩天好了，台北到基隆那麼近，沒關係吧？」不等我回答，他側頭往廚房方向叫喚我媽的名字，用他雖不宏亮，卻絕對能讓滿屋子人都聽見的音量說：「阿寧今天在這兒再睡一晚，就不跟你們一起回去了哪！」

我吃了一驚，趕緊小聲地跟外公解釋，說我不但不能多留一夜，甚至下午也沒辦法跟大家一起去九份。

「爲什麼？」外公疑惑地看著我。

我不知道該怎麼說，老人家用他已經模糊的茫然目光，怔怔地看著站起身的我，我的計畫被全盤打亂，尷尬不已，不得不提早在吃飯前，就把今天要去一趟新竹的目的說了出來。而更慘的是，當我戰戰兢兢地跟外公解釋時，我爸就站在我背後。

那是一頓非常痛苦的午餐，我連筷子都不太敢動，心裡七上八下。我媽跟阿姨也忐忑著，不時望向我，再看看一臉寒霜，滿是怒容的我爸。

「多吃點呀，不然下午在火車上會餓肚子。」忽然，外公挾了一塊糖醋肉到我碗裡。我心虛卻也感激地跟外公說謝謝。他是同意我提早離去的。

「自己沒手嗎？要妳外公挾給妳？」而對面的我爸卻冷冷地開口了。不敢搭腔，我把頭低得更低。媽媽已經跟他解釋過了，阿光是一個對我來說非常重要的朋友，所以我才不得不提早離開。

「難得回來，就這麼一下午也待不住，看妳念書都沒那麼認眞。」他又狠狠瞄了我一眼。沒說話，我的鼻尖都快碰到手上的飯碗了。媽媽跟阿姨也不敢多說，大家只好自顧自地吃著飯，暗自希望我爸嘮叨完了，沒人附和的話，紛亂也就會停了。只是誰也想不到，剛剛說要去九份的那個胖阿姨卻搭話了，還說什麼女大不中留之類的。

「可不是，跟她哥一樣，叫她來道場拜拜也要死要活，放個暑假也很少回來。」我爸說。

「小孩子好動嘛，現在的孩子跟以前不一樣了呀。」那個阿姨還在說。

「那叫作叛逆，以前長輩教訓小孩，哪有人敢多說一句話？現在呀，唸個兩句就要還嘴了。」我爸說著，完全不顧我媽在旁邊對他使眼色。

我只覺得手上的飯碗好重，飯又怎麼吃都吃不完似的。耳裡是我爸跟那個胖阿姨的碎語，然後坐在我爸另一邊，一個我不認識的長輩也加入了話圈，說這就是我爸當初的失策，不該讓我到外面念書，家裡人管不到，很容易在外面受到朋友的影響。

這時我開始覺得有點生氣，也爲阿姨抱不平。他們並不是眞的認識我，憑什麼在這裡，當著我的面，當著外公的面，更當著照顧我兩年的阿姨的面，批評我在台北的一切？

「還沒交男朋友的話就還好啦。」那個胖阿姨又說：「像我女兒呀，交了男朋友之後，眼裡哪還有家人喔。」

「才幾歲，交什麼男朋友？」另外那個親戚也說著。

我很想問他們，究竟有沒有把外公放在眼裡，同時也怨怪我爸，爲什麼跟著人家的話頭就隨之起舞。到後來我索性不挾菜了，大口大口地，將剩下的半碗白飯用力塞進嘴裡，我不想聽他們說話，只求在最短時間內，離開這張餐桌。

「幹什麼？」看到我大口把飯吃完，拿著飯碗正要起身，我爸又叫住我。

「我吃飽了。」隱忍著，我不看他的臉，低聲地說。

「誰叫妳先走的？妳外公吃完了嗎？」他放下手上的筷子，雖然不大聲，但口氣已經嚴厲至極。

「沒關係啦。」外公終於也看不下去了。

「怎麼沒關係？一點禮貌都不懂！」我爸瞪著我，「到了外公家還這樣，說妳兩句而已，耍什麼脾氣？」

「我沒有。」我咬著牙根。

「那個男的是妳什麼人？能有多重要？這裡這麼多人難道比不上他一個？妳認爲妳對妳外公交代得過去？」

「外公說我可以去。」

「那我說可以了嗎？」這下我爸是眞的生氣了，他的聲調愈來愈高，音量也愈來愈大。

壓抑不住滿腹的委屈跟怨怒，有一滴眼淚從我臉上流了下來，我把碗放下，握緊了雙手，指甲用力掐進了掌心裡，但卻沒有痛的感覺。

「好了，別哭了，沒關係啦。」阿姨拉拉我的手腕，要我坐下。

我不知道自己應該怎麼做，才能讓這些人對我滿意，外公也沒了食欲，他放下碗，嘆了口氣。那口氣直嘆進我的心底，讓我對他充滿歉意。

「都高三了，馬上就要考大學，妳到底有沒有一點自覺？」我爸怒氣還未消。

咬著牙根，低著頭的我，看見自己胸膛劇烈起伏，也感覺到心臟的猛然跳動。我有種全身血液都衝到腦門的感覺，那股激動讓我終於再忍不下去，抬頭，我看著一臉憤怒的我爸。

「一天到晚往外跑，妳看妳是什麼樣子？有時間跑到新竹去約會，妳還不如直接滾回台北去念書。」我爸又罵了一句。

「大學我會考得上，你不必擔心沒面子，什麼我都可以聽你的，但是就今天不行。」輕放下手上的筷子，我跟外公說了一句對不起，轉身抓起包包，在臨走出門前，回過頭來，下定決心，當著所有人的面，我又說了一句話：「這個朋友，無論如何，今天我要見他一面。」

人對人的價值與意義，不能從年齡與性別判定。
懂的人就懂，不懂的就永遠不懂。

41

從自動售票機買了車票，在列車上，我一直不斷提醒自己，別哭，別哭，至少不該為了這而哭，只是，瑞芳的雨一直下到新竹，我的眼淚也就從瑞芳一路飄到新竹。

那種情緒始終揮之不去，我並不為此而感到悲傷，事實上我應該是被氣哭的吧？當火車終於抵達新竹車站，我從月台穿越通道，踏出車站出口時，心裡嘆了一口氣，這就是我爸，再過一百年都很難把他變回從前那樣子的我爸。

有著太多不愉快，所以來的路上我沒打電話給阿光，他都快要當兵了，不能再像以前一樣，像個大哥似的，在我身邊保護我，我應該學著獨立自主，況且，今天也不是個適合訴苦的日子，總不能讓他明天一大早，還要帶著擔心去報到。

車站對面是熱鬧的商圈，有書店跟百貨公司，但我一家也沒踏進去，踩著失魂落魄的腳步，穿越了馬路，細雨天沒有影響到這兒的熱鬧，我走過陌生的街，街尾有座像古城樓的建築，旁邊有小溝渠，整治得很華美，這天氣裡還有情侶撐傘散步。因爲那場爭吵的緣故，讓原本跟阿光約在晚上的我，提早到了新竹。我在小河邊逛了一下，又走進路邊的便利商店，買了一瓶海尼根啤酒，那好心的店員沒問我是否已滿十八歲，還貼心地幫我打開它。

那瓶身綠得很新鮮，晶瑩剔透，我握著酒瓶，坐在河邊的石塊上，安靜地一個人發呆。細雨淋身不濕，倒是很下酒的良伴。我安靜地坐著，不跟任何人說話，也沒有任何人理睬我。很想去想點什麼，但心裡卻總是空白。就這樣一直窩到了傍晚，沒有黃橙色的天空，只有周圍的霓虹開始逐漸亮起，而灰霾的天慢慢暗了下來。

「妳到新竹啦？」接起電話時，聽起來阿光的心情算不錯。明天就要入伍了，現在他還能保有這樣的精神，而一改之前的鬱悶，那讓我安心許多。

「未來的日子裡，如果我再遇到什麼承接不來的傷心，我就不能再直接打電話給你了，對不對？」我的聲音很輕，輕得像飄在空氣中無力的雨滴，「而就算我打給你，你也不能像以前一樣，就在我的背後忽然出現，給我安慰了，對不對？」

新竹的風沒有想像的大，這個我頭一遭造訪的城市，眞沒想到來的時候會是如此心情。阿光對這兒也不熟，他帶我到那小河附近的一家茶店來，那茶店還挺有趣，店家招牌是個很大的茶壺。裡頭裝潢古樸，可惜就是吵了點。原本不想跟阿光說起瑞芳的那些事，但他卻聞到我身上的酒味，不得已，我才只好說了出來。

茶店裡的飲料不怎麼樣，價錢倒是高得可以，不過慶幸的是眞的很大杯。平常很少喝酒的我，一瓶海尼根就醉了大半天，靠著酸到不行的檸檬綠茶，這才比較回神過來。

「沒有人陪著妳的話，以後還是少喝點吧。」阿光說著。

點點頭，我原本以爲今天跟他見面，兩個人可以很有話聊，至少也能像平常一樣說笑的，但不行，就是沒辦法，他安靜地慢慢喝著茶，我也不知該說些什麼才好。

「三年級了，應該沒時間跑社團了吧？」他問，我點點頭。

「功課還好吧？」

「也還好。」我又點點頭。

話題接不下去，我們誰都無可奈何。在這天以前，我曾想過許多祝福的話，但想想也不對，他不過是去當兵，還有放假的時候，有退伍的一天，似乎不需要說得像生離死別。只是我也知道，未來這一年多裡，他受完訓後，還不曉得會被編派到什麼地方，而我即將面臨聯考，會考到哪裡也還在未定之天。甚至他退伍後的生活，我考上大學後的日子，那是我們誰都不能預知的未來，充滿了各種可能性與變數。

「其實妳有很多話想說，對吧？」背靠上包廂的木牆，他曲起了腿。

「嗯。」我點點頭。

「沒關係，眞的，妳沒說，我也會懂。」

我又點頭，阿光一向都很了解我，確實，我知道他會懂。店裡播放著輕柔的音樂，不知名的女歌手在唱著輕而哀傷的慢歌，我聽不清楚歌詞，卻感覺到旋律的感傷。那檸檬綠我只喝了半杯，甜而酸澀的味道不適合多嚐。

「妳知道嗎，這陣子我常在想，不曉得等我退伍後，妳和我會是怎麼樣的光景。」阿光淡淡地微笑著，「可能會有那麼一天，我們就失去了聯絡，各過各的日子，而那不是我們誰改變了，只是環境不同了而已。因爲這樣，所以我會更懷念過去那些看著妳傻呼呼地思考的日子、那些我們約在台北車站的日子。我無法明確地計算出來，從什麼時候開始，對妳有了超過朋友的感覺，但卻一直都記得，當我跟妳說，二十一世紀的綠竹翁可能會愛上令狐沖的那一天，妳放聲大笑的模樣。」

我安靜地聽著，心裡卻百感交集，多久以前的事了？當初我以爲那不過是一句戲言，現在才曉得，那是不擅表達自己感情的阿光，花了多少時間，鼓起多少勇氣，對我做的告白。不過當時我還以爲他是同志，所以竟絲毫不曾放在心上。

在音樂聲中，阿光慢慢地說著：「因爲未來太遠，而過去太美，所以我們什麼也掌握不住，我只能希望著，也許在很久很久後，會有那麼一天，在有微風吹拂的下午，正在寫點什麼的時候，我會忽然想起妳。」

我也微笑，那聽來似乎是個很浪漫的畫面，但卻又充滿了無奈。

「其實我是很不安的。」終於，他說。

「我知道。」

到了晚上八點多，阿姨打電話來，提醒我是該回家的時間。我們離開茶店，往車站的方向走，阿光看著我買了車票。

「我會擔心，很怕以後眞的從此見不到面了。」他說。

「不會的。」我搖頭，努力微笑，「根據地理老師的說法，台灣就這麼三萬六千平方公里，要見到一個人並不算太難。」

「是呀。」而他也努力笑著。

在剪票口旁邊站了很久，當列車終於快要到來，當我終於不得不準備進去時，阿光打破了又一陣的沉默。

「其實，今天，我很想見妳，是因爲我想跟妳再確定一次。」他的語氣聽來躊躇不安。

「確定？確定什麼？」我疑惑地看著阿光，但他沒說，只是帶點焦慮地看著我，而那一瞬間，我明白了他的意思。

「對不起……」承接不住他那帶著企盼的目光，我的眼淚又流了下來。你是我最重要的依靠，帶著我走過了一關又一關，只是有些缺少的部分，那是我無論如何都做不到的。我在心裡對阿光這麼說，我知道他聽得見。那霎時間，所有我們一起有過的回憶紛至沓來，湧上心頭，我還記得自己曾答應過他，總還有一起去逛夜市的機會，但這麼簡單的約定，如今恐怕我也只得失約了。無力感蔓延全身，我蹲了下來，雙手掩面，眼淚比今天中午更氾濫，滲過指縫，我聽見自己的嗚咽聲。

「沒關係，至少我確定妳知道，那就夠了。」他點點頭，輕拍我的肩膀，然後又搖搖頭，「該說對不起的人是我，從那一天起，到現在都快一年了，一直要等到這時候，我才能再跟妳談到這問題，我想，或許我才是那個最不勇敢的人，對吧？」

「對不起……我……」我用手掩住了臉，已經說不出話來。

那天晚上，阿光給我一個擁抱，他的手很溫暖，抱著我，在火車站裡，輕輕地對我說：「所以我只能說謝謝，因爲是妳，陪我走過了學生歲月裡，眞正最美好的一段時光。」

當一切盡在不言中時，我用淚水，跟你道別。

珍重，而再見。

又一個桂花飄香的季節到來時，我們都已遠離昨天前塵。
只是曩昔畫筆依舊畫今朝的夢。
風不遠，人不遠，青春未老，心也不死。
約定著我們從前的約定，思念著因你而起的思念。

高一時，我曾在學校聽過一場演講，講師說，人生有許多階段，都充滿壓抑與煎熬，身處其中時，總叫人迫不及待想逃離。但當經歷過了，付出的努力也得到正比的回饋了，人除了驕傲與感動，有時還會覺得那段苦難的日子太短暫，似乎還沒累積足夠的痛苦，它就已經結束了。

七月初的午後，背著滿滿一背包的行李，從台北車站出發，電聯車在往基隆前進時，我回想起這三年來的日子，也想起那場演講。

褪去了綠衣黑裙，擺脫一天七堂課的生活。畢業典禮那天，我跟毓慈、秋屏三個人，手上抓著畢業證書，擁抱著流下眼淚，彼此互相祝福，一起將「綠園少女團」的名號正式送入歷史。

而那之後，除了補習以外，剩下的時間裡，我們都在家各自努力。直到七月初，一起帶著自信走入考場。作家邱妙津說的，裝滿腐肉的罐頭，如果能經過這最後一關的檢驗，那就可以順利出品。我不介意讓自己的腦袋裡裝滿陳腐的知識，因爲那些都是爲了聯考而準備，這是宿命。

只是，當我帶著滿足與欣慰的心情走出考場時，心情卻是與她們有點不同的。考得不算差，該要會的題目都沒問題，她們搶著在最短時間內，從考場外的補習班服務區裡拿到考題詳解，而我則是什麼也不想，什麼也不問，收拾好東西，獨自搭上了回樹林的火車。

每個人都來探問我的聯考成績，我也一一回覆，並感謝對方的關切。但事實上我已經打定了主意，不到正式放榜、收到成績單的那天，絕不去在意自己的分數。打點好隨身衣物與幾本書，我向阿姨辭行，感謝她這三年來的照顧。阿姨的眼眶是泛紅的，她堅持不讓我在這時就將所有屬於我的東西都帶走，非得等我放榜，看之後的打算再說。答應了她，所以我帶的東西很少，然後一個人又上了火車。去年秋天，我跟外公有個約定，現在得去履行。

「那夜大考試呢？妳不考呀？」臨行前，阿姨又叫住我。

「親愛的阿姨，現在已經沒有夜大聯招了。」我笑著對她說：「而且就算有，我也不想考。」

「爲什麼？」

「因爲我跟我爸說過，我會考上大學，我知道那兩天的考試，已經夠我完成我該做的部分了。」很堅定地，我跟阿姨說。她點點頭，不再多講什麼。而我沒告訴她的，是我雖然對自己的成績有自信，可是卻沒什麼想讀大學的意願。當初我承諾我爸的，是我會考得上，但卻沒說我一定會去念，因爲我已經不想再跟他吵了，也不想再用到他一分錢。

去瑞芳的前兩天，我打過電話給表姨，她已將小閣樓清理乾淨，讓我可以安心住下。

瑞芳沒變，龍鳳腿的醬料也依然是那麼鹹，當我拎著小吃，走進那老舊低矮的房舍群時，心裡有種莫名的感動。這是這輩子，我頭一次可以爲自己做決定，而我的決定，是離開生養我十多年的那個鄉下小鎮，來到很偏僻的北海岸附近，替因爲遠嫁中部，而無法長伴在外公身邊的我媽，盡一點晚輩的孝道。

多雨的天氣，我在外公家閒了幾天，趁著雨小時，就撐著傘到街上走走。瑞芳不大，能逛的地方也不多，火車站附近勉強還能算熱鬧，其餘地方就真的只能用沉悶來形容。偶爾等表姨有空，我們則陪著外公到基隆市區去，老人家果然挺愛吃麥當勞的，尤其酷嗜雞肉漢堡。

「會不會很無聊？這裡地方小，不像台北。」表姨擔心我在這裡悶壞了。

搖頭，我說不會。事實上我也不是個愛逛街的人。

「妳爸知道妳來這裡吧？」從她臉上可見憂心，我知道近一年前那場爭吵，讓她印象深刻。

「來外公家，又不是出去玩。」我點點頭，「他不會反對的。」

「那就好。」

閒散幾天，興之所至地，我向外公提議要粉刷牆壁，反正房子都那麼多年了，大規模的裝修我沒辦法，但刷刷油漆還可以。表姨相當贊成，不過外公卻反對，直說這工作讓兩個女孩來做，未免太辛苦。

小閣樓裡到處都放滿了我的東西，整個屋子也變得比以前有生氣，我喜歡窩在這兒的感覺。外公從來不問我的成績，也不管我經常拿著手機是在跟誰通電話，他只是讓我隨心所欲地去做我自己。

阿光已經當了快一年的兵，人在遠到不行的馬祖東引島。這一年來很少接到他的電話，我知道他是怕影響我讀書的心情。每次通電話，他總是急著要掛，催促我去念書。唯一一次超過十分鐘的，是他抽籤抽到外島的那天。他用公用電話打給我，跟我說了兩個角度。

「用大人的角度來看，我感到萬分光榮，天下大任即將落到我的肩膀上，反共復國的聖戰裡，我會是第一個踏上故國土地的英雄，這是多麼讓人興奮的事情！」他在電話中慷慨激昂地說著，而突然間口氣一轉，我人在補習班，聽到他近乎哀嚎的聲音說：「但是我現在只想當小孩，我不要離開有7-11的地方呀！」

我不知道馬祖長什麼樣，也不清楚東引島上究竟有沒有7-11，剛到外島的那陣子，他偶爾還會給我消息，說些那邊的生活，與他不適應的心情，但後來陸續少了，我想那表示他也漸漸習慣了吧。

是哪，什麼都會習慣的，就像我開始習慣表姨煮的菜，也習慣外公濃重的鄉音，甚至也習慣了沒有三日晴的天氣。什麼都可以在時間的累進中，慢慢地讓人見怪不怪，我習慣了瑞芳的生活後，甚至還在車站旁的佐丹奴服飾店裡找到一份暑期零工，準備安安穩穩地當一個瑞芳人，這就是習慣到最後的結果。

有沒有例外呢？服飾店的生意還算可以，我這個小工讀生沒有觸碰到收銀機的資格，但卻有摺不完的衣服。過去我們逛服飾店，從沒想過店員摺衣服時的心情，而現在我明白了，那叫作怨念，每個客人都喜歡把衣服攤開來看看，但卻沒有一個會在放棄購買後將它重新摺好。

我會習慣這種摺衣服的生活的，就像我習慣一切的一切。只是，凡事總有例外。

「妳的聲音聽起來很愉快，工作還順利嗎？」那天下班後，我在慢慢踱回外公家的路上，按照慣例，買了三支龍鳳腿，要給外公、表姨，還有我自己，而電話響起。

「還好，你呢？」

「除了依舊沒長高之外，其他一切都還好。」電話中，他說這個月孵育出來的羅漢魚成效不彰，忘了加消毒劑，結果好多魚卵都因爲發霉而孵化失敗。

「盡責點呀！」我笑著，聲音聽來很平常，但心裡卻總有難以掩飾的悸動。

那就是我的不習慣，不管過了多久，當電話響起，來電顯示著他的號碼時，那種悸動，怎麼也習慣不了。

我是全新的唐雨寧，但我活在還沒過去的愛情裡。

沒有暑期輔導的暑假，過起來好像特別快，佐丹奴的衣服從夏季慢慢變成秋季新品。聯考成績放榜，分數讓我爸媽相當滿意，不但國立有望，而且看來還不會是太差的學校。不過我沒回去塡志願卡。我媽來電，問志願順序怎麼塡，我想了兩天，回覆給她，要她幫我選師範學校。

「妳想當老師？」我媽很訝異。

「不好嗎？」我跟我媽說，也不必選塡太多志願，師範外文或國文，甚至美術也可以，大概這樣就好。

很輕描淡寫，不管上哪裡的學校，或者什麼科系都好，我只想證明自己有考得上的能力而已。表姨問我這算不算是鬥氣，爲了一年前在瑞芳發生的那次爭執，我點點頭，也許是，但不管怎麼樣，反正我不要花他的錢，想念書的話，我可以靠自己。

「別太拗了，吃虧的人是妳呀。」表姨勸我。

「沒關係，眞的。」而我總是笑得很淡。

老爸也許知道我的想法吧，他似乎有點著急，三番兩次要我媽打電話來，希望我可以回去處理這事，但我卻都拒絕了，反正最後時限還沒到，如果他眞的很急，我跟我媽說：「那好，妳叫他來接我，他願意來，我就回去一趟。」

延續著七月初剛考完時，大家都來詢問考情的熱潮，同樣一批人，這時又開始找我，問我志願卡塡得怎樣，甚至連魏嘉錚都打來了。在這之前我刻意不跟他聯絡，因爲他一定會苦口婆心地勸我回去，所以我希望能夠等到志願卡繳交期限過了之後再提，但沒想到，就在八月初，繳交期限的前兩、三天，他也加入了關切的行列，逼得我不得不把這些告訴他。

而也出乎意料地，他沒勸我回家，甚至也沒激動或生氣，只是在電話中「嗯嗯」幾聲，示意說他知道了而已。

距離魏嘉錚上次寫志願卡，已經是整整三年前的事了，我猜想他大概忘了，志願卡要是沒寫好，或者逾期的話，那表示我這次聯考可就白考了。服飾店裡最近新進了很多秋裝，我有忙不完的工作，跟他說了上班的情形，說了瑞芳這一帶的風土民情，就是不想多提升學的事。

中午休息時間，我跟另一個大姊輪流吃飯，她從附近的快餐店叫來外賣，趁著客人不多時，讓我先到賣場後面的隔間用餐。

小隔間裡堆滿雜物，我窩在板凳上吃著不怎麼好吃的雞腿飯，雞腿又硬又韌，逼得我非得用手抓著啃。正吃到一半，小隔間的木門忽然被打開，我抬頭時愣了一下，那個人來得很突兀，他看著我，也呆了片刻，然後才說：「真難看的吃相，這才是妳原本的樣子嗎？」

「每個人的一生，都有些讓自己難忘的後悔事，不管是大或小。」魏嘉錚說：「對我來說，這輩子感到後悔的第一件事，就是國一上學期，開學那天，我吃飽太閒，用手去抓地上的垃圾，所以才會被老師叫去當班長。」

「當班長有什麼不好？」

「有什麼好？」他說：「除了操行多幾分以外，其他的都沒好事。」

他的出現讓我意外，也讓我從中午之後，接下來的工作時間都心神不寧。陪我吃過便當，我讓他先到附近去逛逛，傍晚下班，再過來車站找他。瑞芳沒什麼茶店，我們一人拿了一瓶飲料，我還多買了幾支龍鳳腿請他吃，就窩在火車站外的階梯旁聊天。

聽他說起了關於「後悔」的話題，我在想，那我呢？我可曾爲了什麼感到後悔或遺憾過？很努力地想了想，國一上學期結束的那天，我被藝紜拉著去逛街，所以沒能在教室等當時擔任班長，必須在各處室間到處跑的魏嘉錚回來，因爲少說了那句再見，所以一個寒假後，我們被編到不同的兩個班級。這在當時或許只是一件小事，但對照起後來他因此而跟藝紜開始熟絡，或讓藝紜從此對他萌生出感情，導致今天這樣的結局，那句始終沒來得及說出口的「再見」，我想，我是遺憾，而且後悔的。

「想什麼？」他打斷了我遙遠的思緒。

「沒。」我搖頭，說記憶中似乎沒什麼可後悔的事。

「妳確定九月之後不會有？」

然後我不能繼續說話，他畢竟還是很清楚關於志願卡的問題。

魏嘉錚難得來一趟瑞芳，不過停留的時間非常短暫，天才剛黑，他就搭上火車離開了，臨走前還跑到市場邊去買龍鳳腿，看來他愛上了那鹹得要命的滋味。暑修對他來說，一方面是把沒修完的學分補回來，另一方面，則是他經營養魚事業的黃金時刻。這次北上，他並非專程爲了我，另外有兩個跟他一起養魚的學長，他們開著小貨車跑到基隆去，說是廟口附近有幾家水族館，這一趟是拿魚來賣的，趁著價錢談妥，而時間尙早的時候，他才自己搭了火車到瑞芳來。

很久沒跟他談到藝紜的事，現在他們關係如何？藝紜也參加了大學聯考，會考上哪裡？我不敢多問。唯恐會問到不該問的，造成一些不必要的困擾。但我猜想，藝紜應該不知道他順道來找我吧？我想起很多年前，那個讓藝紜牢記住我的理由。

回到家時已經天黑了，表姨剛做完晚飯，外公在後院幫他那條老狗洗澡，而我則坐在門口的石檻上，看著又快下雨的天氣。

未來會是怎樣的光景呢？今天跟魏嘉錚閒聊，才知道他家因爲九二一地震的緣故，所以可以免除兵役，再過兩年就要畢業，未來如何他現在沒有規畫，而沒規畫的原因跟我不同，我是無處可去，只好窩在瑞芳，他卻是因爲出路太多而難以選擇。

「養魚、畫圖，或者繼續在我現在上班的地方打工，轉任正職也可以。」下午的他是這樣說的。

「奇怪，那你念的土木呢？」

「每學期都在暑修了，我要是有點腦漿的話，也知道這不是我的路。」他彈彈菸灰，笑著回答。

天空從魏嘉錚來找過我之後，就再沒了陽光。我撐著傘上班、下班，這樣走過了快一個暑假。那天上班上到一半，店裡又來了一位令人意外的不速之客。我媽用心疼的眼光看著我，問我工作累不累，待遇好不好。她來找我，是因爲大學錄取通知終於寄到了我老家，師大國文系，一個我隨口說說，但眞的考上了的學校與科系。

媽媽要我別再跟老爸鬥氣，雖然他不肯到店裡來找我，但好歹人也已經在外公家等我。

「他肯來了？」

「不然怎麼辦？難道眞的看妳高中畢業，在這小地方賣衣服嗎？」媽媽帶著心酸的笑。我也跟著微笑，但卻有種想哭的感覺，媽媽終究還是關心我的。

今天賣龍鳳腿的老闆娘也很開心，因爲我買了一大袋，這些是要給我爸吃的。看在我媽的面子上，她要我跟我爸暫時和解。

「對了，志願卡妳是怎麼填的？」快到家門，我想起這件事來。

「那東西我怎麼會？本來是要拿去問鄰長，看鄰長可不可以找人幫忙寫。」媽媽笑著說：「結果就那麼剛好，妳有個國中同學打電話來我們家，也在問這件事。」

「男生嗎？」我嚇了一跳，難道是魏嘉錚？

「女的。」

「女的？」而我更加驚駭了，總不會是藝紜吧？她會願意看在魏嘉錚的面子上，來幫我處理這件事嗎？

「嗯嗯，」我媽點點頭，「姓楊，叫作楊欣怡。」

然後我安心了，也恍然大悟。楊欣怡有我的手機號碼，她要找我不會打電話去我家，會在這關鍵時候做這不尋常的舉動，那必定也是魏嘉錚央請她幫忙的。做這些，魏嘉錚沒有問過我，他知道我會有什麼反應，所以乾脆直接就替我做了安排。

你不說，但我看得見。

而我不說的，你看見了嗎？

44

從註冊、新生訓練到開學典禮，我都自己一個人去。老爸不再跟我提到道場的事，開學前我媽還擔心我們又吵架，因爲她說那天在來瑞芳找我的路上，我爸還認爲應該要帶我到道場去拜拜，感謝佛祖保祐，才讓我考上人人稱羨的國立大學。

眞的是佛祖保祐嗎？大一甫開學，系學會的學長、姊已經開始挑選各組成員，我在那儲備幹部名單上，赫然發現一個非常熟悉的名字，就在我們隔壁班。趁著下課時間，我跑過去找那個人，那男生看到我也萬分訝異，嘴裡直嘟囔著：「緣分好像有點錯亂，好像跟妳同校的不應該是我……」曾國謙張大了嘴巴合不起來，我也目瞪口呆。後來我問他，考試之前有沒有去拜拜，他搖搖頭，說：「我家什麼都信，好像就是不信鬼神，我這輩子好像還沒拿過香。」

不過不管怎麼說，能繼續留在台北，阿姨可是最高興的人了，始終不孕的她跟姨丈都把我當成自己的女兒，去瑞芳住了一個暑假，回來時，我發現房裡的擺設絲毫不曾動過，床鋪也依然整潔。阿姨沒說什麼，她只是笑著歡迎我回家。未來這四年裡，如無意外的話，我還會繼續住在樹林，只是不必再像過去三年那樣，每天要趕搭早班車了。

「在列車上，我有時候會懷疑自己的存在，」對著魏嘉錚，我說：「偶爾提早出門，車上有穿著制服的國、高中生，我會忍不住低頭看看自己身上穿什麼，然後懷疑跟納悶，我的綠色制服跟黑色書包呢？電聯車依舊是電聯車，大漢溪依然是大漢溪，火車時刻表沒有太大變動，但我卻徹底地改變了。而因爲我的改變，使得我周遭的人們也隨著出現變化。」

「這種改變，有人開心也有人失望吧？」當我跟魏嘉錚說起時，他說：「我猜妳表姨跟妳外公的臉色一定很難看。」

這倒是事實，只是我太沉醉於回到樹林時，阿姨面對我時的欣慰之情中，也太投入在新學校、新生活的體驗上。

「為什麼人家看到的都是久別重逢或失而復得，你就偏偏愛看悲傷的分離？」

「因為眞正難忘的，都是離別。」他只是淡淡地說。

慢慢接觸多了之後，我開始了解，為什麼魏嘉錚會說土木不是他的選擇了。這傢伙一個星期才打工三天，按理說應該有很多時間念書。但他卻三天兩頭就跟學長們開著小貨車到處跑，車上有時載的是魚苗，有時居然是樹苗。

「反正只要是能賣錢的我都會載。」魏嘉錚說：「也許哪天載妳。」

「去死吧。」我踹他。

新生活比當初在制度下的日子更加新鮮而活潑，除了逛不完的師大夜市，我又參加了學校的校刊社，也加入了系學會，在學務股的部門工作。國文系每年都有一系列的傳統活動，股長是一位二年級的學姊，她忙得焦頭爛額，當然我們這些連校園都還沒走完一遍的小學妹們也得赴湯蹈火。

「妳跟以前的樣子好不像。」看著我在系辦跑進跑出，曾國謙很不可思議地說：「好像人眞的是會改變的。」

我把自己捧著的一大疊宣傳單，分一半到曾國謙手上，跟他一起從七樓的系辦走下去，曾國謙說他覺得除了唐雨寧三個字沒變，其他時候的我，看來跟國中時代簡直判若兩人。

「還好吧，我記得以前你們也很忙。」我說的是他跟楊欣怡。

「那時候有楊欣怡幫我呀，她比我還像班長。」

我也笑了，用一種若有深意的眼光看著曾國謙，我想起那一段遙遠時光裡的八卦，他跟楊欣怡到底在一起過沒有？

「我知道妳要問什麼。」他也笑了，搖搖頭，卻又立刻點頭。

「什麼意思？」

「妳知不知道魏嘉錚跟楊欣怡有通過很長一段時間的信？」沒正面回答，曾國謙忽然轉個話題問我。

心中一凜，儘管過了許多年，好像一切都已雲淡風輕，但我卻清楚知道，自己從沒眞正釋懷過。國二那時，魏嘉錚的座位就在楊欣怡旁邊，最先觀察到他們在通信的是藝紜。那時我們都懷疑，楊欣怡有近水樓台先得月之嫌。

「那些信呀，每一封我後來都看過喔。」曾國謙說。

我感到萬分詫異，楊欣怡把她跟魏嘉錚來往的信件都拿給曾國謙看？這會不會有點太什麼了點？

「每個人都覺得班長跟副班長眞是天作之合、郎才女貌，不在一起簡直是違逆天意。」曾國謙忽然一改他說話會「好像、好像」的老毛病，從七樓往下走，我聽著他侃侃而談。「可是有沒有人想到過，也許他們之間只是誤會一場呢？」

我有點聽不明白，曾國謙尷尬地笑了笑，說：「這樣說好像有點怪，然而當時就是如此，書都念不完了，哪有時間談戀愛？所以我們誰也沒有喜歡誰，直到上高中了，我才覺得自己對她很有感覺，才開始追她的。」

「不是吧？」我懷疑自己有沒有聽錯，難道當初我們大家都被騙了？

「對於大家充滿祝福的目光，我跟楊欣怡都很無奈呀。」曾國謙笑著。

「那楊欣怡跟魏嘉錚？」我的念頭轉得飛快，如果當時楊欣怡沒跟曾國謙在一起，那難不成是跟魏嘉錚？

「朋友。」曾國謙說：「她只能找一個只有關心，但從來不在乎她應該屬於誰的朋友聊這問題，那個人就魏嘉錚。」

我呆愣愣地說不出話來，心裡五味雜陳。

「後來我終於追到了楊欣怡，而當我問她到底跟魏嘉錚寫什麼信時，她也把信給我看了。」

「你高中時有追到楊欣怡？」

「到現在都還沒分手。」曾國謙臉上露出驕傲的神色。

「楊欣怡跟魏嘉錚只是單純地寫信聊天？」

「千眞萬確，好像不得。」

「他們沒有談過戀愛，或者……」樓層愈走愈低，心卻愈提愈高，我說得有點結巴，「他們沒有誰單戀過誰？」

「楊欣怡是從來沒有，至於魏嘉錚……」曾國謙偷偷瞄了我一眼，「我覺得妳沒理由感覺不到才對。」

45

我感覺不到他對我，因為我對他的感覺已經太強烈。

曾國謙說我應該感覺得到，但我卻不曉得應該去感覺些什麼。也許跟魏嘉錚相處的空窗期太久了，所以我是茫然的。一邊佈置著書展會場，我一邊思索這問題。

如果曾國謙也看出了我、藝紜與魏嘉錚之間的一些什麼，那楊欣怡了解的豈不更多？更何況他們現在還是一對情侶。想想眞是緣分，都幾年了，我們五個從國一就同班，國中幾次分班，又參加過兩次聯考，分分合合後，現在居然還有聯絡。只是，這緣分是好是壞，則就見仁見智了。

國文系的年度大活動名叫「長干週」，典故源於古樂府詩名的〈長干行〉，二年級的學術股長是總策畫人，也就是我們的頂頭上司。她除了安排在文院中庭的書展，另外也邀請了幾位講師，來跟大家談談文學，甚至還有文藝電影的播放。這些活動的籌備，動員了系上所有人力物力，甚至大家的親朋好友也來共襄盛舉，我找曾國謙來抬桌子，又打電話找毓慈跟秋屏來貼海報，甚至剛好在羅斯福路附近買魚的魏嘉錚跟他兩位學長也不能倖免，可憐的他們被學姊叫去，在校園裡足足綁了五十支宣傳旗幟後才能脫身。

「活動籌備完成，開跑在即，你們知不知道現在缺的是什麼？」場佈的最後一天，學姊召集我們幾個，看著一臉呆滯的大家，她的表情非常嚴肅。「人潮。」

其實學姊的擔心是有道理的，不過我也相信，有付出就有收穫，在大家群策群力的張羅下，活動的第一天，中庭書展就差點被擠爆了，看著收錢收得很開心的工作人員，我也欣慰不已。

那一週是我大學入學以來，最忙碌的一週。最後一天，學姊還特別延聘了幾位作家來辦座談。我滿懷功德圓滿的心情，面對這最後的活動。同時也因爲今晚還有慶功宴，所以大家的賣力程度更是倍增。

「聽曾國謙說妳變得很活躍，沒親眼看見的話還眞難相信。」微笑著，楊欣怡對我說。

她的出現讓我既驚且喜，楊欣怡的笑容依舊，但我卻忽然發覺自己對她的感覺有點異樣，好像與同學會見到她時又不同了。我在想，或許是因爲曾國謙跟我說了那個祕密的緣故吧。去年同學會，她跟魏嘉錚有說有笑，而我認爲自己可以毫不在意；選塡志願卡一事，魏嘉錚託她來幫忙，我也跟自己說別想太多，但那時的我究竟有沒有一點不是滋味的感覺呢？跟現在看到她時，我心中的坦然與感謝相比，我猜當時應該或多或少有吧？

今天等於是個小型的同學會，曾國謙邀請了楊欣怡，楊欣怡又找了魏嘉錚。那藝紜呢？藝紜會不會來？我有點忐忑。請曾國謙幫忙照顧攤位，我帶著楊欣怡逛校園。她對師大充滿古風的建築頗感興趣，雖然我對這兒的歷史也所知不多，但引領著四處看看還可以。

「妳看起來有點緊張，還好吧？」聽著我介紹環境，走在後面的楊欣怡忽然問我：「是因爲魏嘉錚？有些會隨著時間改變，有些則不會。我常跟曾國謙聊到妳。」

「聊到我？」我愣了一下。

「說是對老同學的關心也好，或者防備有人近水樓台先得月也好，這是很正常的事呀。」楊欣怡的笑容嫣然，而我一時卻不知該如何反應才是。是哪，以前我擔心她因爲坐在魏嘉錚旁邊而捷足先登，現在她當然也會憂慮跟曾國謙隔壁班的我後來居上吧？相對於她的開誠佈公，我感到萬分羞愧，整張臉都熱了起來。

「開開玩笑，我知道妳不是這樣的人。」她拍拍我的肩膀，給我一個溫暖的笑容。

從誠正、勤僕的兩個中庭書展會場走出來，晃過體育館，走到操場附近，又沿著禮堂邊逛到文薈廳，這裡隨處可見我們長千週的宣傳旗幟，那些都是不久前，魏嘉錚跟他那兩位倒楣學長綁上去的。

「這幾年我偶爾會跟魏嘉錚聯絡，」楊欣怡說：「不過很少提到妳，因爲每次見面，我總看到梁藝紜跟在他旁邊。」

「他們很常見面。」我說。

「所以我才納悶，到底你們是什麼關係？這問題我想問，不過問魏嘉錚也不是，當然更不可能問梁藝紜，好不容易盼到今天，終於有機會弄個水落石出。」停了一下，楊欣怡又問我：「不會嫌我多事吧？」

「不會。」我微笑，聽見自己充滿無奈的聲音，「不過很可惜的，恐怕問我也無法得到答案。因為連我自己都不清楚，現在我跟他們到底應該算是什麼關係。」

在文薈廳買了飲料，我們走回誠正中庭。楊欣怡看著古老的建築，慢慢地說著：「我記不太清楚是什麼時候了，不過曾有過一次，妳跑來問我，跟男生應該怎麼說話，還記得嗎？」

我點點頭。

「從那時候開始，我就常常留意妳，很想知道那個讓妳不知如何開口的男生到底是誰。」

「魏嘉錚。」我出乎自己意料之外的坦然。

「嗯，我知道。」她微笑著說：「所以我才疑惑，非常疑惑，為什麼這些年來，每次我們約了見面喝茶或吃飯，走在魏嘉錚身邊的，會是另外一個她。」

我沒辦法給楊欣怡任何答案，只能安靜地聽著。回到誠正中庭前，在一片小樹叢間，我停下腳步，看著遠處聚集的人潮，嘆了口氣，「如果他選擇的是她，那我能有什麼辦法？」

「妳確定？」

「不然呢？」

「我也不知道。」楊欣怡也跟著嘆氣，「也許跟我那幾年拒絕曾國謙的原因一樣吧，我們都不夠勇敢。」

微風徐來，拂動了一縷我的頭髮。沒有多餘的想法，也沒有積極求愛的信心或信念，楊欣怡的鼓勵我是心領的，但或許時間還不夠久，也可能有人比我愛得深，這些我都不能肯定，也暫時不想肯定。至少現在總還算是平衡的，我不跟藝紜碰頭，也不跟魏嘉錚談到她，簡簡單單就好。其他的我無力也無心去做。深深吸了一口氣，我寄望這簡單的平衡能再多維持一段時間。

走回到書展會場，旁邊有人群圍著，他們正準備走進教室，那兒等會有一場作家演講。

「嗨！眞的很熱鬧，你們辦得很成功呢。」走到攤位邊，我愣了一下，魏嘉錚跟幫我代班的曾國謙正坐在一起。

不過他的出現沒有讓我太意外，深秋的陽光並不刺眼，眼前這個讓我睜不開眼睛的，是打扮得非常嬌豔，臉上也搽了淡妝的女孩，她沒跟我寒暄，只微一點頭示意。

「好久不見。」我只能這樣用一點緊張，也帶一點無奈地對著藝紜說。

46

「妳不鼓起勇氣去發現，就不會知道自己愛得有多深。」楊欣怡說。

如果說藝紜不是魏嘉錚的女朋友，那大概誰都不相信吧？沒預估人數，我們買回來的飲料無法均分，楊欣怡跟曾國謙是一對，他們共飲自然無妨，但我卻看見藝紜拿起魏嘉錚手上的綠茶喝了一口，在其他人看來也許並不稀奇，但在我們幾個老同學眼裡，卻讓人匪夷所思。

「這就是我所謂的問題。」楊欣怡小小聲地在我耳邊說著。

我想我是可以明白的，甚至也能將這解讀爲好朋友之間的一種表現，就像小時候，我相信大家都有過這種經驗。

「這可不是兩個大人該有的樣子。」楊欣怡又補了一句。

試著不去介意那些，張羅著聽眾進教室，接著又幫忙將書展攤位稍做整理，客人們逛著逛著就把書給翻亂了，趁現在調整一下，等座談會結束時，還可以將那幾位作家的作品擺出來銷售。

學姊要我找人幫忙把書搬好，而我當然不會放過曾國謙。

「我也來幫忙吧。」旁邊走過來的是魏嘉錚。

「你確定你走得開？」我有點擔心。

「爲什麼不？」他雙眉一揚。

搭電梯到七樓的系辦，曾國謙要在心上人面前逞能，讓楊欣怡一改國文系男生都文弱的刻板印象，當場扛了兩大箱的書就下樓了。

「你跟藝紜一直都這麼要好？」

「從我上專一之後吧，她常來找我，慢慢就混熟了呀。」

我點點頭，跟男生相處，藝紜確實比我擅長。

「怎麼了？」

「沒，只是覺得羨慕吧。」我說我的好朋友不多，男生尤其少。

「放開心胸就可以了。」說著，魏嘉錚把書搬了出來，讓我先按住電梯等他。「以前我也覺得很難，不過自從認識梁藝紜，她讓我覺得有些事原來很簡單。」一邊搬書，魏嘉錚一邊說：

「以前我只會做一些我認爲該做的，還記得陳婉孟的事吧？妳曾經問我要不要去跟他們把話說開，但我拒絕了，爲什麼？因爲我認爲自己已經問心無愧，所以不想多費脣舌、浪費時間，可是妳也看到後來衍生出多少問題了。這幾年來，要不是有個很愛說話的梁藝紜常跑來找我，恐怕我還是那個只會跟魚聊天的笨蛋。」

笑了出來，我也還記得，印象中的魏嘉錚，在國中時候眞的是個內向、怕生，甚至還有點孤僻沉悶的傢伙，以前的他，除了別班那幾個會抽菸的男生以外，確實也幾乎沒朋友。

「總之呢，現在我明白了，交朋友不難，多一點誠懇，少一點心機，這樣就夠了。」

「所以你認爲你對藝紜是這樣的？」

「以誠待人，就像我用心照顧我的魚一樣。」魏嘉錚點點頭，那副天眞的樣子，眞讓人想一拳敲醒他，搖搖頭，我沒接口。

從電梯下來後，沒看見藝紜跟楊欣怡，一問才知道她們去文薈廳吃東西了。趁著擺書時，魏嘉錚跟我說了一些故事。

這幾年來我的感情世界，除了阿光，其餘一片空白；而魏嘉錚則不同，專一入學沒多久，就有個跟他同屆的女孩向他示好，女孩還算不錯，可惜就是太忙了點，除了課業，還有打工，又參加社團，是個學校生活非常精采的女孩。

「所以你跟她分手？」

「別急，還沒說到重點。」魏嘉錚笑著說：「我一直覺得那不是我喜歡的相處方式，除了電話，我們能見面的機會少之又少，更糟糕的是，即使用電話都未必找得到人。雖然，就算找到了，我也不知道應該跟她說什麼。」

「所以你根本沒有喜歡過人家嘛。」我也笑了。

一邊說話，我們一邊整理書籍，魏嘉錚也一邊回憶著，「也許如妳所說，我眞的不夠喜歡她，所以對於那些，我一點抱怨也沒有，反正彼此總是各忙各的。不過話雖如此，那段不像愛情的愛情，後來還是撐到了專二結束前才結束。」

「爲什麼？」

「因爲藝紜。」

我停下了動作，怔怔地看著他。

「別誤會，」魏嘉錚微笑，「藝紜是我跟她能撐兩年的原因。她跟那女孩常聯絡，也算不錯的朋友，我們還經常三個人一起出去吃飯、喝茶之類的。至於後來的分手，那很純粹地只因爲女孩終於發現，她愛的其實是別人，她把對我的好感誤解成愛情，然後我們就這樣糊里糊塗地錯以爲自己是在愛情裡。」

「喔。」

聽著魏嘉錚的故事，我其實很難想像，藝紜會願意幫別人的愛情穿針引線？尤其當愛情的另一方是魏嘉錚的時候。

「所以呢？」

「沒什麼所以呀，」魏嘉錚把書擺好，點上一根香菸，「失戀之後，藝紜常來看我。如果那也能算失戀的話。有一次我去新竹找那女孩，想把事情釐清一點，她不但不肯見我，甚至連電話都不接。那晚下雨，我喝得有點醉，妳知道是誰來把我帶回苗栗的嗎？」

不用猜我也知道，魏嘉錚點點頭，「她從台中帶了一瓶水來給我，陪我回苗栗，然後自己又趕夜車回台中。」

我不曉得應該做何感想，換成是我，我能不能也爲魏嘉錚這樣？

「所以我們是非常要好的好朋友。」他下了一個結論。

很想繼續追問魏嘉錚，這所謂的好朋友是單一方面的呢？還是藝紜也這樣認爲呢？後來的忙亂讓我們無法繼續多聊，楊欣怡他們在活動圓滿結束後，也參與了撤場工作，大家分工合力將環境恢復原狀，男生搬運書本跟桌椅，而學姊則指派了一些零星工作給女孩們。

收工後，國文系學會慷慨解囊，讓大家到師大夜市吃火鍋，甚至我這群國中老同學也受邀同往。一大群人佔滿了小火鍋店，學姊要我招待老同學們，還跟我說：「這兩對小情侶就交給妳了。」

那是種很複雜的感覺，我不時要偷眼望過去，楊欣怡會幫曾國謙夾菜，而藝紜則幫魏嘉錚斟酒，那我呢？五人一桌，吃著食不知味的火鍋，在那杯觥交錯間，我有種很想提早告退的衝動。

安靜的我，沒有慶祝活動順利的喜悅，也沒有重逢故人的歡欣，滿腦子都是天馬行空的迷惘與雜思。從火鍋店出來，大夥一路走到捷運站，幾個男生還在外面抽菸時，我則縮到了角落裡。

「妳還惦著他對吧？」旁邊轉出一個身影。

我呆了一下，說話的是今天一直洋溢著笑容的藝紜。

「別不承認，我看得出來。」此刻藝紜臉上的笑容不見了，她的聲音是淡漠的，「其實今天我很不想來，不過沒辦法，他要我來看看他跟袋鼠、阿良一起綁的五十支旗幟。」頓了一下，我聽見輕輕的笑，「不好意思，妳大概不認識，那是他兩個學長的綽號。」

「所以呢，妳想說什麼？」我感到很悲哀，對於這當下的談話語氣。闊別已久後，每次見到她，我都希望還有機會能重修舊好，但幾次都沒交談，這第一次的開口，竟是這般口吻。

「我跟妳沒什麼好說的，只想提醒妳，別影響了他的生活。」

「他的生活……包括妳嗎？」

沒有回答，藝紜輕蔑地瞄了我一眼，轉身走開，留下槁木死灰般的我。

我長長地呼了一口氣，在人群中找到楊欣怡，要她爲我跟大家轉告一聲，就說學校還有事，我得先離開了。

捷運站裡人來人往，我刻意走了另一個繞遠路的出口，以免遇到還在外頭的魏嘉錚。燈光明晃，人影縱橫，我的腳步很快，腦海中盤旋不去的，盡是藝紜剛剛說過的話。過了這麼多年，沒想到我們能說的竟只是這樣的話題，而口氣如此冰冷。低著頭，不跟任何人照面，我在心中感嘆著當年情誼的再不復返，哀傷著重建友情的期盼終於破滅，不敢抬頭走路，我害怕一抬頭，就會讓人瞧見自己臉上有滑落下來的淚水。

過了很多年，高下還是要爭，對吧？

47

幫學姊在系會工作上打了漂亮的一仗，但我卻感受不到絲毫的快樂與喜悅。趁著國慶假期，我回瑞芳看外公，這一趟跟之前有些不同，我不再是一個人搭火車，旁邊有正在看風景的魏嘉錚。

沒將我跟藝紜的對話告訴他，我覺得那似乎不太適合。自從阿光入伍後，我漸漸習慣了把話往心裡藏。火車上，魏嘉錚問了不下數次，是不是心情不好，我總笑著說沒事，臉上有淡淡的笑，但心裡卻是不安的。生活像是行駛在平穩軌道上的列車，但前方的天空卻籠罩著一層深濃暈黑的烏雲。沒有人能逃躲得開，也改變不了列車的方向，我們註定了都要捲入這場風雨中。

「未來，會是怎樣的呢？」看著車窗外的風景，我問自己。

魏嘉錚並非閒散無事的人，也不是專程要跟我去瑞芳玩。從台北車站會合，我們先到基隆市區，廟口附近的水族館，我看著各式各樣的觀賞魚，他則付了一筆訂金，約好過幾天，老闆載送兩個二手的水族箱過去給他。

外公開心得不得了，打電話給正在戶政事務所上班的表姨，還叫她提早下班，回來做菜。看著老人家的笑容，魏嘉錚一邊摸著外公的狗，一邊對我說：「有什麼喜悅，比得上久別重逢呢？」

「那可未必吧？」我在心裡嘆了口氣，想起了慶功宴那晚。

上次因爲只有兩個弱女子，所以我跟表姨的粉刷大業沒能順利進行。這回多了壯丁一名，可就不同了。細雨紛紛下著，我們徒步上街，走了一段路才找到油漆行。魏嘉錚提著好大一桶漆，而我只負責拿刷子，慢慢再走回來，那沉甸的重量讓他差點手軟。接著是調漆，然後開始搬撤屋內的櫥櫃。我能做的不多，大部分都讓魏嘉錚去處理。從傍晚開始，直到夜都深了，才刷完二樓的部分。

「很不好意思，說好這週末要找你去九份玩的，結果下雨也就算了，還拉著你一起刷油漆。」我帶著歉意。

「這不也是玩嗎？」拿著油漆刷，魏嘉錚笑著，在牆上開始畫魚。

外公睡了，表姨回隔壁去了，剩下小音響裡傳來歌手王傑的歌聲。那是一首好老好老的歌，旋律迴盪，不斷唱著同一句：「你是我胸口永遠的痛」。燈光幽暗，憋了一天的魏嘉錚，終於點著香菸。

「人生非常有趣哪。」他拿著油漆刷，在牆上亂刷著，「過了那麼多年，大夥又湊在一塊兒。」

「可不是。」我用細筆在牆上描繪著。

聊起闊別經年後的種種，也說到我爸在道場的事，以及那幾次衝突，魏嘉錚說：「家庭問題是吧？看來妳也很需要跑輔導室，如果要的話，我有不錯的人選可以介紹給妳，那個人妳也認識……」

「得了吧。」我笑著說，也許當年的曾主任就是我選擇師大的原因。那時的她，帶著非親非故的魏嘉錚到補習班，還幫他付了學費，好讓他的成績不致落後太多。

「不過曾主任好像退休了。」老歌聲中，魏嘉錚告訴我，前兩年他還有接到曾主任打來的電話，問他現在過得怎麼樣，而曾主任自己則因爲癌症，已經離開教職了。

「很可惜。」

「是哪。」他也充滿惋惜。

不知何時，外頭忽然又下起了雨，我們放下手上的刷子，一起窩在後院。

「今天我上火車前，跟藝紜吵了一架。」魏嘉錚叼著菸，忽然說起，「她有點不太能理解，爲什麼魚明明就要生了，我不守著魚缸，卻大老遠跑到基隆來。」

「然後呢？」

「然後她問我是不是喜歡妳。」

我愣了一下，這問題可以這麼直接無諱地拿出來談嗎？側頭看魏嘉錚，他搖頭說：「可是我覺得那跟妳無關。今天我也可能爲了其他的事，而丟著要生蛋的母魚不管呀。」

「那她怎麼說？」

「沒，後來就掛了電話。」魏嘉錚把菸捻熄，「對我來說，好朋友是肝膽相照的，就像以前三年一班的那些傢伙一樣，而不是這種事事過問的方式。太過關心會讓我不習慣跟不舒服。」

「你有沒有想過……」試著讓自己口氣聽來客觀一點，我說：「有沒有一種可能，你認爲彼此是就像當年一樣的好朋友，但對她來說卻不是呢？」

「好朋友這三個字可是她自己說的呀。」

「那又怎樣呢？」

「難道我要自己跑去問她嗎？就問她是不是喜歡我？」魏嘉錚說著說著也笑了，「如果是，那我要怎麼拒絕？那會讓她很難堪吧？而如果不是呢？那我這張臉還往哪裡擺？不只是妳有這樣的感覺，連楊欣怡都提醒過我，但我不是傻瓜，有些事情我也感覺得到，只是她不說，我就不方便說。懂嗎？」

我聽著也笑了，點點頭。藝紜是喜歡魏嘉錚的，早在國三我跟她吵翻的那一天，我就知道她是喜歡魏嘉錚的。而這麼多年來，她選擇什麼都不明說，卻用無數的行動證明了自己的愛，甚至當魏嘉錚在專一那年交了女朋友時，她都還可以隱匿自己的心事，如此壓抑著，強顏歡笑地陪著他們一起出去，由此可見她對魏嘉錚的感情是何等深摯。而既然這些年來她不表態，我想，此刻的我也不應該替她說，反正說了與否都無關緊要，重要的是魏嘉錚感受到了。

夜更深，而雨下得更大了點，今天就刷到這裡爲止吧，反正這天氣也沒辦法上九份去。一整個週末，我們有很多時間可以慢慢油漆。

我還是睡在小閣樓，魏嘉錚今晚則在樓下沙發上，陪著外公的老狗一起窩，我帶他上樓拿了兩件毯子。

「我可以問一個問題嗎？」他要下樓前，我開口：「不管藝紜對你的感覺怎麼樣，那你呢？你對她呢？難道這些年來你不曾喜歡過她？」

「我喜歡，非常喜歡她，甚至愛她。」魏嘉錚搔搔頭，「不過是屬於朋友的那種喜歡跟愛。」

「那愛情的那種呢？」走上前一步，在昏暗的樓梯口，我想更清楚地看見他的臉、他的雙眼。那張臉還跟國一時差不多，帶點稚氣，有很亮的大眼睛，也有屬於他的那種純眞的眼神。

「扣除專一那段非常烏龍的戀愛，我常常問我自己，楊欣怡也問過我好幾次，而我的答案始終都跟以前一樣，沒變過。」聲音很淡，他的臉靠我很近，鼻息碰觸到我的臉頰，我幾乎要輕閉上眼睛的同時，他卻退開了。

是失望嗎？我有點不解地看著他。魏嘉錚給我很溫馨的笑容，他抓起了毯子往樓下走。而轉身前，我聽到他用極低的聲音說了兩句話：「採擷一季的相思，寄予無限的祝福。對吧？」

也許那就什麼都足夠了，我心裡有你，而你始終都記得我。

愈接近年底，台北市就愈加熱鬧。師大附近安靜的書店成了我最常去的地方。在一本本的書籍間，我可以找到讓心靈短暫安靜的片刻，藉著文字去抵抗一種名爲思念的壓力。

他還記得那兩句話，而且知道那是我寫的。有多久了？四年了吧？連我自己都快忘記的事，他卻依然記得。那表示什麼呢？我不敢繼續往下想，少了阿光，沒有毓慈跟秋屏在身邊，我沒有可以談心的對象。楊欣怡跟曾國謙距離這些又都太近了，我想並不方便談。

學姊在長干週活動順利完成後，更加如火如荼地策畫緊接而來的聖誕節內容。我還是跟著跑上跑下，忙碌對我而言總是好的，每天都有事做，我就可以省下很多一個人胡思亂想的時間，甚至連魏嘉錚打電話來，也可以藉故繁忙而盡快掛上電話。

別爭了吧？我想跟藝紜說。成績可以爭，排名可以爭，未來的事業上也可以，但就是愛情不能。因爲當我們都喜歡魏嘉錚時，那就誰也沒了決勝的資格，我們只能做自己該做的，然後等待再等待而已。

楊欣怡說我應該更勇敢一點，但我卻覺得好累。從書店出來，抱著一大捆壁報紙，我還有三張海報要畫，兩張美工字要寫。這些已經壓得我喘不過氣來，愛情現在我不想爭。

「聖誕節有節目嗎？」到晚上八點多了，我剛從學校側門走出來，沿著師大路往捷運站走，楊欣怡打電話來，平安夜碰巧是她的生日，原本曾國謙希望小倆口甜蜜蜜地過就好，不過楊欣怡卻不這麼想，「我約了魏嘉錚，知道意思吧？」

苦笑著掛了電話，在這場拔河中，楊欣怡是站在我這邊的，但她的好意實在讓我很爲難。勉強答應，平安夜的下午我跟曾國謙一起過去西門町等她下課，約好了大家晚上一起吃飯。

這不是頭一遭在台北過冬，但今年卻老讓我感覺到冷。不習慣穿著厚重衣物，我撐著傘從師大路晃出來時，已經傍晚時分。學術股主辦的聖誕餐會籌備得差不多了，今晚除了全系聚餐，另外還準備了聯詩遊戲，讓大家盡歡。我處理完份內工作，把剩下的交代好，這才意興闌珊地離開。

滿街都是成對的行人，聖誕節不知何時也成了情人一定得相偕而過的節日了。我獨自走進捷運站，預備從中正紀念堂站換車前往西門町。看看時間，這當下楊欣怡應該已經跟早我一步離開學校的曾國謙碰頭了。

很有想要臨陣脫逃的衝動，反正可想而知的是，藝紜肯定會跟魏嘉錚一起來，二對二，那我去了豈不是多餘？站在月台邊候車，我心裡正反覆不定時，手機又響起，我用慵懶的聲音打了招呼。

「這好像不是平安夜該有的語氣唷。」電話中的那人精神颯爽，「最近過得還好嗎？」

「還能呼吸就算好的話，我想我還不錯。」我微笑，那是阿光的聲音。

他人還在東引島，用的是公用電話，特別打回來跟我說聲聖誕快樂，不過卻因爲我的慵懶而感到詫異。

「這說來話長耶。」我有點不知從何說起，這段時間以來我們聯絡甚少。

「反正電話卡有足足兩百一十元的額度，目前我手上有三張，所以妳大可慢慢說。」

「旁邊沒人等用電話嗎？」

「我旁邊只有抓不完的海蟑螂而已。」他笑著。

其實眞的沒什麼好講的，我把跟魏嘉錚有關的一些瑣事提了，而藝紜的部分則略過。在講話的同時，我忽然驚覺，阿光眞的離我好遠了，這半年來發生的許多事，我都不知應該從何說起才好。

「所以妳是在爲自己應不應該去追求一份愛情而猶豫囉？」

「某種角度上來說，是。」我很無奈。捷運中正紀念堂站的月台邊人滿爲患，大家都跟我一樣要去西門町，差別是他們大多攜手要去過聖誕節，而我則因爲躊躇著而被擠到旁邊，又錯過一班列車。

「站在小孩的立場，當然我會勸妳放棄，因爲再過不久我就退伍了，到時候也許又要重新洗牌再上莊，誰這時候確定下來了，都會影響以後的可能性。」他笑著說：「不過如果站在大人的角度，我想我還是得跟妳說，妳不睜開眼睛看清楚，就永遠不會知道自己愛得有多深；如果妳眞的愛得夠深，那麼妳就應該去爭取。」

「那你之前肯定是愛我愛得不夠囉？」我忍不住想調侃他。

「錯了。」他嘿嘿笑著，「就因爲我試過了，所以只好在行不通的時候，勸妳去愛妳想愛的。」

我有點說不出話來了。這個無聊的笑話，不但不好笑，反而勾惹起我對阿光無盡的歉意。

「好好想想吧，妳會知道自己該怎麼做的……」他還有話想說，而我也還不想掛電話，但就在這時候，他那邊忽然傳來一長聲尖銳的哨響。「幹！戰備哨！我先閃一下，要去集合。」他的聲音忽然變得慌張忙亂，甚至連句再見也來不及說，就這樣掛了電話，留下第一次聽他罵髒話而錯愕且苦笑的我。

勇敢追求，我應該怎麼勇敢？西門町裡人山人海，我從捷運站出口那打扮成聖誕老人的工讀生手裡，接過一包廣告面紙，然後在麥當勞外面找到了楊欣怡跟曾國謙，隨後則是魏嘉錚跟藝紜。五個人走在摩肩擦踵的街上，落後於大家，看著藝紜不時伸手過去，拉拉也落後人潮的魏嘉錚，我問自己，這可怎麼勇敢得起來？

西門町這一帶的路名，我始終記不住。熟門熟路的曾國謙，帶大家走到一家風格相當簡潔的咖啡店。在店裡，我見識到他之所以能追到堪稱花蝴蝶的楊欣怡，還將她牢牢綁在身邊的原因。看似木訥的曾國謙，不但預約好了位置，還準備了蛋糕跟鮮花，另外還有一隻楊欣怡最喜歡的超大泰迪熊布娃娃。

我們一起爲她唱了生日快樂歌，歌詞只有簡單的四句，但在我內心裡卻反覆繚繞。今晚是真心由衷地祝福她，希望她能夠在生日之外的每一天都快樂。曾國謙告訴我們，之前他的成績也不怎麼樣，楊欣怡還特別警告他，要是考不上國立大學，那就乾脆分手算了，結果沒想到分數出來，竟然是楊欣怡落後，雖然兩個人都在台北，但反而楊欣怡就讀的是私立學校。

「是什麼讓你這麼拚的？」我打趣地問他。

「愛情的力量囉！」楊欣怡在旁邊用幸福到不行的聲音替男朋友回答。

我相信愛情是具有某種特殊力量的，這一點無庸置疑，只是誰也不知道它會如何發揮出來，而又應用在什麼地方而已。

吃過蛋糕，魏嘉錚跟曾國謙跑進吸菸室裡抽菸，趁著楊欣怡也到洗手間的空檔，藝紜問我有沒有空，想到外面聊聊。我可以猜得到她會有什麼想說，只是我不太相信，這樣的夜晚她會找我吵架。從咖啡店裡出來，外面又下起淋人不濕的細雨。

「我知道妳今晚會來。」

「楊欣怡如果邀請我，我沒有理由說不，不是嗎？」

「但妳似乎不記得我說過的話。」

我知道她指的是什麼。「妳認爲今天晚上適合吵架嗎？」我搖頭，「我猜今晚的主人不會希望看到這種場面。」

「那妳就應該知道怎麼避免這種尷尬。」

「誰尷尬？妳？我？還是魏嘉錚？」我抬起頭，藝紜一向比我高一些，但今天晚上我的頭抬得更高，「我自問沒有故意去傷害任何人，也沒有企圖造成誰的不便，更沒有打算去影響誰的生活。」往前一步，我壯起了膽子，「這麼多年來，我從來沒有想過要跟妳爭什麼，從來沒有。但妳可不可以別對我抱持這樣的敵意？如果妳是喜歡魏嘉錚的，那就勇敢告訴他，別只是一廂情願地對他好。妳知道他這個人，妳一向都比我知道，不說清楚，他就永遠不會當一回事。我……」

「用不著妳來教我好嗎？」打斷了我的話，藝紜也朝我站上前一步，「不要跟我談這個，妳不配，也不會比我更明白他。從國一開始就是這樣，還記得我問過妳的嗎？當妳人在二班享受資優生的光環時，誰陪他在十二班的教室裡念書？當妳國中畢業就拍拍屁股上台北時，誰陪他去考那個完全沒把握，卻毫無選擇餘地的五專聯考？當妳人在台北悠遊自在時，誰陪他經歷了專一那一段狗屁愛情？當妳重新又出現在他面前，把他原本已經平靜的生活搞得一團亂時，誰在聽他說這些心情？」

藝紜的聲音尖昂而細膩，語氣不疾不徐，而雙眼直盯著我，那銳利的目光讓我幾乎無法躲藏。對於她所說的，我毫無辯解之地，確實那些都不是我陪著魏嘉錚一起度過的。

「那現在呢？妳想怎麼樣？我很好奇的是妳到底想怎麼樣。這些年來始終沒有死心的人又是誰？妳讓他跟妳去瑞芳、大老遠跑到台北來找妳，妳想過他的處境嗎？他的經濟能力允許嗎？我不覺得妳有考慮過這些。」藝紜一口氣把話說完，然後冷冷地看著我，「唐雨寧，妳很自私，從頭到尾都是。」

然後我無言了，她的話句句針砭著我，讓我徹底被打敗，而且原來是被我自己打敗。

「說起來也許我應該怪自己，當年要不是妳早我一步表態，也許今天這樣壓抑自己，處處委曲求全的人會變成妳也說不定。」她冷笑。

「愛情沒有什麼先後……」我搖頭。

「是呀，沒有先後之分是吧？所以現在妳就又堂而皇之、大搖大擺地跑出來攪局了是吧？」藝紜打斷了我的話，「妳可以不管先後，但也不能自私成這樣吧？」

然後我沉默了。

「我也不想跟妳爭，但唐雨寧妳得搞清楚，不管我跟他是以什麼樣的理由在一起，至少我做的從來都不比妳少。」

那一晚楊欣怡接連打了好多通電話給我，但我沒接。西門町的華燈閃爍、霓虹懾人。我把傘忘在咖啡店裡，獨自從捷運站轉車回樹林。藝紜的每句話都像利刃一般戳進我心坎裡，而我沒有哭，只是失魂落魄地，從捷運換成電聯車，到樹林後，慢慢往阿姨家的方向走。整個腦袋都是空的，思緒裡只反覆播放著藝紜的那句話：「唐雨寧，妳很自私，從頭到尾都是。唐雨寧，妳很自私，從頭到尾都是……」

就在阿姨家外面的便利商店前，阿光也打了電話來，我依然沒按下接聽鍵，但眼淚卻在這時崩潰而下。我蹲在便利商店外掩面而哭。是的，我是自私的，從頭到尾都是，而且不只對魏嘉錚一個人而已，對阿光也一樣。而這些在我終於徹底地感受到痛時，都已經來不及補救什麼。

人最難的不是點頭承認失敗，而是面對自己的失敗。

今晚我輸得很徹底。

49

躺在床上，我一點起床的念頭都沒有，腦袋沉重萬分，而四肢則完全無力。阿姨笑著說這是個很不平安的平安夜，因爲我淋雨回到家，隔天就患了重感冒。除了撥打一通電話給學姊，詢問系上活動的成果之外，我幾乎都維持在關機狀態，不想聽見任何人的聲音，也不想跟外界有任何接觸。

這一切眞是夠了，再繼續也沒意義了。藝紜說的每句話都讓我難以反駁，這些年我自以爲承受了多少，但看在別人眼裡，其實我不過是個自私透頂的人罷了。既然如此，那我還能說什麼呢？

不想耽誤阿姨跟姨丈的行程，今天他們要到桃園去訪友。我吃過藥，躺在床上。窗簾掩著，屋外有陽光透入，把房裡映成昏黃一片。昨天他們後來怎麼樣了？魏嘉錚知不知道我跟藝紜吵了一架？楊欣怡會不會怪罪我的不告而別？我很想一一道歉，但道歉又有何用？能改變什麼嗎？我想大概什麼都改變不了吧。自始至終都是個錯誤，我天眞地以爲一群人還可以像國中時一樣，但錯了，徹底地錯了，那些不過是我一廂情願而已。昨晚走在西門町，他們是很登對的兩組，而我壓根就不應該去當那第五個。

感冒到了第二天依然不見好轉，阿姨替我請了假，也帶我去看過醫生。我挨了兩針，回到家就因爲體力不支又倒下。晚上有學術股的學姊打電話來詢問病情，還直誇獎我在幾次活動中的功勞，說明年她競選系會長時，一定要推舉我繼任學術股長，又說現階段她有意邀請我擔任副股長，問我意願如何。

笑著，我婉拒了她的好意，因爲這些忽然都讓我感受不到一點意義與價値，那些忙碌是爲了不讓自己胡思亂想，而事實上我不但想了，而且還介入無法脫身的漩渦中；那些因爲忙碌而呈現出來的活躍，是因爲我想改變過去沉悶而封閉的自己，想證明自己也有長袖善舞的能力，但這一切原來一點用處都沒有。躺在床上的兩天，我終於明白，所有的改變只爲了一個人，如果那個人看不見的話，那這些就完全失去了意義。

我不知道魏嘉錚看見了沒有，但就算有又怎樣？我做的一切，不但沒能證明什麼，甚至就如藝紜所說，只是嚴重地破壞了他原本的生活而已。而這些，自私的我卻從沒考慮過，所以我也沒有資格去教訓藝紜該怎麼做，才會對魏嘉錚最好，這些年來，她已經比我清楚太多。那天晚上我自以爲是的說詞，其實只讓我自取其辱。躺在床上，我輕閉眼睛，電腦裡反覆播放著同一首歌，那是我跟魏嘉錚在瑞芳時，聽到王傑跟葉歡合唱的，「你是我胸口永遠的痛」。

我的心很痛，而且痛得讓我無地自容。

所以一切就到此爲止了吧！當身體終於稍爲痊可，我背著背包，搭上列車又轉捷運到校時，站在校門口，我這樣對自己說。剩下兩天就跨年，如果可以，我希望過去所有的種種，都在今年結束了吧！不管該不該爭，反正我都輸了。我可以不再過問魏嘉錚的事，也盡量避開隔壁班的曾國謙，甚至還可以退出系學會，從此只當一個認眞上課的學生就好。

同學們大多都過來表示關心，我一一向他們道謝。中午的課一上完，曾國謙跑過來找我，他對平安夜那晚的事隻字不提，只問我身體好點沒有。

「嗯，謝謝。」沒走出教室，我坐在座位上，帶點距離，向窗邊的他道謝。

「好像你們出了一些溝通上的問題，楊欣怡叫我不要管太多，但是那天晚上後來好像魏嘉錚很不高興，我覺得好像又跟梁藝紜有關。」他有點爲難的表情，「我不知道誰對或誰不對，但楊欣怡站在妳這邊，這妳知道的。」

「我知道。」充滿了感激跟歉意，我請曾國謙代我跟她說聲謝謝，也說句抱歉。

「這個我可以替妳傳話，可是還有另外一個人，那個妳可能得自己去說。」曾國謙嘆口氣，把一個信封交給我，「我只能替你們做這麼多。」

「沒關係。」起身，我用依然無力的步伐，走過去接下了那信封。

「還有，」臨走前，曾國謙回頭，他思索了很久才開口：「其實很多事情都沒有想像中困難，我眞的這樣覺得。」

「嗯。」而除了微笑點頭，我已經說不出半句話來。

那信封裡有兩樣東西，其中一樣是我當年親手寫下的兩句話，就是那張印著略顯模糊的桂花圖案的書籤。字跡依舊，紙張已經泛黃，但它被保存得很好，沒有折損，也沒有汙漬。「採擷一季的相思，寄予無限的祝福」。而另外則是一張小紙片，上面寫著：「我畫過了當年的約定，畫過了昨天的約定，還想畫一張未來。」

筆跡力道很強，勾勒間有魏嘉錚固執而頑強的風格，讓我看得心痛。那天傍晚我終於打開手機，裡面有滿滿的訊息，來自每個找不到我的人。我一封都沒看，卻傳了簡訊給魏嘉錚，約他跨年夜見面，如果他這幾天想得夠清楚，確定自己眞的想畫一張未來的話。

這是我們最後一個約定，也是最明確的一次約定。

50

沒有跟任何人商量，也不去思索之後究竟應該怎麼樣，我沉默地上完今年的最後一堂課，然後又安靜地走出學校。我終於知道問題的答案，那關於「未來」的問題。

路上遇見的每個人都是心思浮動的，今晚適合狂歡，而狂歡後則有新的未來一年在等著他們。獨自搭捷運到台北車站，天色尚早，到處都可見今晚跨年活動的籌備，車站附近尤其熱鬧，新光三越前還有盛大的倒數計時，那邊正在張燈結綵。站在南二門外看了許久，我低著頭轉身，這裡不是今晚我該出現的地方。跟魏嘉錚約在車站旁的陸橋上等，那是在車站的西北角。

也許是因爲節慶的緣故吧，今天在陸橋上有許多攤販，販賣著帽子、圍巾或手套之類。我在陸橋上走了一回，抬頭還有灰藍色傍晚的天。沒跟魏嘉錚確定約見的時間點，只說是晚上，我想他現在應該正從苗栗趕過來吧？

走過一圈，什麼也沒買，摸摸肚子，也了無食欲。我從陸橋上走下來，坐在北三門外的花圃邊，正好可以清楚看見橫亙承德路跟市民大道的陸橋。

見了他，應該說什麼呢？我依然沒有答案。勝負已經明白，我不但輸給了藝紜，更輸給了自己。在手心裡呵著氣，看看手掌，這雙手要怎麼握得住未來？

然後天空開始變色，從灰藍轉成橘黃，路上的行人更多了，我依然安靜坐著。陸橋上有來來往往的行人，也有吆喝生意的小販，我睜大雙眼往上望，那兒有沒有跟我約定好了的人？沒有移動步伐，這是個很隱密的角度，剛好可以避開陸橋上往下望的目光。

魏嘉錚呀魏嘉錚，爲什麼你要讓我這樣記得你？當黃橘色天空漸漸被黑暗吞噬時，我終於看見了自己要等的人。魏嘉錚走得有點急，從陸橋的另一邊過來，他步子邁得很大，不斷朝周圍搜尋著，走了一圈後，他帶點焦急的神情，倚靠在欄杆邊，我看見他點了一根菸，而點菸前，他放下手上的一束花。

那束花是要給我的嗎？我露出了微笑，十多年來，我還沒從男生的手裡接到花束過。今晚魏嘉錚會把那束花送給我嗎？站在花圃邊往上看，他不斷地吸著菸，神情非常焦慮。

你在焦慮什麼呢？我似乎從沒見過魏嘉錚的焦慮模樣，他總是這樣，看來平淡也平靜，彷彿對一切都保持著距離。仔細回想，那年蹲下身去，彎腰抓起地上一把紙屑跟樹葉，他的神色非常自若，很理所當然的樣子；他騎著腳踏車從我旁邊飛快而過，幫我修好腳踏車鏈條的脫落，都是稀鬆平常的模樣。我爲什麼在那時候開始喜歡他？他到底做過些什麼？我甚至想不起這人在國一擔任班長期間有過什麼傑出表現，他的成績到國二之後簡直爛到谷底，連老師都不要他，還說要他打包好，準備滾回普通班去。

然後我也在想，藝紜從何時開始喜歡魏嘉錚的？喜歡他哪一點？這個一眼看過去，很容易就淹沒在人群中的人，爲什麼會讓藝紜愛得死去活來？

我盯著陸橋上的魏嘉錚，他已經抽完了菸，花束從左手交到右手，又從右手交到左手，然後原地來回走了幾步，又開始四處張望。天還沒黑，還不到我們約見的時間。

幾度起身而又坐下，我的雙眼始終沒離開過陸橋上的那身影。然後那時的他開始補習，曾主任像對待自己孩子一樣地待他，幫他付清補習費。我還記得那一次眨眼，曾主任要我保守祕密。後來魏嘉錚也沒讓主任失望，他在補習班的成績不差。不過也從那時候起，我跟藝紜開始有了摩擦，她認爲我應該勇敢一點，但我卻連寫封信給魏嘉錚的膽量都沒有。

他在想些什麼呢？是不是怪我不把時間約定仔細？只說今晚在陸橋上見，但卻沒指定時刻，那麼他會在這裡等我多久？人潮逐漸地多了起來，都陸續往車站的方向移動，魏嘉錚拿著花束四處張望，車站外的人太多了，他看不見我。

當我後來終於弄清楚他跟楊欣怡的關係後，這個人讓我覺得更加複雜了些，如果當時他在跟楊欣怡交往，那一切都會簡單許多，但事實上沒有，他們只是很好的知己，那麼魏嘉錚當時有沒有喜歡過誰？說他們是知己也都過分了，因爲魏嘉錚知道楊欣怡的祕密，但楊欣怡卻對魏嘉錚幾乎一無所知，她跟曾國謙都只能猜到與我有關，卻不曉得中間有多少詳情。

你爲什麼這麼不願讓人了解你呢？又或者說，除了藝紜，難道沒有人知道如何去了解你嗎？我想這也難怪藝紜會如此生我的氣了，那兩瓶相思豆，是魏嘉錚指名了要分一瓶給她的。現在只剩我從舊課本箱裡撿出來的一顆，我重新裝瓶，瓶中只有一顆豆子，也許上天註定了，一顆豆子一顆心，心不能讓，所以豆子還在我這兒。只是在我這兒又怎樣？我也不敢要了。

過了晚上八點半，我動也沒動，任隨人潮在身邊流過，我專注地睜大雙眼，看著陸橋上的魏嘉錚又抽完了幾根香菸。

該上去跟他見面了吧？我三番兩次催促自己。這是我跟他的約定，說好今晚要碰頭，說好了也許有機會讓他畫一張未來的我。但我應該上去嗎？我還有資格上去嗎？藝紜會不會對我嗤之以鼻？自私的我從沒考慮過別人的想法，也沒在意過別人的感受，我憑什麼確定自己能給魏嘉錚快樂呢？所以我沒有走上階梯的勇氣，只能這樣地看著他的焦慮。

然後我想起阿光，台北車站外，還有眼前這座陸橋，這是我跟阿光每次相約的老地方，在這裡，阿光給過我好多好多建議，也給過我好多好多回憶，所有的疑難雜症，他在這裡爲我排憂解難，而今呢？我不能再去煩他，只能懷抱著煎熬的情緒，在故地對比著過去的安全與溫暖。

至於魏嘉錚，如果是藝紜在他身邊，她會怎麼安慰他？我猜今晚她一定邀約過魏嘉錚，那這是否讓他們又起了衝突？如果藝紜知道魏嘉錚在陸橋上已經站了快三個小時，卻還等不到我，那她會不會又嘲笑起我的懦弱？

手機響起，是魏嘉錚。心慌的我很快地按下切斷，即使不接通，那震動的頻率都會讓我心亂如麻。魏嘉錚打了兩通電話，在接連被切斷後，他捎來短訊，問我人在哪裡，說他擔心我。

我就在這裡，只是你沒看見而已。望著天橋上的他，我默默地在心裡說著。

所以我是愧疚的，爲了同學會後的種種。也許我應該壓抑所有的情感，別像藝紜所說的，破壞了他上專科後，好不容易建立起來的平靜生活。在他的世界裡，有一大群可愛的羅漢魚，有他耕耘出來的一片天，有藝紜陪著他走過風風雨雨。我的出現只讓他的生活又走入混亂與複雜，甚至破壞了他跟藝紜的感情。

曾國謙說，那天我在楊欣怡的生日聚會上提早離去，魏嘉錚很不開心地跟藝紜起了爭執。他們現在和好了吧？手機又響，我又掛了電話。時間是晚上九點半，新光三越那邊開始傳來音樂聲，歌舞昇平，繁華似錦，但我依然只盯著陸橋上的人，陸橋上那個人則只在人潮中搜尋著他等待的人。

我會想起很多關於他的種種，那已存入泛黃記憶中的，或在轉眼不久前的，我都牢牢記得。只是我不知道記得這些還有什麼用，當夜已深，我傳了訊息給阿姨，說今晚跟同學一起跨年會晚回家之後，又過了多久呢？魏嘉錚似乎意會到了我的失約，他低著頭，幾乎不再在人群中搜尋。而人群也已減少許多，新光三越那邊歌唱聲不停，我聽見活動主持人用高分貝的聲音邀請大家一起倒數。

要過新年了呢！我看著魏嘉錚，你今年有什麼新希望嗎？我站起身來，望著又把香菸點著的他。如果非得許個心願的話，我希望他在新的一年裡，能夠快快樂樂，這樣就好。

「十、九、八、七……」主持人與現場所有觀眾一起呼喊著倒數計時，我幾乎要閉上眼睛，再不忍心看下去，魏嘉錚把花束放在腳邊，他身體靠在陸橋的欄杆上，雙手緊握，抵住額頭，像在禱告著什麼。

你信神嗎？或者你也在許下心願嗎？我聽見倒數終於到了最後一秒，接著鞭炮與歡呼聲不絕於耳，魏嘉錚抬起了頭，他疲倦的臉孔跟以前一樣清秀而分明，我掩住自己的臉，有淚水開始滑落。

新年快樂，偷偷地，我這樣祝福著。如果可以的話，你要快點忘了自私的我，因爲我終究鼓不起勇氣上去找你，藝紜沒有錯，你別再怪她，她讓我看見了自己的軟弱與自私，也證明了她對你的感情有多眞摯。

蹲了下來，我抱著膝蓋，聽見自己的哽咽。過了這一刻，「今晚」的時間就算過了，時間計算開始進入「凌晨」，這是一次我們最清楚的約定，不是嗎？而我終於失約了。

對不起，我愛你，但我說不出口我愛你。

我親手撕碎了所有的可能，放任記憶隨風飛逐。
不見大雪天，不見舊容顏，
只有微末少許的思念，無際無邊。

我說不約定也許是最好的約定，而你說真的愛了，就不再需要約定。

元旦假期，我睡到傍晚才醒。阿姨問我去哪裡玩，我說跟同學一起在台北車站附近跨年。是跨年沒錯，只是既沒有同學，也沒有朋友，只有我跟魏嘉錚兩個人，而他在陸橋上，我在北三門外，直到那場跨年活動結束，人潮又開始移動，我們始終沒有離開過。魏嘉錚抽完了所有的香菸，我則哭乾了眼淚。當黎明乍現，天空開始隱約泛藍時，只剩下滿地的紙屑垃圾，還有喧嘩歡騰後的落寞。魏嘉錚小心翼翼地將那束花又放下，擱在陸橋的欄杆邊，那是他等了我一晚上的證明。我看見疲憊的腳步，他幾乎完全沒有抬起頭，就這樣踽踽獨行，慢慢走到階梯邊，一步一步走下，消失在我的視線裡。

回來後的這假期，我幾乎都躺在床上，很努力地讓自己的思緒轉向其他方面，以免每一想起魏嘉錚的背影，就有忍不住的眼淚，但愈是不要自己去想，卻偏偏愈不能克制得了。將近二十年來，我不知道放棄愛情的滋味原來如此難受，在床上翻來覆去一整天，連想好好睡一覺都不行。

這樣應該就算解決了吧？我這麼想。所有的是非對錯，所有的纏繞糾葛，甚至愛恨情仇。那是一個我可以確定愛情存在的機會，但最後我選擇的，是花去一整晚的時間，眼睜睜看著機會從面前流過。而我不悔，如果這麼做，可以換得所有人的平靜或幸福，那麼我就不悔。

元旦假期過後不久，就是我上大學後所遇到的第一次期末考。考試科目都不難，有了期中考的經驗，我對申論題的解答方式更有概念，況且這兒沒有數字，也沒有多少需要用到英文的地方。

魏嘉錚沒再打過電話給我，甚至連楊欣怡也沒有。我猜她已經知道了消息，所以也交代過曾國謙，幾次我在學校遇到，曾國謙面對我的表情總是欲言又止，又充滿莫可奈何的焦急模樣。那很好笑，不過也讓人感激，一切都在不言中，我是不想講，他們是不敢提。

也許這樣也好。當我帶著簡單的行李，踏出國光號車門，踩上故鄉的土地時，這樣對自己說。暫時離開了陰霾多雨的北台灣，我也需要一點陽光。

老爸依然在道場混，不過他已經收斂許多，不會再要我或我哥一起去，那也好，大家都輕鬆。媽媽剛把我接回家，我行李都還沒放下，電話就響了，是楊欣怡打來的，問我回鄉下了沒。她的聲音聽來輕鬆，睽違多日，似乎已經不把她生日那天發生的事放在心上。她不讓我有跟自己老媽敘舊的機會，要我行李放好就出來喝茶。

「最近還好吧？」看到她的第一眼，我寒暄。

「這句話好像應該我來問才對。」而她微笑著。

問她爲何急著找我出來，楊欣怡的笑容一斂，問我知不知道魏嘉錚家裡的事。

「什麼事？」我也眉頭一皺。

「他外公過世了。」楊欣怡告訴我，就在元旦假期的第二天，魏嘉錚的外公因爲多年的心臟病發而過世，魏嘉錚連期末考都沒考，就趕回來幫忙處理喪事。

我聽得錯愕，心裡充滿了慚愧，最近除了忙考試，我偶爾會想，魏嘉錚不與我聯絡，可能是因爲我已經讓他死了心，也可能他會恨我怪我，所以不想再跟我有所接觸，但怎麼也沒想到，居然是因爲這理由。

「我問過他，要不要告訴妳，不過魏嘉錚說不要，他怕影響妳的期末考。」楊欣怡喝著茶，問我，「我不知道你們之間究竟怎麼樣，不過從旁人的眼光看來，他似乎很怕自己會對妳的生活造成困擾。」

我苦笑著，到底是誰造成誰的困擾呢？藝紜認爲我妨礙了魏嘉錚，而魏嘉錚反而怕自己妨礙了我？

這一晚，除了寒冷些之外，小鎮的天氣很好。我的感冒還沒痊癒，慢慢喝著熱茶，一邊聽楊欣怡說著話。平安夜那天晚上，魏嘉錚發現我提早離開後，臉色變得非常難看，跟藝紜也幾乎不說話。曾國謙在旁邊不斷插科打諢都無濟於事，弄到最後，四個人圍坐一桌，表情都很僵硬。楊欣怡說那是她過過最特別的一次生日，彷彿自己置身在電視偶像劇裡頭似的。

「而且我居然還在裡頭跑龍套。」她笑著說。

那天的後來，魏嘉錚終於忍不住了，他問藝紜到底爲什麼要這麼做，而藝紜卻一句也沒說，既不爲自己辯解，也沒說什麼我的壞話，更沒向魏嘉錚告白。

「我沒見過這麼倔強的女孩，眞的。」楊欣怡回憶著，「她什麼也不說，連一滴眼淚都不肯流，抓了包包，轉身就走。」

「後來呢？」不知道爲什麼，我忽然發現自己擔心的不是魏嘉錚的反應，而是當時藝紜的心情。

「後來魏嘉錚也走了呀。」

「我是說藝紜，後來呢？」我聽到自己有點著急的聲音。

楊欣怡搖頭，因爲那之後的幾天，他們並沒有聯絡，接著魏嘉錚捎來簡訊，就說外公過世了。

我點點頭，關於跨年夜那晚的失約，我沒有說出來，這些或許也應該就別再說了。因爲魏嘉錚的外公過世，所以他沒有多餘的心思來想到我，而換個角度想，他沒時間想到我也好，至少可以少點心煩。我如果把這件事告訴楊欣怡，以她熱心的個性，難免又會勸我或勸魏嘉錚再接再厲，但我卻眞的不想了。

「要不要去給魏嘉錚的外公上柱香？」

「還是不要好了，恐怕不是那麼方便。」我淡淡地微笑。

她明白我的意思，看看時間將晚，楊欣怡打了電話給曾國謙，兩個人約了還要去逛夜市，我心裡羨慕著他們的甜蜜。

楊欣怡離開前，問我要不要一起去，而我婉拒。茶喝不到一半，我也還沒有想回家的心情。

她收拾著自己的包包，拿出了平安夜那天晚上，我丟在咖啡店裡的傘。

「謝謝。」

「不必客氣，」她站起身來，嘆了口氣，「老實說，傘是魏嘉錚交代我要帶回來給妳的。」

我只能默默地接過，心裡無限惆悵。

過沒多久，曾國謙騎了車來，楊欣怡先到櫃檯付過自己的茶錢，然後跟我說再見。目送他們離開，我把雨傘收好，正想繼續喝那剩下的半杯茶時，櫃檯小姐忽然走了過來，端給我一杯熱的黑糖薑茶。

「這不是我點的飲料喔。」我納悶。而那小姐告訴我，這杯飲料是剛剛楊欣怡離開前，在櫃檯結帳時順便點的。

充滿謝意，我現在不只羨慕她的幸福了，還更忌妒曾國謙的福氣。想想，我決定要撥通電話給他們倆，調侃調侃也好。結果沒想到，才剛拿出手機，就看到一封簡訊，發話人是楊欣怡，那訊息寫著：「黑糖薑茶記得趁熱喝，魏嘉錚說妳那天淋雨回去，一定會感冒，交代了我，若跟妳見面，要幫他關照妳的身體。而剛剛，妳總共咳了四次，擤了兩次鼻涕。」

不見面不講話不代表不想念不關心或不愛了。

52

「還記得我跟妳說過的話吧？凡事都問自己，有沒有更好的辦法。」阿光問我。

「記得呀，你還說人生很多事情都可以從大人或小孩的觀點去看，對吧？我都記得。」一邊搓著阿光的光頭，我一邊心不在焉地回答著。這顆腦袋實在太好笑了，哪有人從入伍到退伍都是光頭的？

「那妳認爲妳現在採取的是最好的辦法嗎？」

「我認爲我現在採取的是摸起來最順手的姿勢。」我忍不住還是笑了。

「媽的。」他給我中指。

馬祖到底有多熱？阿光用他那顆被曬黑的光頭做了回答。

農曆年還沒到，我接到阿光打來的電話，他以前打給我時，通常沒有什麼背景聲音，而這次意外地卻有車馬聲喧，我還以爲他放假，結果他居然已經在兩天前拿到退伍令了，折扣役期後，他服役的時間原來也不怎麼長。而一退伍回台灣，立刻就開始到處跑，連續拜訪了幾位以前在碩士班認識的教授，準備今年六月就考博士，打這通電話給我時，他人已經在台中，剛結束到他老師家的拜訪，因爲要回台北了，所以才打個電話給我，看能否見上一面。

我急忙忙地搭車去赴約，請他吃了一頓飯，當作是接風洗塵，順便玩玩他已經理慣了的光頭。他當兵的這一年多，我們完全沒有見過面，甚至當初他在新訓中心時，也沒叫我過去看他。現在重逢，感覺上他比以前又更健壯許多，不過個性反而愈發像個大孩子。

吃飯中，他聊了軍旅生活的一些趣事，也提及退伍後的打算，而我則簡單地說了我跟魏嘉錚、藝紜之間的種種。這些現在是可以談的時候了，因爲在我而言，那些都已經過去了。

「如果是別人的話，也許我會以爲眞的就過去了，不過如果是妳的話，」阿光搖頭，「不要以爲我理了光頭就還是一身菜味的大頭兵。」

能再跟阿光這樣談話，我覺得很開心，彷彿自己又回到了高中，那個有他陪我一路走來的年代。不過當然我也知道，時間是不能倒流的，退伍後的阿光要更努力攻讀博士，同時也會開始在一些專科院校應聘當講師，他有自己的路要走。而一年多前的小女孩，現在是個大學生，以後還得像曾主任一樣，爲無數的學生付出，我不能再跟過去一樣，凡事仰仗阿光給予指點。

吃過了飯，我們往火車站的方向走，阿光還要回台北。走著，他又問了我一次，是不是決定從此不再跟魏嘉錚聯絡，要徹底離開這個是非圈。

「當然。」我點頭，「不管誰妨礙了誰的生活，總之都不對，是遲早應該有個結局的，不是嗎？」

「嗯嗯。」他也點點頭，不過卻露出了詭異的笑容。

「笑什麼？」

「我在確定一件事情。」他搓搓下巴，一副老謀深算的樣子。

「你最好確定一些比較有建設性的。」而我握拳。說也奇怪，跟阿光見面時，我總覺得輕鬆愉快，而且絲毫沒有顧忌，可以放肆地玩在一起。

「他一定在妳心裡佔據著一塊非常重要的位置，而且無人可以取代。」

「何以言之？」

「很簡單哪，如果妳不夠愛他，就不會這麼在乎他，而如果他在妳心中沒有非常重要的地位，那妳又何必連要遺忘一個人，都得這麼信誓旦旦？」阿光說：「而且呀，如果他是可以輕易被取代的，那為什麼這麼久以來，妳就是沒愛上我？對吧？」

我聽得一愣，但看見他要笑不笑的表情，便知道這不過是句逗我開心的玩笑話。

「你倒是見解獨到喔？」我瞄他。

「當然，我是誰？我是李韶光耶，向來都以見解精妙、鞭辟入裡聞名，當然我有一部分是因為天縱英才，不過更多的是我後天的辛勤努力，以及我在人生道路上的豐富閱歷……」

「是、是，我懂，我懂。」我有點傻眼，這個人怎麼變成這樣？

「或者妳也可以這樣說吧，其實那是因為我這個人充滿感情，對很多事情都能夠感同身受，也屬於多情重義的一派，雖然我平常看來大而化之，但事實上……」

「但事實上火車已經快要開了。」我指著時刻表。

「幹！」然後他大叫了。

這是李韶光，以前的個性理性又沉著，現在則多了詼諧幽默的李韶光。看著火車離開月台，我充滿欣慰，也許生命中總有許多的不如意，但至少我還有很多好朋友在身邊。阿光似乎已經放下了一些什麼，而那些我們也都心照不宣，就將它收在心底。這樣是對的，唯有如此，我們才能在未來的路上，繼續當互相扶持的好朋友，而我也相信，這才是好朋友的意義。

從火車站出來，今天出門太匆忙，剛剛又請阿光吃了一頓飯，身上已經沒有太多閒錢。打消了逛逛書店的念頭，我往客運站的方向走。

台中的空氣比台北好上許多，但跟鄉下一比則又顯得污濁。我加快了腳步，想趕在天黑前上車，這樣回到家也不會太晚。

車站人不多，我排在隊伍後面，正在掏錢時，忽然電話響起。我直覺地認爲那一定是阿光，火車都還沒開出台中縣境哪，這麼急著打電話報平安呀？

「我還在台中呢，你呢？」我看都沒看來電顯示，直接就接了。

「正好，本來以爲得回鄉下找妳的。」那聲音讓我錯愕，一個從沒想到還會打電話給我的人，用細膩而清晰的聲音對我說：「我也在台中，方不方便談談？」

53

也許不是什麼都會有更好的解決辦法，但起碼我們不能逃避，對吧，藝紜？

出了車站往北走，我們約在台中公園。這兒我沒來過幾次，眼下有好幾處正在施工維修中。順著路邊過去，大老遠就看見藝紜正坐在涼亭裡。

今天的她和以往不同，臉上既無淡妝脂粉，衣著也顯得樸素，而更引人注目的，是她的黑眼圈跟淩亂的頭髮。她整個人看來非常憔悴。

走入涼亭，我心中有萬分的無奈。還要談什麼呢？我都已經退到這地步了，難道眞的非得有一個人從世界上消失，才能夠太平嗎？沒有生氣的意思，也沒有怨懟的心情，我只是充滿了無力感。

涼亭不大，中間有張小石桌，我選擇在她正對面坐下。傍晚的天空，無雨無晴，只有行經公園的人車聲，跟偶爾幾條野狗從涼亭外跑過去而已。

沉默著，看著眼前的藝紜，她讓我感到非常陌生，這個人還是我所認識的梁藝紜嗎？她只是安靜地看我，但我懷疑那是不是眞的在看我。藝紜的視線有點飄忽，也有點木然。

「總得有人先開口，對吧？」隔了半晌，我聽見自己的聲音，「我不知道我們還可以談什麼，不過既然找我來，那就說說話吧。」

然而藝紜沒說話，她還是維持原來的姿勢，一樣沉默著。

「不說話的話，那見面做什麼呢？」儘管於事無補，但我還是想聽聽看，在她應該已經知道我對魏嘉錚失約後，她還有什麼對我不滿意的地方，放鬆了肩膀，我抱著已經釋然的坦率心情。「說吧，這也許是我們這輩子最後一次見面了。」

我不知道這句話給了她什麼啓示，但藝紜的下巴微抬，她看著我，訥訥地說了一句話：「是呀，這輩子。」

有點疑惑，我直盯著今天完全失去銳氣的她。藝紜又沉默了許久，過了好一會兒，她嘆息著，從外套口袋裡拿出一包香菸，點上了一根，有清淡的薄荷味道傳來。這個點菸的動作讓我眉頭微皺，藝紜什麼時候學會抽菸了？她渾不在意我的目光，香菸含在嘴裡又吸了一口，而這次我看清楚了，她其實沒把煙吸進喉嚨裡，只在嘴裡一轉便又全都吐了出來。

「找妳來，是因爲有些話我想或許我應該說，而且如果今天不說，也許之後我就說不出口。有些時候我不懂，眞的很不懂，不知道妳是不是也有過同樣的感覺。」藝紘看著手上正燃燒著的香菸，說：「有些事，是不是眞的只能靠冥冥中的上天註定？否則，爲什麼不管人們做了再多也沒用呢？」

「如果妳說的是感情的問題，我想也許妳……」我搖搖頭，這些話我已經聽了太多了，自認爲已經無須再跟她談到這些的我，抓著包包就想起身。

「坐下吧，就像妳說的，也許這是這輩子我們最後一次能有機會這樣說話，」她看著我，「心平氣和。」

我呆了一下，於是重新坐回石椅上。

「妳還記得嗎？我們第一次見面。那時候，全班五十幾個人，我只認識妳一個，在我心裡，妳是一個讓我必須謹愼面對的對手，可是不曉得爲什麼，我又覺得妳是我最要好的朋友，那種感覺非常矛盾。」藝紘背倚在圍欄邊，指尖輕顫，彈去一截菸灰。「我猜妳一定不知道，其實我很羨慕妳，甚至嫉妒妳，因爲妳好像不管做什麼，都是那麼輕而易舉，甚至不費吹灰之力，以前的功課是這樣，後來的愛情也是這樣。而我就不同了，什麼都得在後面追，有時候還未必追得上。」

我安靜地聽著，沒有任何反應，藝紘的話勾起了一些當年的回憶。既是對手又是至交好友的矛盾感覺，確實我也有過。

「不曉得妳還有沒有印象，那時候有個八班的男生寫情書給妳，我當時好嫉妒，爲什麼是妳？爲什麼？我們班上還有很多漂亮的女生吧？楊欣怡呀，甚至陳婉孟呀，爲什麼不寫給她們，卻寫給妳？」藝紜又彈了一截菸灰，然後索性把剩下的香菸踩熄，她挪了一下坐姿，接著又說：「所以妳不知道，當國三那一年，我在補習班頭一次接到情書時，我的心情有多興奮！晚了一年，不過總算追上了妳的腳步。」

我低著頭，專心聽著，而心裡感到非常詫異，這些，當年從沒聽藝紜說過，那個八班的男生，因爲寫了幾封情書給我，後來惹出很大的麻煩，甚至連魏嘉錚都被牽連進去，當時我只覺得很煩，卻沒想到始終陪在我旁邊的藝紜，還有這樣的感覺，想想我眞的太疏忽她了。

「所以後來我很努力，我告訴自己，無論在任何方面，都不可以落後，我要表現得比妳更好，不能丟臉。」

「我從來沒有看不起妳過。」我插口。

「妳不會，但是我會。」而她也跟著打斷我，「我沒辦法忍受永遠都輸給同一個人的感覺！國小校長獎，妳要就給妳！國一分班，妳要先進資優班，妳去！妳先收到情書、有男生因爲妳而衝突、加入學校的美術組……什麼都可以，我都跟自己說沒有關係，只有一件事情不能！我沒辦法眼睜睜看著自己暗戀了快六年的男生，就這樣離開我，而原因還是爲了妳！」她說著，情緒逐漸高漲起來，整個人又有劍拔弩張之勢。

沒回答，我想不出什麼可辯駁的話，而就算有，我也不想。沉默地看著藝紜，她似乎也察覺了自己的激動，整個人的動作都在瞬間停了下來，我看見她鬆開緊握的雙手，整個人癱回石椅上，又點了一根香菸。

「不過，看來我還是輸了。」她猛吸了一口，吐出濃濃一片煙霧，「所以我說，有些事情是上天註定了的，無法改變。從以前到現在都一樣，我不能接受，但卻不能不接受。」

「我已經跟魏嘉錚徹底地結束了，這妳應該知道。」我想提醒她。

「結束不了的……」她苦笑著搖頭，喃喃自語般，「結束不了的，那是騙不了人，也騙不了自己的。」

仰望著涼亭的屋簷，藝紜沒看我，她自顧自地說著：「妳以爲放他一次鴿子，他就會死心嗎？錯了，那不是他。」

「我可以從此不再跟他聯絡。」我咬了一下牙根。

「算了吧，如果不聯絡，就可以忘記一個人的話，那他早該幾年前就把妳忘了，不是嗎？」藝紜把視線移回我身上，「從他上專一，遇到九二一地震，把以前國中的教室都震垮之後，我跟他每次回學校散步，他最常說的一句話，就是『雨寧如果知道那些老教室都沒了，一定會很難過』，再不然就是『可惜，大家在一起念書的回憶就眞的只剩下回憶了』。妳懂嗎？他在乎的不是那段跟我兩個人，放學後還一起在十二班教室念書的日子，而是他明明就很不受歡迎，到處都有人討厭他的那些記憶，爲什麼？爲什麼？」

沒有回答，我聽著藝紜繼續苦笑，「所以，當他專一，有女生主動告白時，妳不知道我有多麼替他高興，因爲他終於可以走出以前那一大段回憶了。」

「可是那女生並不適合他。」

「是嗎？我可不這樣想。」藝紜搖頭，「那女孩我也認識，除了忙一點，其他的幾乎無可挑剔，甚至也不反對魏嘉錚有我這樣一個好朋友。」

「他說過，不喜歡自己的女朋友太忙。」

「如果魏嘉錚根本不曾把對方放在心上的話，忙不忙有什麼關係？」藝紜用難以置信的表情看著我，「我該說妳天眞好呢？還是說妳笨呢？」

然後我懂了。而正因爲我懂了，於是只能把頭低得更低。

「後來我問魏嘉錚，爲什麼不喜歡那個女孩，妳知道他怎麼說嗎？他說那女孩不管任何方面，都跟他心目中的典型完全背道而馳，他不喜歡很活躍的女生，不喜歡把自己擺得很高姿態的女生，更不喜歡那種競爭心很強的女生。我還常常笑他，也許他適合的，就是那種甘願跟他整天看著魚，也不會想出去逛街的女孩子。這些他沒告訴妳，對吧？我知道他不會說出口，那不是他的個性。

「唐雨寧，一個我這輩子都不會忘記的名字。」她長長地嘆了口氣，丟下已經燒完的香菸，然後又點了一根。「妳讓我懂了很多，原來有些東西，不是說要讓就能讓，也不是說要搶就能搶的。」

她苦笑，「當我跟魏嘉錚坐在十二班的教室裡，看著妳的講義跟考卷時，那種不想輸的心情，畢竟無法延續到愛情上。當他跟專一的那個女朋友見面，還帶著我去時，我一點都不介意，因爲我老早知道他們不會有結果，那女孩壓根就不會是我的對手，如果跟她站在一起比較，魏嘉錚毫不遲疑一定會選我，但可惜這場競爭當中，我眞正的對手卻是另外一個人。

「這陣子以來，我有時會想，如果當初是我先顯露出對他的喜歡，那麼結局是不是就會不同？妳是我最大的對手，卻又是我最要好的朋友，我猜妳一定會像我成全妳一樣地成全我，對吧？」

停了許久，我也沉浸在過去的回憶中，藝紜又說：「相思豆那件事，是我眞的忍無可忍了，我想，我生氣的也許並不全然只爲了幾顆豆子，魏嘉錚上專一後，還從他們學校撿過一堆給我，天真地說是爲了補償國中那次我沒拿到的事，但那有什麼意義呢？他不明白，或許妳也不明白，我生氣是因爲我再也受不了妳那種畏畏縮縮的態度，妳要猶豫不前是妳家的事，但別連累得別人也不能去追求，不是嗎？」說著，她抬起頭來看著我，眼神中盡是哀傷。

「只可惜，一切都太遲了，也或許這就是老天爺的安排，祂不讓我得到的，無論我花費再多心思都得不到。魏嘉錚的外公過世時，我去他家上香，在他房間，我看到了一些東西。那是第一次，他讓我踏進他房間，但卻也是最後一次。看完後，我總算徹底明白，到底他所謂的典型是什麼樣子，也終於領悟，原來不管我付出多少，我都永遠只能當他的『好朋友』。」

「看到什麼？」我有點疑惑。

「有機會的話，妳可以自己去看。」藝紜的聲音略帶沙啞，她搖頭，「我輸了，這麼多年後，我確定我是輸了的。」

她不再說話，而我的眼淚已經在不知不覺中流了下來。

「別哭，也輪不到妳哭，現實很殘忍，但接受最殘忍的事實的人，還不是妳。」她鬆散了神情跟身體，半躺在石椅上，我見她從背包裡拿出一個物件，用厚厚一層牛皮紙包著。

「自始至終，這東西都一直陪在我身邊，多少年來沒變過。有好多次我都想把它扔了，但每次拿到垃圾桶邊，我卻又丟不下手，就像我跟妳說的，那是一種矛盾的心情。我一直以爲，無論我們爭得多麼激烈，但也許還會有那麼一天，說不定我們能像很多年前一樣，一起聊天、一起騎腳踏車，當彼此最要好的朋友。」藝紜的手不斷輕撫著那層牛皮紙，臉上流露出許多的緬懷與不捨，「只是，在經歷過這些後，我知道一切都太晚了，來不及了。只要我們都還喜歡魏嘉錚，那就什麼都不可能。所以，我想趁著我還有勇氣的時候，跟妳說聲對不起。」

「算了吧？」我屈膝在石椅上，以手支額，這時候還說什麼對不起呢？

「不能算了，」她嘆口氣，把東西交給我，「說妳自私的人，是我，但跟妳一樣自私的人，也是我，所以我不能怪妳，因爲在愛情裡，本來就沒有人是不自私的。」

我接過那牛皮紙包裝的東西，藝紜搖頭，「現在別打開，等我走了再看。」

背著背包，藝紜還叼著香菸，她站起身，那根香菸已經燒得只剩一小段了，煙霧瀰漫，藝紜忽然嗆了一口。

「別抽了，妳沒事吧？」把她交給我的東西放下，我趕緊拍拍她的背，要她把菸扔掉，以後別再抽了。

「別對我那麼好，我會承受不起。」距離我很近時，我看見她的眼眶泛紅。

「沒那回事，笨蛋，」我努力讓自己有點笑容，「我們一直都是好朋友的，不是嗎？」

「謝謝，」她擦擦眼角，「只是被煙燻到了。」

我點點頭，不管是什麼原因，都不重要了。看著她擦去眼角的淚水，我幾乎無言以對。

「很高興，還能有這樣跟妳說話的一天。」臨轉身前，藝紜忽然又對我說：「能做的與該做的，或者不能做的與不該做的，我幾乎全都做了。我口口聲聲對自己說，別去逼他做選擇，但在不經意間，我又做了讓他不得不選擇的許多事。只是話又說回來，他老早有了自己的決定，那是我不管做什麼，也都改變不了的。」

「可是……」我上前一步。

「剩下的，就是妳的部分了，而我知道，妳會清楚自己應該怎麼做的。」她給我一個微笑，很淒涼而寂寥的微笑，然後轉身走出了涼亭。

我癡癡地坐下，看著藝紜走過車水馬龍的路口轉角。這是我們最後一次這樣談話了吧？過了此刻，恐怕我們永遠再難繼續當朋友了吧？面對一個不得不然的悲劇結局，我嘆息著。那是命運使然呢？還是我們誰做錯了什麼？這是一個永遠無解的答案，而答案並不重要，重要的是今後我們該何去何從。

擦去眼角的淚水，我停了一口氣，讓自己的手別再顫抖，這才慢慢撕開那一層層的牛皮紙，發現裡頭原來是個馬克杯。

杯子上塗飾著幾個層次的綠色彩釉花紋，從磨損的痕跡看來，已經使用了相當久的時間。我對這杯子感到既陌生而又熟悉。再轉頭，街角當然已不復見藝紜的背影。我把杯子包好，正想起身時，腦海中忽然閃過一個畫面。

那時我們都還穿著嶄新的國中制服，剛上國一的頭一次月考，楊欣怡是第一名，而我拿了第二，名列全班第十名的藝紜相當鬱悶，於是我用我爸給的獎勵金，送了個杯子給她。

54

妳送還我一個多年前的舊杯子，不空，它裝滿了所有我們的回憶。

在回家的車上，我用力閉著眼睛，不去理會車上播放的電影，也不看車窗外的風景，很專心、很專心地，努力回想著將近六年來的種種，而我發現，不管處在什麼環境，或者人在什麼地方，原來我總時常惦念著她，帶一些關心，也帶一些愧疚，而更多的是思念與懷念。

這是一種和解吧？當所有的風風雨雨，終於都走到了最緊繃的關頭時，我很慶幸，能在這樣一天的傍晚，在一個沒有爭執的氣氛裡，跟藝紜把話說清楚。不過想想，其實我並沒有說太多，從頭到尾，幾乎都是藝紜在告訴我，這些年來她始終藏在心底的祕密。我想，那些感觸恐怕連魏嘉錚也未必明白吧？

回想她說的那番話，我才眞正明白，過去的我，在無意間曾經怎樣傷害過她。也許站在客觀角度裡，不管是男生寫信給我，或者誰爲我發生衝突，那都與藝紜沒有直接關係，但事實上，我自己也很清楚，事情絕不能這麼簡單地畫分，畢竟，那些看似與藝紜毫無瓜葛的事件，其實每每都牽涉到魏嘉錚，而既然牽涉到魏嘉錚，當然就與藝紜有關。

況且，我跟藝紜也不是毫無關係的兩個人，所以她的種種轉變，無論好或壞，我都責無旁貸，甚至也沒有怪罪她的理由。而我怪罪過她嗎？問了自己一個答案昭然若揭的問題，我想，我從沒有想跟她交惡的意思吧。

家裡難得空無一人，媽媽留了飯菜在桌上。看著那桌素菜，我了無食欲，獨自回房，點亮小燈，我看著藝紜還給我的杯子。

這杯子她一直在使用著，瞧那已經磨損的杯底，還有早已失去光澤的釉面。我差點都不記得曾經送給藝紜這份禮物，而更沒想到的是，經過那麼長的時間，中間又發生了那麼多不愉快，她竟然保留杯子至今，這杯子還留著，那表示我們之間還有一些情感未斷。我不禁要怨悵於上天的作弄，若不是那年，我們喜歡上同一個男生，又怎會走到今天這樣，連重修舊好都不可得的局面？

把杯子收進櫥櫃中，我對自己許下諾言，今後不管到哪裡，或者人生還有什麼更迭起伏，我都會帶著這個杯子，因爲那象徵著我最要好的朋友，象徵著一段我最珍貴的友誼，也許朋友難再、友誼難再，但至少滿滿的，全都是我們的回憶，因爲那些回憶，所以才有現在與未來的我。

安靜地，我走到曬穀場，抬頭，天上有皎潔月光，不過可惜的是月只半邊，而且接下來的日子裡會更加殘缺，接著沒幾天就是農曆過年了。

坐在地上，我長呼了一口氣。藝紜要我去做些我該做的，但我還能怎麼做呢？難道這時候我還應該去找魏嘉錚？他外公剛過世不久，我怎麼方便，而他又豈會有心情跟我談愛情的問題？茫然著，我又想，平安夜那天的後來，到底他們之間發生了什麼事？而跨年夜我失約後，魏嘉錚跟藝紜是否還有變化？然後我想起來，藝紜說她在魏嘉錚的外公過世後，曾經去過他家一趟，看到了一些什麼東西，這才讓她徹底死心。我不禁要納悶，她看到的是什麼？如果是在跟藝紜把話說開之前，聽到這個消息，也許我依然會無動於心，但現在，除了我自己的好奇，更重要的，是我自覺有一份對藝紜的責任在，她強忍著巨大的傷，放棄所有對愛的期待，爲的不就是希望我也可以去看看清楚，把整件事做個最後的收尾？

這晚，我輾轉難眠，不下數次地爬下床，又走回房間角落的櫥櫃邊，去看看那個杯子。好不容易挨到天亮，心想著楊欣怡應該起床了，這才打電話給她。

那是不得已的，不管昨天跟藝紜談得如何，我都認爲那是極私密的事，不該對任何人多提，但眼下我沒得選擇，因爲我也很想去看看，那讓情深意篤的藝紜徹底放棄的原因到底是什麼。只是無奈地，國中畢業紀念冊跟同學會後製作的通訊錄，我都放在台北。

所以我沒跟楊欣怡說太多，只說我思索幾天，決定還是到魏家去看看，希望還有機會能給魏嘉錚的外公上柱香。

「這個嘛，」楊欣怡還睏倦的聲音中，透著一絲爲難，「他外公好像前幾天火化了喔，我不知道現在去方不方便耶。」

「沒關係，哪怕只是雙手合十，一點心意都好。」我說。

楊欣怡嗯嗯連聲，她把前往魏家的路線與地址都告訴我。而我婉拒了她願意陪我走一趟的好意，這件事，我希望自己一個人去，至少當我面對魏嘉錚時，也可以比較坦然一點。

跟媽媽借了機車，雖然我已年滿十八歲，不過還沒考駕照，她甚至連我會騎車都不知道。按照楊欣怡指點的路徑，我從小鎮邊緣穿過，途中經過了改建之後，我們的國中母校，也經過當年我跟魏嘉錚經常一起騎車經過的公園，轉了幾個彎，漸漸遠離市區，循著不怎麼平坦的產業道路，我到了一個比我家那邊還要老舊的村落。

村子裡大多都是三合院，中間雜以幾幢改建過後的樓房。沿著小徑進入，我在一個社區活動中心附近，找到了魏家的所在。他們家也是以三合院爲基礎，但主體建築已經翻新成二樓，記得魏嘉錚說過，九二一地震後，他家有改建過。

帶著幾分膽怯，我上前敲門，心裡盤算著，如果應門的是魏嘉錚，那我應該怎麼辦？在門外等了一下，很快地有人開門，而門開時，我愣了愣，那是個中年婦人，她很客氣地向我招呼。表明來意與身分後，那婦人告訴我，原來她是魏嘉錚的母親，至於魏嘉錚，則在前天的火化結束後，已經回苗栗去了。

是該慶幸或失望呢？魏媽媽帶我進去，給魏嘉錚的外公致意，之後她說了些關於魏嘉錚在家的事，又說了些感謝的話，這些年來，因爲她改嫁的緣故，所以魏嘉錚的生活都靠外祖父母與同學、師長的照顧。

我客氣地回禮，然後問魏媽媽，是否方便讓我到魏嘉錚的房間一趟，看她納悶，我趕緊補了一句：「因爲有幾本書他忘記還給我，而我最近用得到，所以只好自己來拿，很不好意思。」得到魏媽媽的許可與指點，我這才敢移動身子，往二樓走去。

魏嘉錚的房間就在樓梯口。進去的話，我會看到什麼呢？這是魏嘉錚的家，認識他這麼多年來，我一次也沒造訪過。樓梯有個轉角，我上樓時，在樓梯轉角處，一位全身素服的老太太也正要下樓。

「妳好。」我趕緊又打招呼，可想而知她是魏嘉錚的外婆。

「妳是唐小姐？」老太太沒有讓開，反而仔細端詳我的臉。她怎麼會知道我姓唐？錯愕中，我無法慢慢去想，老太太往下又走一步，看看我額頭上那道高二車禍後留下的小疤痕。

用台語跟老太太說我來拿書，慌亂中只有這個爛理由可用了。而老太太點點頭，往旁一讓，她臉上有我不解的溫和笑容，朝著樓梯上方指指，示意要我自己開門進去。

那是一道簡單的木門，門口懸掛一幅裱框起來的素描畫，畫的是一尾栩栩如生的羅漢魚。我輕輕轉動門上的鎖，將木門緩緩推開，房裡並沒有任何特別的事物，放眼所及，只有丟著幾枝筆在上頭的書桌、一床摺疊整齊的棉被，與屋角一疊關於養魚跟盆栽的書。我心中暗叫一聲不妙，這裡根本沒有適合我的書，更沒有藝紜說的什麼特別之物。

耳裡聽到樓梯邊傳來腳步聲，我不敢多待，只好隨手抄起兩本關於水質與魚類用藥的書籍，然後轉身。而就在這一瞬間，我整個人傻住了。難怪老太太會知道我姓唐，因爲魏嘉錚的房門，朝內的這一邊，上面也掛了一幅裱框後的素描畫，很大張，幾乎有我半人高。那畫像中有個女孩，微側著身，臉上少了當年青稚的嬰兒肥，不過額角卻多了一道小疤痕。畫像下頭寫著兩句話跟一個名字：「採擷一季的相思，寄予無限的祝福。唐雨寧。」

那年你說過，你會永遠記得我，而我也是。

55

躊躇幾日，沒跟任何人說，我從台中轉搭火車，抵達目的地時，這才知道，原來台中距離苗栗這麼近。火車站外是一片空曠，中間有偌大的圓環，站在車站出口，看著以圓環為中心點，幅散出去的四周，我有種豁然開朗的感覺。

第二次來苗栗，心情跟上回又完全不同。沒帶任何行李，我走出車站，然後打了一通電話。接通時，電話裡的人口氣非常慌亂，他既沒招呼問候，也沒問我是誰，只說了一句：「等等，五分鐘後再說。」立刻就掛了電話，而這一等，我又等了半個小時。逼不得已，我只好傳封訊息給他，先說聲抱歉，沒知會一聲就貿然跑來，再請他有空時，過來火車站一趟，我會在這裡等他。要等多久呢？比起跨年夜那天，這個中午是非常溫暖的，但如果真有必要的話，我願意也等他一夜作為補償，我是說，如果這種事也能補償的話。

傳過訊息後，又等了大約十五分鐘，魏嘉錚騎著機車過來，他的臉上有很不自然的表情，而又透露出些許慌張與擔憂。

「不好意思，我……」

「快上車吧。」他強自鎮定地給我一個微笑，不過我才剛上車而已，他就加緊了油門開始狂飆。

我還記得上次到他學校參觀的方向，那是在我們現在前進的另一邊。魏嘉錚沿著省道飛快騎車，距離苗栗市區有點距離後，轉到路邊的巷子裡。

「先上來吧。」車一停，他扔下安全帽，帶著我便快步往樓上走。

我有點納悶，不曉得他在忙什麼，竟然也沒問我的來意。順著階梯往上，到了二樓，從每個房間外都一堆凌亂擺置的鞋子看來，住的應該全是男生。

他將房門打開，我一看差點傻眼，滿地都是小工具跟一些奇怪的粉末與藥劑。魏嘉錚一進屋，便急忙朝牆邊那一整排的水族箱跑過去，拿起小網杓開始往裡頭撈。

「可能沒辦法招呼妳，冰箱有水，妳可以自己拿嗎？」他頭也不回，只顧著往水裡撈東西。

我用爲難的微笑說不用，不過隨即反應過來，我的微笑不管多爲難都一樣，他根本沒多看我一眼。小房間裡只有簡單的床鋪，以及小書桌，書桌旁有冰箱，這兒連書櫃或衣櫥都沒有，更遑論電視或其他東西，因爲魏嘉錚把所有空間都清出來養魚了。

「因爲我外公的事，幾天不在，我學長又回家去了，所以沒人幫我照顧魚，連魚要生了都沒人管，現在可好，一大半都發霉了，我忙了兩天了還忙不完。」他嘮叨著，叫我自己找地方坐，當作是自己家。

「嗯，你忙。」有點不好意思，沒想到我原本計畫好的一切，到這兒卻全派不上用場。

起先我打算跟魏嘉錚在火車站見面就好，把話說清楚，多年來始終沒爲他付出過什麼的人，實在沒有資格去跟藝紜當競爭對手，就算藝紜終於放下了，但我還是不能這樣，那總有點趁虛而入的意味。況且，跨年夜那天的事，我也還欠魏嘉錚一個道歉。這些我都想在火車站說說就好，說完就走，但哪知道，他沒給我開口的機會，一見面就叫我上車，然後帶我到這兒來看他撈發霉的魚卵。

他處理羅漢魚魚卵時的神情非常專注，跟當年在國中美術組畫圖時的漫不經心截然不同。我站在他旁邊，而他也毫不客氣地隨時使喚著我，有時要我幫忙遞東西，有時乾脆叫我拿著臉盆，到洗手間去裝盆乾淨的清水來給他。

我在這凌亂的房間裡小心翼翼地來回穿梭，不時瞥眼周遭，米黃色的牆上沒有多少裝飾，那排水族箱可能是這兒的唯一特色。

「這樣可以搶救得了多少呢？」看著他撈魚卵，我忍不住問。

「雖然命裡註定了，有多少就只能是多少，但那不表示我們只能坐著等，什麼也不做，對吧？」他撈出已經霉壞的魚卵，整整撈了一大盆，然後在水族箱裡倒入藥劑。忙完這邊後，又到另一邊，開始做抽水、換水的動作。

「只是話又說回來了，雖然我們可以努力做很多事，但如果這條魚根本不想活的話，那不管怎麼救牠都沒用的。」說著，他撈出一條已經奄奄一息的羅漢魚，放到另一個臉盆的水裡。

「你怎麼知道牠不想活？」

「昨晚我一整晚沒睡地盯著牠，甚至還親手攪拌了牠最愛吃的蝦泥，可是牠就是不肯吃一口。」魏嘉錚依然沒有面對我，他還在清理水族箱。

「也許是當時的時機還不夠成熟呢？」

然後他停下了動作，回頭看我。

「我前幾天去了你家一趟，在去之前，也跟藝紜見過一面。」我上前一步，想起藝紜，又有種鼻酸的感覺，「她把國一那年我送她的杯子還給我，還叫我去你家，到你房間去看些東西。」

「所以？」

「去了，也看到了。」然後我的視線模糊了。

56

如果雲開然後就月明，那麼你要告訴我，今後我該何去何從。

忙完了那一大群羅漢魚，魏嘉錚洗過手，跟我一起善後，然後又帶我騎著機車出門。路上我們在便利商店裡各自買了一瓶啤酒。是我想喝，有些說不出口的話，也許藉著一點酒精，我會有勇氣些。

從省道轉入鄉間，魏嘉錚的車速放慢，路上遇到攔檢，他叫我對警察微笑。我覺得很奇怪，結果他說：「這樣的話，警察就不會把我們攔下來，當然也就不會知道我沒駕照。」

從小路轉進，我看到前往勝興車站跟龍騰斷橋的指標，這才想起，還記得久別重逢後，他曾問過我，去過苗栗的哪些地方，當時他有提及這兩處地名，還說以後會帶我來走走，這是又一次的約定嗎？魏嘉錚的頭髮不長，不過還是有幾根髮梢飄到我臉上，那種感覺很微妙。從沒想過，竟會有這樣的一天。

循路前進，沒多久小路便與鐵軌平行，這鐵軌已無火車行駛，山線鐵路改道後，這兒後來成了荒廢的一段路，若非政府的整修與拓建，恐怕老車站早已淹沒荒煙漫草中。看著風景，魏嘉錚說專一時他還很常來這附近畫素描，遇到桐花開的季節，走在舊鐵道上也別有一番滋味。

「那我們也下去走走吧？」我看見指標寫著，距離勝興車站只剩兩公里。

「但現在沒有桐花呀。」

「你愛一個人需要理由嗎？」我腦海中本能地反應出這句話來。

鐵道上其實很難走，有些地方的雜草很長，還得小心避開。我們一人走一邊，手上各自拿著酒瓶。

「你相信緣分嗎？」天氣很好，涼風在山谷間不斷拂動，我們順著鐵道慢慢走，魏嘉錚點點頭，說養過羅漢魚的人都相信緣分這回事。

「可是緣分也會有散盡的一天，如果我們永遠只知道自私，而學不會把握的話。」想起藝紜的事，我黯然。

「愛情裡，誰不自私？」魏嘉錚喝了一口酒，也嘆了口氣，「跨年夜後，她來我家，我把事情跟她說了，她很不高興，覺得我是白癡。」

「然後呢？」

「然後我帶她上樓，讓她看一幅畫，看完後的事，應該就不需要我再多說了吧？」他看我一眼，而我點頭。

「我總希望她會明白，當她說我們是好朋友時，那以後不管她做什麼，我就眞的只能當她是好朋友，在我心裡，她永遠都是那個好朋友梁藝紜，再過一萬年也不會變。」

「我想，她現在已經明白了。」我嘆氣。

「生命中有許多轉變，都在無意之間，也許當時我們稍微多做一點什麼，那一切可能就從此改觀。」他說。

「但我卻沒做。」低頭，我踢開一顆石子。

「是我們都沒做。」他停下腳步，點了根菸，「每個人都自私地想保護自己，唯恐受到傷害，但卻因爲這樣，反而傷害了別人。」

他笑了一下，「不過我覺得妳已經比我好很多了。」魏嘉錚低頭，搖搖晃晃地走在鐵軌上，一邊說著：「還記得國一下學期的時候，妳把考卷跟講義借給藝紜，她又轉借給我，那時候我覺得妳眞的好偉大。」

「偉大？」我一口酒差點噴出來了，這形容詞用在我身上會不會有點好笑？

「看著那些考卷時，我會羨慕妳的成績，不過更多時候，我羨慕妳的人格，換作是我，也許就不會把考卷跟講義借人，幹嘛讓別人有超過我的機會呢。」魏嘉錚搖頭。

沒想到他是這麼看待這件事的呀？我忽然笑了，安靜地跟在他身後。

「所以說，在非愛情的世界裡，確實可以看到很多無私的人或事，比如國中時候的曾主任，像那時候的妳，但是在愛情裡，要一個人不自私卻很難，活了那麼久，認識了那麼多人，我最近才又遇到一個終於學會祝福的人。可惜，在她學會祝福之前，她已經把自己，也把身邊的人傷得很深很重。」

我點點頭，不過早在藝紜之前，其實我就認識另外一個在愛情裡也不自私的人，那個人現在理著光頭，變成了搞笑人物。

「你變得很多話喔。」我嘲笑他，試著讓彼此的心情都輕鬆一點，而且今天的魏嘉錚似乎有很多話要說。

「哎呀，喝酒嘛。」他舉起酒瓶，跟我手上的瓶子輕碰一下，清脆的聲響中，我們喝了一口酒。

走了好長一段，我訝異於這兩公里怎麼如此遙遠。一路聊著，走到一個隧道前，我們在隧道口停步，坐在旁邊的水泥階梯上。

「所以呢，今天妳忽然來找我，應該不會只是爲了聽我說話吧？本來我打算這兩天忙完，回去再找妳的，沒想到妳卻先來了。」

「我不知道現在應該說什麼。」我輕笑著，「好像一切的事情都因我而起，又好像一切都因我而結束。」

「嗯。」他點頭，「有些該結束的，確實應該結束。」

「所以，跨年夜後，我對自己說，也許眞正了解你的人是藝紜，最適合你的也是她，我不能再讓自己這樣下去。」

「她是最了解我的，但卻未必是最適合我的吧？」他踢了我一腳，「別替我下定論呀！」

「所以跨年夜我沒去，我相信你會明白，那表示著我必須從此放棄，不管我有多麼想……多麼想讓你畫一張未來的我。」低著頭，我雙手握住酒瓶，努力思索著應該怎麼說。「太久了，也牽扯到太多了，許多我不樂見的情形，最後不但發生，而且還不可收拾，逼得我不得不下這個決定，那天晚上，你在陸橋上等到天亮，我就在北三門外陪你到天亮。我想上去，但是我做不到，眞的，我很想、很想，非常想！但是我連一步都踩不出去……」說著，我閉上了眼睛，這是我今天要跟魏嘉錚說的話，是了，在已經傷害了太多人之後，我最後能說的，只剩這句話而已。

「如果可以的話，我不想這樣，所以我得離開，也當一個會祝福別人的人，我得選擇放棄，選擇結束……對不起……」眼淚滴在灰白色的水泥地上，暈染出一圈的深色痕跡，我的頭腦裡一片混亂，滿腦子盡是那天晚上的魏嘉錚，跟後來在台中公園裡的藝紜。所有人的身影，所有發生過的往事，又在我腦海中攪和成一片，逼得我無法正視，連眼睛都睜不開。

安靜地，他的掌心輕輕握住抓緊了酒瓶的我的手，有屬於他的溫度傳來。那份力量持續了好久，才讓我的情緒慢慢鎮定下來。

「那就讓一切都結束了，好不好？」他說：「我信緣分，而妳呢？妳相信緣分嗎？」

「信，但又怎樣？」抬起頭，我看著魏嘉錚，他像過去一樣，只是臉上多了感傷。

「就讓過去那些漫長的風風雨雨都結束吧，收好所有該我們牢記的快樂與悲傷，把該哭的現在快點哭完，帶著難看的眼淚的人，怎麼去迎接新的緣分？」他伸手在我臉上輕抹，一臉混著眼淚與鼻涕的難看樣子，被他全都抹到自己的袖子上。

「知不知道我趕著回去找妳，是爲什麼？」魏嘉錚看著我。

「曾經，我以爲國中畢業，以後我們就再也見不到面了。專一遇到那女孩時，我也以爲自己可以喜歡她，不過後來卻發現原來不行。我知道藝紜對我很好，每個人都說她是最了解我的人，但那又如何呢？最了解我的人未必是最適合我的人吧？」魏嘉錚站了起來，仰望著天空，「同學會上再見到妳，我很高興，因爲似乎一切又都要回到原點，於是我想，以後會怎麼樣呢？我不想再像以前，想更明白地表現出來，好讓妳看到。只是我沒想到，儘管人物依舊，但局勢卻變化太多，我做的那些，卻讓我自己，也讓妳跟藝紜都陷入兩難之中，直到現在，大家都必須選擇結束。」

我點點頭，是呀，最後的結果是我們誰都得放棄，這是何其可悲的下場。

「不過結束跟放棄是不一樣的喔。」魏嘉錚像是看透了我的心，他忽然轉過頭來看著我。

「魚會一代一代繁衍下去，就像人生的經歷得一個階段一個階段不停走下去，當一切都塵埃落定後，總有些新的故事得開始，而正因爲還有新的未來要開始，所以我更得拿回那張書籤。」

「書籤？」

「是呀，找了半天，妳留給我的就只有那張書籤。說起來我應該嫉妒梁藝紜，至少妳送給她的還是有點重量的杯子，而我，卻只有輕飄飄的一張書籤，那上頭妳還寫了字跡歪歪斜斜的兩句話，讓我猜、猜、猜了很久，最後還去跟楊欣怡借國中的畢業簽名冊，對照了才知道那是妳寫的。」

帶著眼角的淚水，我笑著，沒想到這個人這麼笨。魏嘉錚拉著我站起來，問我要不要走進隧道，而我搖頭，那隧道很長，會讓我有種莫名的恐懼感。

「還記得我們的約定嗎？」他忽然問我，「國三畢業前的那個約定。」

「當然。」我點頭。

「看來我們都沒忘。」

看著那隧道，我的思緒往漫長的時光裡回溯，那是個滿天星星的夜晚，我們補完習要回家，路上，他跟我提了這約定。

「那不像你這種個性的人會說出來的話。」我笑他。

「就像妳的笨書籤一樣呀，我以爲我暗示得已經夠明白了。」而他也笑我。

站在隧道口，安靜地，我面對著他，魏嘉錚撥撥我剛剛哭散了的頭髮。「如果該我的就是我的，那麼，我知道就算不是現在，但沒關係，再多一點時間，當妳或我終於可以慢慢走出過去那些年的記憶之後，關於新的緣分，我們是不是可以……」說到這裡，他的口氣又變得吞吞吐吐，非常小聲而沉吟。

這算告白嗎？我抬頭看他，魏嘉錚，當年那個一把抓起地上垃圾的魏嘉錚。你知不知道，這一刻，我等了好多年？我等得好辛苦？等到我終於決定徹底放棄了，你才願意在這時候向我開口，我該怎麼辦？該答應嗎？而我又怎能說得出拒絕呢？

「或者，我們再做一個約定？」被他抱在懷裡，他的手很有力，緊緊地，緊緊地，而我也張開了手，擁抱著這個我不能再失去的人，稍微轉頭，我望著隧道的另一頭，「現在回去吧，當有那麼一天，眞的時候到了，我們再去勝興車站？」

「如果眞的愛了，那我們還需要什麼約定？」我聽見他有點哽咽的聲音，帶著喜悅的語氣，他說：「只要不是羅漢魚產卵的日子，妳想去哪裡，我們就會去哪裡。」

如果真的愛了，那我們還需要什麼約定？

後來，許久以後的後來，我身邊有你在。

春往秋回，葉綠花開，

不約定的歲月反而多了期待。

所有的改變都在一瞬間，我已為你改變，而我知道你已看見。

後來，是好久好久以後的那種後來。魏嘉錚還在養魚，我快要拿到畢業證書，有個來自東南亞的女歌手，在台灣出了一張唱片，唱著幽婉的歌聲，歌詞敘述著，有個女孩，何其有幸地住進了一個疼愛她的人，爲她搭建在心裡的防空洞中。那首歌，讓我想起一個老朋友。

這兩三年來，我們再沒得到過藝紜的消息，從鄉下回到台北，住在阿姨家，我只能對著那只陳舊的馬克杯緬懷往事。而除了藝紜之外，另外我要說的那傢伙也差不多。跟那個馬克杯收在一起的，還有一塊破陶片。當年我在校刊社，去鶯歌採訪一位陶藝家，採訪非常失敗，難過失神中，我失手打破陶藝家餽贈的小陶罐，而當時我這位老朋友正客串我們社團老師，他從碎片中撿了最大的一塊，交到我的手裡，跟我說了許多勉勵的話，那塊陶片我保留至今。

原本我們說好，要永遠當彼此在人生路上互相扶持的好友的，不過後來他失約了。現在的他很忙，不但沒時間理我，甚至連打電話都未必能找到人。上上個月過端午，他難得有空，我們在台北見了一面，我帶著魏嘉錚一起去，而他帶著一個女孩出席，女孩的名字很好聽，叫作好蓁。這麼多年來，我習慣了連名帶姓地喊魏嘉錚，但是對另外這個人，我則叫他阿光。

事情要這樣回憶起：還記得在勝興車站附近的老鐵道邊，後來，是我主動地吻了魏嘉錚。那是我唯一一次，對自己的愛情採取主動，而之所以敢這樣做，我說那是因爲啤酒。

那天跟魏嘉錚果然沒去勝興車站，因爲我其實已經走不動了。從水泥階梯下來，我們順著與鐵道平行的柏油路，慢慢走回停機車的地方。路上我跟魏嘉錚仔仔細細地描述了所有與阿光有關的事，毫無保留。魏嘉錚聽完後，他說：「這個人是妳杜撰的吧？如果不是的話，那總有一天，我一定要好好地認識他。」

「爲什麼？」

「妳不覺得這個人太夢幻了嗎？我認識的男生大概有上百個，把他們都抓來，萃取精華之後，大概也濃縮不出這樣一個『夢幻光』來。」

因爲這句話，於是那個端午節，我跟魏嘉錚去台北，他還特別請他外婆多包了一串粽子。阿光的光頭不見了，但也好不到哪裡去，他現在留著看來十分凶惡的山本頭，活像黑道分子。不過那突兀的外表下，阿光依然保有當年的體貼跟細心，那個名叫妤蓁的女孩，看來十分賢慧，但卻連綁在粽子上的細繩都解不開。阿光幫她解繩，還爲她小心地剝開粽葉，就差沒一口口餵她吃而已。

「妳男朋友很忙。」看著抓起電話往一旁走的魏嘉錚，阿光問我。

「不知道算不算好事，」我也看著魏嘉錚的背影，「有時候我都懷疑，到底他愛羅漢魚多，還是愛我多，一聽到有人找他買賣羅漢魚，他就什麼都不太管了。」

說著，眼前的一對璧人同時笑了出來。阿光告訴我，這兩年內他就會拿到博士學位，而且還累積了不少講學經驗，已經在考慮要到哪幾家大學應聘。

「那結婚呢？」我湊興又問，阿光看看妤蓁，妤蓁則笑著說還早，他們才剛交往半年多。

坐在大安森林公園裡，魏嘉錚還在講電話，看來正在談論價碼。我很喜歡他專注於自己事業的模樣，儘管老爸嫌棄這小子是個養魚的，不過倒是非常讚許他的素描畫，魏嘉錚原來不是傻子，投其所好，他畫了好幾張佛像給我爸，於是我爸也跟著開始學養魚。

「我可以問個問題嗎？」聽我說完那年在勝興車站附近，隧道口旁邊的事，趁著妤蓁得走一段路去洗手間，阿光問我：「爲什麼妳的決定下得這麼快？那跟妳當天去把話說開，準備從此一刀兩斷的初衷完全相反。」說著，他笑了一下，「我是說，那個吻。」

「很奇怪嗎？」

「因為我認識的唐雨寧，向來都不是個果斷的人。這件事是好事，但表現方式跟妳個性不合。」

於是我也笑了，魏嘉錚說著電話時，也轉過頭來，對我扮扮鬼臉，而我撿起地上的石頭朝他丟去。

「也許是那幾年裡，因為我的懦弱跟遲疑，所以才讓太多人受了傷害，也讓包括我在內的許多人，都等一個答案等了太久吧。」我沉澱著思緒，說：「而且，好像是你教我的，凡事都得想想，看有沒有更好的辦法。我想多等一陣子，讓大家都平靜一點，但後來又想，難道我還要再坐看其他的可能發生？所以我覺得，要等可以，畢竟那當時我們都不適合談戀愛，但似乎我也不能就這麼安靜地等，我得做什麼，總得做什麼，好證明魏嘉錚所謂的『新的緣分』是肯定會展開的。」

「所以妳就……」阿光很專注地聽我說，然後露出訝異的神色。

「站在大人的立場，我應該也立刻跟他告白，因為我實在不能再等了，也經受不起以後的任何可能了。」我說：「不過那時候我選擇用小孩的方式讓他明白。」

阿光大笑出來，而我也笑了。魏嘉錚掛上電話，走過來，納悶地問我們笑什麼。

「她說那年在勝興車站旁邊的隧道口，她有一句話忘記跟你說。」這位「夢幻光」先生很自做主張地，以一副唯恐天下不亂的表情，看著我們倆。

「啊？什麼話？」被知道了當年的祕密，魏嘉錚一臉錯愕地看著我。

不過我沒讓他錯愕太久，站起身來，我環住他的脖子，又是一吻，「我愛你，很愛很愛你。」

所有的改變都在一瞬間，我願意為你而變，只要你看得見。

【全文完】

＊後記

《約定》之外

現實中不能完成的，或者不可能完成的，可以交給戲劇。在電腦科技蓬勃發展以前，戲劇所受到的限制，則交給小說去解決。每寫一個長篇故事前，我都問自己，這故事要表達什麼？過於專注於表達內容的結果，是讓自己的小說處在一種說理的氛圍中，無可自拔。

於是當構想關於《約定》這樣一個故事時，我便什麼也沒考慮地，單純地將自己國中時候所經歷的一些往事寫出來，假假真真，當然也真真假假，但無論如何，總希望能夠為已逝去多年的光陰，留下一點什麼。所以寫了那個「踩牛奶事件」，寫了因為義氣或面子而毆打別人的事件，還寫了那張書籤上的兩句話：「採擷一季的相思，寄予無限的祝福。」事隔多年，我依然不知道那是誰寫給我的，而當初手寫著這兩句話的小紙條，也早已不復尋。

生命中的許多環節都是緊密相扣的，今天的些許片段，可能會在多年後發生意想不到的作用，故事裡的許多因緣際會都是如此，唐雨寧大概沒想過那瓶相思豆會勾惹起偌大風波，阿光沒想過自己隨口說說的幾句話會影響別人的一生，而魏嘉錚更沒想過，自己畫的幾張畫像，會讓一段原本已經絕望的愛情重新翻案。如果戲如人生的話，那我們是否要多留意一下自己的每一分每一秒？也許，那無心的小舉動或幾句話，可能帶來非常兩極化的後果。

故事的後半段，談到關於「自私」的問題，誰在愛情的世界裡不自私呢？這是阿光之所以「夢幻」的緣故。但為了學生無私奉獻的曾主任呢？視唐雨寧如己出的阿姨呢？其實他們都在各自的層面中，散發出人性的光輝。

關於唐雨寧與魏嘉錚的個性，這是個很難解的問題，故事的起先，作者就已經將他們設定成較為內向的人，容易在愛情裡猶豫、卻步。沒有絕對的好或壞，畢竟人本來就是如此，這世界上能真正勇敢表達自己的人畢竟不多，可能更多時候，唐雨寧的羞怯與軟弱、魏嘉錚的沉默與內向，更符合現實環境中的一般人特質。我不想過分強調這種特質，但順著劇情走，有些於是就變成我無法完全掌握的了。不過我很喜歡他們的個性，那與我過去寫作的主角個性都有很大不同。

小說完成，字數超過十四萬字，故事很長，但寫完後還有許多遺珠之憾，所以這篇小說的完稿，對我而言並不能算是解脫，沒寫到的，以後還得繼續寫。

同時也趁著後記的機會，感謝家父游老先生的激情，我只跟他要一些飼養羅漢魚的常識，他卻給了我足足三十篇文章，叫我慢慢看；感謝前陣子讓我感觸良多的幾位朋友，我總算知道了什麼叫作很不像好朋友的「好朋友」；最後，當然更得感謝在個人板上，讓這篇小說在連載時得到許多推薦數的每位讀者諸公，以及若有一天小說付梓，願意賞臉的大家。

二〇〇六年六月二十四日，穹風，埔里

國家圖書館出版品預行編目資料

約定／穹風著. --.初版.-- 台北市；商周出版：
家庭傳媒城邦分公司發行；2006 [民95]
面 公分. --（網路小說；87）
ISBN 978-986-124-557-7（平裝）
857.7 95014067

約定

作　　者／穹風
企畫選書人／楊如玉
責任編輯／楊如玉

版　　權／翁靜如
行銷業務／李衍逸、吳維中
總 經 理／彭之琬
發 行 人／何飛鵬
法律顧問／台英國際商務法律事務所　羅明通律師
出　　版／商周出版
城邦文化事業股份有限公司
台北市民生東路二段 141 號 9 樓
電話：(02) 25007008　傳真：(02) 25007759
Blog：http://bwp25007008.pixnet.net/blog
E-mail：bwp.service@cite.com.tw
發　　行／英屬蓋曼群島商家庭傳媒股份有限公司城邦分公司
台北市民生東路二段 141 號 2 樓
書虫客服服務專線：(02) 25007718、(02) 25007719
服務時間：週一至週五上午09:30-12:00；下午13:30-17:00
24 小時傳真專線：(02) 25001990、(02) 25001991
劃撥帳號：19863813；戶名：書虫股份有限公司
讀者服務信箱：service@readingclub.com.tw
城邦讀書花園：www.cite.com.tw
香港發行所／城邦（香港）出版集團有限公司
香港灣仔駱克道193號東超商業中心1樓
E-mail：hkcite@biznetvigator.com
電話：(852)25086231　傳真：(852) 25789337
馬新發行所／城邦（馬新）出版集團【Cité (M) Sdn. Bhd.】
41, Jalan Radin Anum, Bandar Baru Sri Petaling,
57000 Kuala Lumpur, Malaysia.
Tel: (603) 90578822　Fax:(603) 90576622
email:cite@cite.com.my

版型設計／小題大作
封面插畫／文成
封面設計／洪瑞伯
印　　刷／高典印刷有限公司
總 經 銷／高見文化行銷股份有限公司
電話：(02) 26689005　傳真：(02) 26689790
客服專線：0800-055-365

■2006 年(民95) 8月14月初版
■2013 年(民103) 12月6月初版26刷

售價180元

 ISBN 978-986-124-557-7

廣　告　回　函
北區郵政管理登記證
台北廣字第000791號
郵資已付，免貼郵票

104台北市民生東路二段141號2樓

英屬蓋曼群島商家庭傳媒股份有限公司　城邦分公司

請沿虛線對摺，謝謝！

書號：BX4087	書名：約定	編碼：

請於此處用膠水黏貼

商周出版

讀者回函卡

謝謝您購買我們出版的書籍！請費心填寫此回函卡，我們將不定期寄上城邦集團最新的出版訊息。

不定期好禮相贈！
立即加入：商周出版
Facebook 粉絲團

姓名：________________________________ 性別：□男 □女

生日：西元____________年____________月____________日

地址：____

聯絡電話：____________________ 傳真：____________________

E-mail：____

學歷：□1.小學 □2.國中 □3.高中 □4.大專 □5.研究所以上

職業：□1.學生 □2.軍公教 □3.服務 □4.金融 □5.製造 □6.資訊
□7.傳播 □8.自由業 □9.農漁牧 □10.家管 □11.退休
□12.其他 ____

您從何種方式得知本書消息？
□1.書店 □2.網路 □3.報紙 □4.雜誌 □5.廣播 □6.電視
□7.親友推薦 □8.其他____________________________________

您通常以何種方式購書？
□1.書店 □2.網路 □3.傳真訂購 □4.郵局劃撥 □5.其他________

您喜歡閱讀哪些類別的書籍？
□1.財經商業 □2.自然科學 □3.歷史 □4.法律 □5.文學
□6.休閒旅遊 □7.小說 □8.人物傳記 □9.生活、勵志 □10.其他

對我們的建議：____
____
____
____
____

請於此處用膠水黏貼